NÉFERTITI DANS UN CHAMP DE CANNE À SUCRE

PHILIPPE JAENADA

NÉFERTITI DANS UN CHAMP DE CANNE À SUCRE

ÉDITIONS JULLIARD

ISBN : 2-266-10202-8

Pour Anne-Catherine

— J'aime baiser le matin, ça me tue. Tu te réveilles, tu baises, t'es morte. J'adore ça.

Effectivement, elle n'a pas l'air bien vivante. Il est midi ou une heure, nous sommes réveillés depuis peu de temps, elle est allongée nue par terre sur le dos, une flaque de sang entre les jambes, de la mélasse rose qui coule de la chatte, le visage en sueur et les cheveux qui dégoulinent sur le parquet. Elle est moche ou elle est belle, je n'en sais rien. Belle, je dirais.

— Pendant quatre heures ensuite je suis dans le gaz, je ne vois rien, je n'entends rien, je n'arrive pas à marcher, à parler, rien, j'ai mal au ventre, aux jambes, partout. C'est bien.

Plus tard dans l'après-midi, elle a repris des forces et ça se voit. Elle nage comme une sauvage aquatique dans l'océan sous la pluie, vêtue du maillot de bain troué de son grand-père (celui qu'elle a tué — je raconterai ça plus tard). Un maillot de bain de tissu noir, trop grand pour elle et usé jusqu'à la décomposition, avec un petit sigle orange clair sur la poitrine. Moi je suis assis comme un lourdaud sur cette immense plage sale de Coney Island et je mange un hot dog dégueulasse (très orange) en regardant mes chaussures de caoutchouc rouge s'enfoncer lentement dans le sable humide.

Je l'attends. Ça va être commode à enlever, le sang de ce matin sur le parquet. Il pleut. Je l'attends et j'ai l'impression qu'elle ne reviendra pas (ce serait surprenant, on ressort souvent de la mer — mais pour le moment, elle semble, comment dire… là-bas). Je la regarde bouger entre l'eau et l'eau, à cent mètres de moi, ses longs cheveux blonds trempés et salés, l'océan sous la pluie et elle au milieu, je suis amoureux d'elle et je l'attends. Je ne vois que sa tête, qui disparaît parfois derrière une vague. Elle est petite dans la mer. Sa tête disparaît parfois derrière une vague.

C'est elle qui a choisi mes chaussures rouges en caoutchouc.

Je suis amoureux d'elle. Tout le monde est amoureux de quelqu'un de temps en temps, d'après ce que j'ai cru comprendre en regardant autour de moi, mais moi je m'en croyais incapable. Je suis nul en amour, je n'y connais rien : j'avais fini par me persuader qu'il me manquait une case de ce côté-là. J'ai rencontré des ribambelles de filles dans ma vie (tous les genres, quelques échantillons de chaque) et jamais je n'ai éprouvé de l'amour pour aucune d'elles (non, c'est faux, j'en ai vraiment aimé plusieurs, une bonne vingtaine, dont trois ou quatre plus que les autres, mais je les aimais, disons, chaleureusement, comme on aime sa sœur ou Greta Garbo, je les aimais juste comme on aime un autre être humain, sans souffrance, sans manque, sans plaisir, sans mystère). Elle, je l'aime comme on aime une extraterrestre : je ne sais pas qui elle est, je la regarde, je l'écoute, je la touche, et pour la première fois en plus de trente ans, sans raison, je suis amoureux de quelqu'un. Je n'y comprends pas grand-chose. Cette histoire effarante qui m'arrive avec les lapins depuis que je la connais, et toutes ces maladies qui se glissent dans mon corps, je n'y comprends pas grand-chose non plus. Pour tout dire, je ne comprends rien.

Je vais parler brièvement de moi, mais je crois que ça n'expliquera rien.

Je m'appelle Titus Colas. On m'a prénommé Titus parce que mon père voulait Frank, ma mère Loïc, et que le hamster de ma sœur s'appelait Bérénice. Comme mes parents allaient se taper dessus dans la chambre de la maternité (ma mère était ivre morte, ce qui décuplait ses forces) et que l'administration s'énervait, on s'est souvenu du facteur, un homme très cultivé qui disait tous les matins :

— C'est mignon pour un hamster, Bérénice. Si vous avez un mâle un jour, il faudra l'appeler Titus.

Voilà comment je suis devenu le mâle du hamster de ma sœur (j'aime m'imaginer sortant tout petit, congestionné et visqueux des entrailles de ma mère, considéré par mon entourage comme un hamster, à tort).

Je ne me suis pas rendu compte tout de suite que je m'appelais Titus car ni ma mère ni mon père ni ma sœur n'ont jamais prononcé mon prénom.

Ma mère m'a toujours appelé Miette. Je pesais moins de deux kilos et demi à la naissance, et pressentant malgré sa grande simplicité d'esprit et l'état d'ébriété dans lequel elle se trouvait quelques heures après l'accouchement que m'affubler d'un autre prénom que le mien, Loïc en l'occurrence, risquait de me déranger (non pas de m'importuner (elle ne s'est pas gênée par la suite) mais de me dérégler le cerveau), elle avait opté pour le premier surnom qui lui était venu en tête en constatant ma pitoyable corpulence, Miette.

— Va me chercher un verre, Miette.

Durant les sept ans que j'ai vécus avec elle (ou qu'elle a vécus avec moi — c'est elle qui a arrêté de vivre la première, détruite par une longue « maladie du foie »), elle n'en a jamais démordu. Miette, ça faisait fille, ça m'énervait. Fille vulnérable, en plus. Mais jusqu'à la dernière seconde, quand elle m'a demandé d'approcher de son lit avant de se laisser sombrer pour toujours dans le trou de la mort, elle a refusé de prononcer mon prénom (pourtant elle était si saoule à ce moment-là qu'elle aurait tout de même pu céder à un petit élan sentimental, à la manière des ivrognes — mais non, malheureusement).

— Prends soin de toi, Miette.

(C'est rassurant, on se sent foutu d'avance.)

Mon père, lui, m'a toujours appelé Frank — il se moquait bien que ça me dérange le cerveau. Tout ce qui comptait pour mon abruti de père, c'était que sa maison reste propre et que ses enfants marchent droit dans ses couloirs — même si c'était pour aller percuter un mur. On pouvait devenir schizophrènes ou crétins, ma sœur et moi, élaborer des plans de carnage en milieu scolaire ou perdre à tout jamais l'usage de la parole, apparemment il s'en foutait, le plus important pour lui était qu'on ne s'assoie pas sur son canapé de cuir blanc pour ne pas le salir (personne n'avait le droit de s'y asseoir, même pas lui), qu'on ne pose rien sur la table basse en merisier pour ne pas la rayer, qu'on ne fasse aucun bruit avec les couverts en mangeant et que nos cheveux soient courts et propres parce qu'il n'avait pas fait fortune dans le yaourt pour que les gens disent qu'il a des enfants beatniks.

Lorsqu'on voulait lui parler de nos problèmes, il nous répétait immanquablement qu'on n'était pas les premiers ni les derniers et qu'il ne fallait donc pas venir l'emmerder avec ça. Si on insistait trop, ou si on posait par erreur un blouson sur l'accoudoir du canapé, par exemple, il nous donnait une baffe ou un coup de pied. Pour les erreurs plus lourdes (un trait de feutre sur un mur ou une crise de nerfs à table), il fallait vite baisser la tête car notre père avait la foudre dans les poings.

Malgré tout, c'était mon papa, celui qui avait propulsé un peu de lui dans le ventre de ma maman pour faire une boule qui sortirait neuf mois plus tard en gigotant et se mettrait aussitôt à vivre dans le monde — moi. C'est pourquoi j'aimerais le décrire plus longuement, pénétrer gentiment son âme, m'attarder sur des aspects plus secrets et plus touchants de sa personnalité, mais ce n'est pas facile. Vu sous toutes les coutures, Willy Colas était un âne.

Ma sœur, elle, m'a toujours appelé Toto. Simplement pour ne pas confondre, car elle a fini par obtenir de ma mère son hamster mâle et a réalisé son rêve de petite fille (et celui du facteur) en le nommant Titus. J'aimais bien ma sœur Anna. Parce qu'elle était une compagne de douleur attentive et compréhensive (qualités rares au sein de la cellule familiale), parce qu'elle réussissait si bien le kir que ma mère préférait faire appel à elle quand elle ne distinguait plus le verre de la bouteille (de cinq ans mon aînée, elle était en outre bien plus costaude que moi et donc plus apte à redresser maman — au moins pour l'asseoir — quand celle-ci s'effondrait dans la cuisine en poussant un râle de vache blessée), enfin parce que c'était une fille et que j'ai toujours préféré les filles aux autres.

À douze ans, deux jours après la mort de notre mère, Anna a quitté la maison en courant. Sur le moment, mon père m'a expliqué qu'elle n'était ni la première ni la dernière à faire une fugue et que la police nous la ramènerait avant qu'elle n'ait eu le temps de dire ouf (comment ne se doutait-il pas, ce crétin, qu'elle avait dit ouf à peine la porte claquée derrière elle ?), mais les flics n'ont pas dû la chercher avec beaucoup d'ardeur, ou plus probablement elle a trotté vite et s'est bien cachée dans des trous de souris, car six ans plus tard, à l'âge où l'élastique est enfin coupé, elle n'était toujours pas rentrée se débarbouiller et engloutir une bonne soupe. Je me demande comment elle a fait pour s'en sortir.

Je restais avec mon père, autant dire avec un bouc stupide et hargneux dans une cage de zoo. Il a fallu que j'attende plus de dix ans, que je ne pose mes mains et mes pieds qu'aux rares endroits autorisés dans la maison pendant plus de dix ans, que je me fasse régulièrement massacrer le crâne (souple, quand on est jeune) pendant plus de dix ans avant qu'un tracteur conduit par l'ivrogne du village (titre fort convoité, laissé vacant par ma mère) ne l'emporte à la fleur de l'âge, pas trop tôt. Écrasé, pressé comme un gros pigeon sous la roue énorme, Willy Colas fut enlevé toutes tripes dehors à l'amour des siens dans l'indifférence générale — en tant que seul sien, je n'allais pas jouer la comédie. Va au diable, et passe-lui le bonjour de Frank.

Ça tombait bien, je venais d'avoir dix-huit ans, j'étais beau comme un enfant, fort comme un homme. Miette, Frank, Toto : terminé. Titus Colas attaquait le monde. J'ai pris le train de Strasbourg jusqu'à Paris. Ensuite, j'ai cherché en vain ma sœur dans l'annuaire, dormi quelques semaines chez un travelo qui m'aimait bien et ne me touchait pas, trouvé du boulot, un studio facilement — et quinze ans plus tard je vivais dans un autre arrondissement, je travaillais mieux et avais des souvenirs de toutes sortes avec des filles passées vite. Je ne sais pas pourquoi je ne suis pas tombé amoureux d'elles, mais je pense qu'un bon technicien pourrait trouver une explication en se creusant la cervelle. J'étais depuis le départ un être solitaire, disons, c'est le plus simple. Ce que ni les chercheurs ni moi-même ne comprendrons jamais, en revanche, c'est pourquoi, après avoir croisé tant de filles aux physiques si différents, approché tant de filles aux comportements si variés, pourquoi, lorsque je me suis assis au Saxo Bar, un dimanche à la fin du mois de juin, et que j'ai vu celle-ci qui lisait un roman de Bukowski devant un café, un verre d'eau et son paquet de Gitanes filtre, serrée dans un anorak bleu marine et rouge aux manches trop courtes, un petit chapeau de maçon enfoncé sur la tête, lorsque j'ai aperçu cette fille à l'air si réservé, pourquoi suis-je tombé sur une banquette, la bouche ouverte ? Il n'y a pas de raison à cela. Ce n'est ni son visage (je n'ai même pas pensé à me demander si je la trouvais jolie) ni son livre (je n'avais jamais rien lu de Bukowski, je savais juste qu'il avait bu du vin blanc à Apostrophes) ni sa tenue (l'anorak rouge et bleu des années 70 ne m'émoustillait qu'à moitié). Ce n'est rien et pourtant j'avais envie de lui sauter dessus — et pas seulement pour lui écarter les jambes. Une envie irrépressible de la prendre dans mes bras. C'est con, ces histoires de coup de foudre.

Elle lit à deux tables de moi, ce premier dimanche au Saxo Bar, un peu amère et grave, coincée dans son anorak à dix francs, le teint pâle. Une fille lointaine, sous son petit chapeau de maçon bleu, à qui on n'oserait pas adresser la parole. Je la regarde sans me gêner, comme face à une affiche, simplement parce que je ne peux rien faire d'autre. Tourner les yeux vers le vieil Henri qui trempe le bout de son nez dans son Ricard ou vers le couple qui baigne dans la salive à côté du billard ne m'intéresse pas. Je n'y songe même pas, pas plus qu'on ne songe à se demander si l'on n'a pas un petit bouton sur la joue quand on vient de se faire arracher une main. Mais je ne vois pas ce que je vais pouvoir faire avec elle, comment réagir avec cette main arrachée. Je débute en amour, je n'ai jamais ressenti ce truc qui fait tout disparaître autour. Je ne me vois pas l'aborder comme la première venue — ni me lever et partir, bien sûr. Alors j'attends. Accoudé au comptoir, Denis qui voit ma tête se retient pour ne pas rire (Denis est un drôle de bonhomme qui passe sur terre comme un philosophe cleptomane dans un supermarché — c'est pour lui que Blondie a écrit sa chanson la plus connue, « Denis », un matin où il s'est réveillé chez elle, à New York — « *Denis, Denis, I'm so in love with you, Denis, Denis…* »). Je hausse les épaules et secoue la tête en le regardant, la bouche déformée, pour lui indiquer que je pourrais être attiré par n'importe qui en France sauf par cette créature anormale. Son sourire s'élargit. Renonçant à essayer de le convaincre, je tourne de nouveau la tête vers la nouvelle venue et l'observe. Elle a des mains, des oreilles, une bouche, un nez, un petit bouton entre la narine gauche et la joue, des seins pas très gros (mais l'anorak tasse, j'espère), un long cou, de beaux sourcils, des yeux ailleurs.

Soudain, lisant, son visage fermé s'ouvre, comme si on avait appuyé sur un interrupteur quelque part vers sa cheville. J'écarquille les yeux pour participer à son réveil et, de son côté, plongée tout entière dans son livre elle se met à rire. Naturellement, librement, comme rient les gens qui se savent seuls. Je vois là l'occasion de faire un premier pas vers la liaison amoureuse : je tente un gloussement en écho (je partage ton plaisir, je suis là, je communie, jette un coup d'œil vers moi, tu vas voir). Mais je rate mon coup et produis à peu près le son d'un mouton qui vient d'avaler un caillou caché dans l'herbe. Elle tourne tout de même la tête vers moi (n'importe qui aurait réagi de la même manière, ne serait-ce que pour s'assurer que j'allais bien) et me dit gentiment :

— C'est drôle, ce livre.

Ça compte, la première phrase. Même si ça ne veut pas dire grand-chose. Je la regarde, béant. Comment imaginer, alors que j'ouvre la bouche comme un jeune homme devant cette fille que je ne reverrai jamais (car il ne faut pas rêver), que quelques jours plus tard à New York elle grognera sur le parquet, le corps en sueur et les jambes tremblantes : « J'aime baiser le matin, ça me tue » ? Cette personne insolite en anorak trop court est devant moi, étrangère et close, et quelque temps plus tard je serai à genoux devant elle, couvert de son sang de l'autre côté de l'océan, elle me sourira en reprenant son souffle. C'est troublant. Il vaut mieux penser à autre chose.

Alors que je crois la conversation lancée (« Ça parle de quoi, ce livre qui est drôle ? », rien de plus simple, je vais le dire tout de suite, attends deux secondes), elle se lève comme si elle n'avait rien dit, elle se lève à la manière de la girafe dans la savane et se dirige vers les chiottes. Elle est grande. Elle porte la jupe la plus laide que j'aie jamais vue (et pourtant je suis déjà allé en Allemagne), un truc en velours noir avec une bande de dix centimètres de large cousue en bas pour arriver sous les genoux, dix centimètres de grosses fleurs roses et bleues sur fond blanc ; elle porte aussi des mi-bas qui lui couvrent les mollets jusqu'en haut, des mi-bas en nylon marron transparent, comme dans les cauchemars, et des bottes de cuir grenat probablement rachetées à prix modique à Miss Roumanie 73. Le dieu du mauvais goût peut dormir tranquille, il est bien représenté sur terre.

Mais en dépit de cette tenue épouvantable, sur le chemin qui mène aux toilettes elle marche comme la reine de la planète. La reine des dames, la reine des putes. Les bras le long du corps, les reins cambrés, les épaules sûres et gracieuses, la tête au-dessus du monde. Je ne respire plus, je n'ai jamais vu quelqu'un se déplacer avec autant d'élégance et de noblesse simple (pourtant je suis déjà allé en Égypte).

Elle reste plus d'un quart d'heure aux chiottes. Je suis assez coincé de ce côté-là, depuis l'enfance. Tout le monde mange mais personne ne doit chier (sauf moi). Elle, ce serait normal. Elle peut, ce n'est pas grave. C'est une extraterrestre, elle peut faire tout ce qu'elle veut. Elle doit, sinon elle va avoir mal au ventre. Et ce serait dommage. Quelques jours plus tard, c'est-à-dire quelques instants plus tard (il vaut mieux penser à autre chose), j'apprends qu'elle passe sa vie aux toilettes. Pour se laver les mains, pour pisser, pour chier, pour changer de tampon — elle a ses règles tous les dix jours, il me semble. Elle se lave les mains souvent (elle peut aussi rester trois ou quatre jours sans prendre une douche), elle va pisser sans arrêt, ça ne peut pas faire de mal (et change de tampon dès qu'elle pisse, sinon c'est dégueulasse (dans le Luberon, je l'ai vue vider une boîte de quarante Tampax flux abondant en cinq jours)), elle va chier souvent (et toujours revient en grommelant : « C'était pas terrible »). Dans un bistrot désert en Bretagne, où vit toute sa famille, elle me dit : « Quand je vais aux chiottes, je regarde tout dans la glace : mon cul, ma chatte. J'aime voir ça. » Mais bien sûr, je ne le sais pas encore. Tout ce que je sais d'elle, c'est qu'elle est étrange, que Bukowski la fait rire et qu'elle s'habille comme une paysanne lâchée dans les rayons d'un Carrefour oublié par les fournisseurs depuis vingt ans. En la regardant revenir entre les tables de son pas de reine des cigognes, je ne sais pas encore qu'elle est la personne la plus déconcertante, la plus émouvante, la plus cinglée, la plus vivante qu'il me sera donné de rencontrer. Mais ce dont tout de même je me rends compte, car je ne suis pas le dernier des imbéciles, c'est que lorsqu'elle porte ses vêtements de plouque, lorsqu'elle marche, elle les métamorphose par magie harmonieuse en vêtements chics. Elle pourrait porter des sous-pulls rouille, ce serait beau quand même, ce serait excitant. (Pour être honnête, elle en porte, des sous-pulls rouille — sur la plage de Coney Island, quand je m'apprête à manger mon hot dog très orange en regardant tristement les chaussures en caoutchouc rouge qu'elle a choisies pour moi s'enfoncer dans le sable humide, c'est un sous-pull rouille qu'elle vient d'ôter (puis un pantalon en tergal vert et une grande culotte de coton blanc), c'est un sous-pull rouille qu'elle a laissé tomber dans le sable, sous le regard des New-Yorkais pâles épouvantés de la voir nue ici (je me souviens d'un obèse rose, j'ai cru qu'il allait périr sur place les yeux dynamités, tomber en tas d'amour inanimé sur la plage), avant d'enfiler le maillot de bain noir de son grand-père (celui qu'elle a tué parce qu'il voulait qu'elle range son bordel — je raconterai ça bientôt), ce maillot de bain qui ressemble à celui de Garbo dans *Éclipse* — mais elle est plus belle que Greta Garbo.)

Elle ressort des toilettes, elle prend sur la table son paquet de Gitanes et son briquet rose en forme de tong, les fourre dans son sac noir sur lequel est brodée une grosse fleur rouge, elle dit au revoir à tous les clients du bar, même à moi (elle est très polie), elle dit au revoir plus ou moins distraitement à tous ces gens qu'elle voit pour la première fois de sa vie et que je connais depuis longtemps (je passe ma vie au Saxo Bar), Denis, Momo, Messaoud, Thierry le barman, Thierry le Canadien, Youssef, Taouf, Philippe, Nassima, Lenda, Soumia, Nouredine, Pedro, Audrey, Khadija, Nicolas, Jean-Marie, Jessica, Samir, Alain, Anne-Catherine, Lucie, Henri, Stéphane, Anne, Jacky, Patrice, Issam, Mapie, Zaza, François, Virginie, Nadia, Nenad le patron, elle s'approche de chacun pour le saluer puis s'en va.

Elle est partie vite, sans me prêter grande attention.

Le soir, je me couche avec la sensation agréable d'avoir rencontré quelqu'un. Mais l'affaire est loin d'être dans le sac, comme dit ma tante.

Le lendemain après-midi, par chance, je la croise rue de La Jonquière. Elle porte une grande robe de bal en satin rouge vif, une robe immense et somptueuse que n'auraient peut-être pas osé porter les belles dames du siècle dernier, et des escarpins noirs à talons aiguilles. Ses cheveux sont défaits, avec un papillon rouge et vert étincelant quelque part dedans. Hormis le costume (et le décor), elle ressemble à Néfertiti dans un champ de canne à sucre. Si elle n'était pas si singulière, si impressionnante, les gens lui jetteraient des pierres en ricanant ou se débrouilleraient pour l'empêcher d'évoluer dans ce monde avec sa grande robe. Elle se dirige vers le tabac, sur le trottoir opposé au mien, et je ne sais pas comment l'arrêter — de l'autre côté de la rue, je me vois mal crier : « Alors en fin de compte, ce livre que vous lisiez hier et qui était drôle, ça parle de quoi ? » Je la regarde passer très intensément, en la bombardant de désir télépathique, mais je dois me planter dans la procédure de transmission des ondes car elle garde les yeux fixés droit devant elle, les yeux dans le vide surpeuplé de la rue. À quoi pense-t-elle ? Est-elle amoureuse ? A-t-elle des problèmes d'argent ? Vient-elle de recevoir un coup de téléphone de son père ? Elle marche très rapidement, à grandes enjambées malgré ses talons hauts (sur la Septième Avenue à New York, quand je la rattrape hors d'haleine, furieux, et lui demande si elle a un train à prendre pour foncer aussi bêtement sans raison, elle me répond : « Je marche vite car si je marche lentement, je perds l'équilibre »). Elle bouscule un couple de vieillards qui la ralentit et passe en trombe entre eux comme une boule de bowling entre deux quilles — c'est curieux, je ne connaissais jusqu'à présent qu'un trait de son caractère : une extrême politesse. Il faudra examiner ça de plus près. Pour l'instant, elle file. Néfertiti se tient très droite, arquée même et ondule des hanches, souple et flottante au milieu du corps, comme si sa tête et ses pieds étaient attachés quelque part, en l'air et sur terre, et que seules ses fesses pouvaient se balancer librement de droite à gauche. Elle met littéralement un pied devant l'autre — elle marche comme une acrobate sur un fil de fer, mais bien plus vite —, passe sans un regard devant le tabac du coin de la rue et s'éloigne vers je ne sais où. À quoi pense-t-elle, hypnotique, avec ces yeux fixes ?

Elle me dit deux semaines plus tard qu'elle partait alors chez son mec, Bruno, un photographe qui l'a récupérée dans ses bras (par chance) quand elle est arrivée à Paris à dix-huit ans, un petit homme vicieux, minable et lâche (je m'efforce de rester objectif), qui la fait ramper pour l'empêcher de se sauver. Ce jour-là, princesse altière dans ce flot de satin rouge, Néfertiti fend la foule des employés moroses et des commères aigries, lumineuse elle traverse la grisaille pour aller docilement se faire prendre en photo à quatre pattes, un god dans le cul.

Je traîne toute la soirée au Saxo Bar dans l'espoir de la voir, elle est en train de se branler devant l'objectif dégoulinant de son mec, je termine la bouteille d'Oban (que je fais passer avec une dizaine de Carlsberg) et je rentre me coucher en vacillant sur le trottoir tordu, je retourne au lit malade et honteux. Je ne connais même pas le prénom de cette fille. Je le saurai bientôt. Elle s'appelle Olive. C'est assez ridicule. Olive et Titus, on aurait l'air fin. Ce n'est même pas la peine d'y penser.

— Je t'aime, Olive.

— Moi aussi, Titus.

(Rires.)

Elle s'appelle Olive Sohn. Olive Sohn. Olive. Olive. Olive.

Elle ne ressemble pas, loin s'en faut, à l'Olive de Popeye : cette grande brune godiche, avec une petite tête, pas d'épaules et pas de seins, de larges hanches et de la mollesse partout dans le corps et l'âme. Et pourtant si. Je ne pourrais dire pourquoi, mais même si physiquement et mentalement elle est aussi proche d'Olive qu'une mirabelle d'un cheval, elle porte bien ce prénom. Elle a quelque chose d'Olive. Comme la forêt a quelque chose de la mer, par exemple. Olive, ça lui va bien. Et je m'imagine facilement, moi, en Popeye. Ça me plaît. The Sailorman.

Le lendemain à dix-huit heures, j'entre au Saxo Bar la tête douloureuse et cinq Alka-Selzer dans le ventre. Olive est assise à la même place que l'avant-veille, dans un coin près de la porte (pourtant quand elle entre dans un bar, elle s'assied toujours au comptoir, sur un tabouret (« Parce que c'est là qu'on rencontre les hommes, dit-elle, les hommes sont souvent au comptoir et les femmes dans la salle ») — lorsque je lui demande quelques jours plus tard dans un bistrot désert de Veules-les-Roses pourquoi elle s'asseyait en salle, sur les banquettes de velours mauve et vert du Saxo Bar les premières fois où je l'ai croisée là-bas, elle me répond : « Parce que je n'aime pas sentir des regards dans mon dos »), elle est posée comme une poupée gonflable près de la porte sur la banquette mauve et vert, lit le dernier Despentes et porte une robe vert électrique à paillettes dorées, très courte, des bas et un porte-jarretelles qu'elle ne cache pas, les mêmes escarpins noirs que la veille et un grand bonnet blanc en lapin (pourtant il fait bien vingt-sept ou vingt-huit degrés (tiens, finalement c'est peut-être à ce moment qu'a débuté mon cauchemar avec les lapins (mais je ne pouvais pas le deviner, je ne saurais distinguer à l'œil nu le poil du lapin de celui du lion))).

Je demande une Carlsberg à Thierry pour remonter le moral de mes globules et me donner, à moi, du courage pour l'avenir (car je n'ai que trop tardé, il est grand temps de s'essayer à l'amour), mais avant qu'il n'ait posé le verre jaune mousseux sur ma table, le beau

Rocco (play-boy toc des Épinettes, notre quartier) s'installe en costume anthracite près d'Olive Sohn et déballe sa marchandise à l'italienne. Je n'entends pas ce qu'il lui raconte, car Denis a mis les Stones très fort sur le juke-box, mais il suffit d'avoir passé plus de deux ou trois ans sur terre pour deviner qu'il veut la baiser. Quand un chien s'approche d'un arbre en levant la patte, ce n'est pas pour danser le charleston autour.

Il faut dire qu'à première vue, elle ne semble pas très difficile à ramener à la maison (du moins pour celui qui a déjà du sperme dans l'œil — car pour celui qui voit clair (moi), il est évident qu'Olive est un cas presque unique dans les annales de l'humanité, qu'elle est ouverte et fermée à la fois, sauvage, salope et prude à la fois, disponible mais intouchable, et que celui qui réussira à la mettre à quatre pattes en la baratinant comme un vendeur d'encyclopédies n'est pas encore né (ou alors il est tout petit) (cela dit, dans le seul café d'un village médiéval du Luberon, où la serveuse frotte ses gros seins contre elle lorsqu'elle la croise dans l'embrasure de la porte des toilettes, Olive me dit : « Je ne complique pas trop les choses, je baise avec tous les hommes et toutes les femmes qui me plaisent »)).

Entre « Sympathy for the Devil » et « Jumpin' Jack Flash », j'entends Rocco qui gargouille :

— En Italie, mon père est plus important que le président de la République.

Il serait temps qu'il me laisse la place, ce macaroni salace. Casse-toi, Rocco, the Sailorman piaffe d'impatience. Va jouer au billard, va voir ton père, va mettre Ramazotti sur le juke-box, n'importe quoi, va bouffer une pizza. J'ai besoin de m'exprimer, moi aussi. Mais attention, moi c'est autre chose. Moi pas question que j'aille faire le beau dans le grand cirque de la baise à la chaîne. C'est pas mon genre, à moi — enfin si, c'était mon genre, j'étais même le Zavata de la baise qui fait rire, le Kazakh fou de la baise volante, mais maintenant je crois bien que j'ai envie de tirer ma révérence et de ranger mon costume doré, adieu les paillettes et les lumières aveuglantes de la piste aux étoiles filantes, je veux de l'amour. Pousse-toi, Rocco, s'il te plaît. Ton père est plus important que le président de la République, tu peux rendre n'importe quelle femme heureuse, alors va en chercher une autre. Fous-lui la paix. Elle en voit vingt par jour, des comme toi : il suffit qu'elle dise un mot, qu'elle bouge une jambe et elle peut se faire mettre par n'importe qui. Mais Titus Colas, lui, veut de l'amour. Titus Colas veut tenter sa chance auprès d'Olive Sohn, sérieusement. Je m'en fous, de son cul (non, je plaisante). Sois sport, Rocco. Gare ta gondole et laisse passer the Sailorman.

Au-delà de l'écran de musique, j'entends le pignouf transalpin parler d'un « hélicoptère » (Olive hoche la tête et tire sur sa gitane), puis quelques instants plus tard d'une « femme sublime » (Olive hoche la tête et regarde à travers lui, l'œil clair, loin derrière), avant de conclure à la manière des forts (à la fin de l'envoi il touche) en lui tendant sa carte de visite. Ce petit rectangle de bristol blanc me fait pitié. On dirait qu'il lui tend une analyse d'urine rassurante, qu'il lui tend sa petite misère.

Néfertiti fourre la carte dans son sac (un petit en skaï rouge, aujourd'hui) parmi cinq ou six cents autres je suppose, pose sur un Rocco tout fier d'avoir réussi son coup un regard aimable qui signifie « Tu peux rêver », lui sourit gentiment, vraiment gentiment, et sort du Saxo sans dire au revoir à personne. Elle passe la porte. Je n'ai jamais vu un cul pareil. L'Italien reste assis face au vide. Le pauvre rital, tout con.

Moi aussi. Tout con, tout seul.

Le lendemain, je vais faire une analyse d'urine, justement. Plus ou moins pour l'offrir à Olive, en fin de compte (tous pareils). Depuis quatre ou cinq jours, quand je pisse je pense à mon père sous le tracteur — l'impression que quelque chose de chaud me sort du corps. C'est la première fois que je chope un truc de ce genre. Je m'en fous un peu, ce n'est pas réellement douloureux, mais je ne voudrais pas refiler une saleté à une fille comme Olive (c'est curieux, il ne me vient pas une seconde à l'esprit que cette rencontre (quelle rencontre ?) puisse rester sans suite — je vais l'emmener chez moi bientôt, la déshabiller sans en perdre une miette, baiser avec elle de manière très encourageante, me promener le lendemain avec elle dans les rues d'une journée lumineuse et molle puis partir avec elle dans quelques pays du monde (je ne sais pas ce qui me prend, je deviens fou), bref, je vais enfin avoir droit à l'amour qui rend tout possible, depuis le temps que j'en entends parler, dans les bras d'une fille insaisissable (j'ai du bol) (je ne connais pas la fin tragique de l'histoire, ce jour où elle portera son pull vert pelouse, trois ou quatre tailles en dessous de la sienne avec des trous partout, mais c'est toujours comme ça, on ne connaît jamais la fin tragique de l'histoire)).

J'ai dû attraper ça la semaine dernière dans le lit de Nathalie — une femme croisée un mois plus tôt dans une boîte ringarde près des Champs-Élysées, qui couchait avec tous ceux qui lui souriaient dans l'espoir de se l'envoyer et vivait seule avec sa fille de deux ans à Colombes, parlait tendrement aux mouches qui s'attardaient dans sa cuisine (car elle croyait que chacune était la réincarnation de son mari (qui s'était tiré une balle dans la tête (à cause d'elle, disait-elle) en forêt de Fontainebleau et qu'on avait retrouvé deux mois plus tard, aux trois quarts dévoré par des animaux)), qui cachait des lettres de dénonciation sous chaque tapis et derrière chaque meuble de son appartement (« Si je suis morte, si je me suis tuée, c'est à cause de Titus Colas, qui n'a pas voulu de moi » — nous avons à peine passé cinq ou six nuits ensemble, espacées sur trois semaines), qui se fourrait un petit revolver dans la bouche dès que j'essayais de lui expliquer que je n'étais pas fait pour l'amour (donc, effrayé, je me déshabillais illico et la niquais comme je pouvais en espérant lui redonner goût à la vie) et qui a fini par se sauver dans la nuit jusqu'à l'hôpital le plus proche, en tee-shirt rouge et culotte blanche, courant pieds nus sur le trottoir humide en agitant les bras, et en poussant des cris de chatte à l'agonie, de manière tout à fait psychiatrique. Je l'ai poursuivie en voiture, mais le temps que je me gare elle avait déjà franchi les portes de l'hôpital, et lorsque j'ai voulu entrer derrière elle, le gardien (venu des pays de l'Est) m'a barré virilement le passage en grognant :

— Non monsieur. Je crois que la dame ne veut plus vous voir. Je crois que vous lui avez fait beaucoup de mal déjà. Il faut rentrer chez vous.

Comment avait-elle pu lui expliquer tout cela en quelques secondes ? (L'âme slave, on dira ce qu'on voudra, c'est quelque chose.) J'ai insisté mais il m'a définitivement remis à ma place.

— Dégage, maintenant. Rentre chez toi, enculé.

S'il n'avait pas été de l'Est (avec toute la force sourde, l'énergie désespérée que cela suppose) et si j'avais réellement tenu à savoir ce qu'allait devenir mon infortunée compagne, j'aurais fait face et serais allé, je pense, jusqu'à passer sur le corps de cette brute. Mais il était costaud comme un type qui n'a tenu le coup dans les camps que grâce à la vodka artisanale que lui fournissait un gardien compréhensif, et je n'attachais qu'une importance de circonstance à l'avenir de cette malheureuse — donc je suis rentré chez moi sans plus me soucier d'elle, enculé.

J'ai dû toutefois faire un détour par l'appartement de Colombes, car la brave femme avait oublié d'emmener sa fille, Audrey (comme toutes les petites filles), deux ans, qui dormait profondément, minuscule, seule dans son tee-shirt de nuit bleu avec Bambi dessus. Je l'ai prise endormie dans mes bras et l'ai conduite en voiture jusqu'à l'appartement de la mère de Nathalie. La vieille imbibée de sommeil nous a ouvert en nuisette saumon de chez Prisunic, n'a rien compris à ce que j'essayais de lui expliquer mais a tout de même pris la petite dans ses bras et a refermé la porte en bougonnant. J'ai dit au revoir tout seul sur le palier, j'ai réfléchi dix secondes avant de redescendre et je suis rentré chez moi, enculé.

Nathalie est maintenant dans un lit en fer, assommée par les produits chimiques, sa fille pleure dans l'odeur de bois moisi, de cake aux fruits confits et de vieille peau de la grand-mère, et moi j'ai mal quand je pisse.

J'entre chez le premier médecin dont je vois la plaque, rue Baron — n'ayant quasiment jamais été malade depuis que j'ai quitté le cocon familial en Alsace, il y a près de quinze ans, je n'ai pas le privilège d'avoir « mon » médecin à Paris (chaque fois que je vais dans une pharmacie chercher un sirop pour la toux ou une crème pour quelque douleur musculaire, on paraît stupéfait — et presque triste pour moi — que je n'aie pas de médecin attitré (comme si j'avouais que je n'ai pas d'amoureuse ou de marraine ou de passion dans la vie)). Nous sommes deux dans la salle d'attente. Mon compagnon d'inquiétude porte une jupe rose, un débardeur en coton blanc, des baskets à semelles considérables et de gros nichons. Il se gratte sans arrêt, parle tout seul à voix basse et me lance des regards inquiets sans me voir, comme si j'étais un pot de fleurs exotiques un peu inquiétantes. Le médecin vient le chercher (« Monsieur Larbi ? » — il ou elle se dirige vers l'homme de science en tortillant du cul, les mains légères comme du papier à cigarettes (c'est comme si on criait dans la forêt « Loup y es-tu ? » et qu'un lapin arrivait la queue en l'air, posait ses grosses fesses molles sur la mousse et gloussait « Oui ? Quoi ? »)) et je reste un long moment seul. Je lis *Femme actuelle*, j'apprends comment réussir une tarte tatin comme au restaurant et comment raviver le désir de mon mari (« C'est bien simple, il ne me voit même plus ! » : il faut acheter des dessous chez Chantal Thomass (c'est un peu cher, mais on n'a rien sans rien) et bien lui faire comprendre qu'il n'est pas seul au monde — je le savais déjà), et j'entends quelques bribes de conversation dans la pièce voisine : « Vous avez beaucoup maigri ? »

Un quart d'heure plus tard M. Larbi sort, ils discutent un moment dans le couloir (« Ah oui mais le printemps, il n'y a rien de pire pour les gens sensibles »), puis le médecin vient me chercher en passant la tête dans l'entrebâillement de la porte comme s'il allait jeter un dernier coup d'œil dans sa boîte aux lettres pour être sûr.

Il m'invite à m'asseoir, me regarde avec inquiétude comme si j'avais un peu maigri moi aussi, puis me demande aussi sec si je n'ai pas de problèmes avec le pollen. Malin comme un singe, je réponds que non, du moins pour l'instant, mais que je reste sur mes gardes car je suis assez sensible de ce côté-là et que le printemps, pour les gens sensibles, c'est terrible. Il est épaté par ma réponse (ses yeux bleus globuleux — ceux des bébés blonds immondes dont on dit « Oh qu'il est beau, quels beaux yeux bleus ! » — s'écarquillent) et s'interroge sans doute sur la raison de ma venue chez lui, étant donné ma science de base.

— Vous… Qu'est-ce qui vous amène ?

Je lui explique que j'ai de la chaleur entre les jambes et que c'est probablement dû à mon aventure insouciante avec la femme au revolver. Après les remontrances d'usage (« Ne me dites pas que vous ne vous protégez pas ? »), il me demande d'ôter mon tee-shirt et de m'allonger sur sa table d'étude. Il me palpe le cou et les mollets (pauvre fou), écoute mon cœur, prend ma tension, me tripote l'abdomen (« Ça vous fait mal ? — Non non… »), me demande s'il peut aller jeter un coup d'œil derrière ma braguette (« Je vous en prie, c'est pour ça que je suis venu »), me tâte et m'observe la bite avec compétence et délicatesse, avec amour — comme un pêcheur qui examine la petite truite qu'il vient de prendre à l'hameçon afin de savoir s'il doit la fourrer dans son panier ou la laisser retourner à la rivière — puis déclare d'une voix de spécialiste des problèmes de bite :

— Rien. Vous n'avez rien, mon ami. Estimez-vous heureux.

Je m'estime très heureux, range ma petite truite, remet mon tee-shirt et me dirige vers son bureau recouvert de cuir bordeaux (je me rassieds humblement, piteusement même, comme on fait toujours quand on vient de confier son anatomie, sa faiblesse, à un pauvre type dont le seul avantage sur nous est d'avoir décroché un pauvre diplôme décerné par d'autres pauvres types qui font autorité mais n'ont pas compris grand-chose à la vie, pas plus que n'importe qui d'autre en tout cas, qui se trouvent trop gros dans la glace le soir avant d'aller se coucher, avant d'aller rêver qu'ils empalent de jolies jeunes filles brunes (celles qui, quand ils les croisent dans la journée, ne leur accordent qu'un bref regard dégoûté, un regard de mépris et de pitié mêlés alors qu'ils ont pourtant de sacrés diplômes)). Il commence à me rédiger une ordonnance pour la forme (quelques remontants, car si je viens le voir ce n'est pas pour rien, même si je peux effectivement m'estimer heureux), mais soudain, son bras se fige, ses yeux bleus de poupon se braquent sur moi, il devient rouge et s'exclame d'une voix étranglée :

— Des *chlamydiae*. Mais… évidemment, ce sont des *chlamydiae* !

Je ne sais pas ce qui lui prend tout à coup. Sous ses cheveux blonds teints, paille, ses yeux de poisson s'agitent et des bulles de salive apparaissent au coin de ses grosses lèvres rouges. J'ai un cou de taureau, des mollets d'antilope, un cœur de bambin, une tension d'athlète, des poumons de ténor, une bite de poulain, mais alors qu'il s'apprêtait à me prescrire de la vitamine ou du magnésium et que j'étais déjà sur le point de partir, il se ravise (sentant sûrement qu'il ne remplit pas tout à fait son rôle et ne fait pas honneur à ses pairs et pères (« Tu vas le laisser partir comme ça, gamin ? »)) et découvre a posteriori que je suis, bon sang mais c'est bien sûr, infesté de *chlamydiae* ! Il aurait aussi bien pu s'exclamer « Mais… évidemment, c'est un cancer de l'estomac ! », c'était le même prix : cent quinze francs.

Dans le couloir qui nous ramène à la porte (un gosse de quinze ans, couvert de croûtes, les bras criblés de trous mauves, se tortille dans la salle d'attente), il me dit :

— Je ne sais pas si vous avez déjà visité New York, mais ça vaut vraiment le coup. J'en reviens, moi. C'est une ville de fous. On a l'impression que tout est possible. Mais la misère, là-bas, les gens qui meurent à même le trottoir, pour ainsi dire… C'est affreux.

Oui, d'accord, c'est noté. Quelques instants plus tard, je suis au laboratoire d'analyses, deux rues plus loin. *Chlamydiae* ? Parfait. Pas de problème. Analyse d'urine, d'accord. Je dois remplir deux petits flacons le lendemain : l'un dès le lever, avec mon premier « jet » (quand la laborantine prononce ce mot, j'ai envie de me cacher misérable sous l'un des fauteuils de moleskine crème qui sont derrière moi), l'autre avec mon deuxième jet. Beurk. Et surtout, opération accessoire mais très importante : pendant vingt-quatre heures, je dois pisser dans des bouteilles en plastique («Évian, Vittel, comme vous voulez...») et tout lui rapporter.

— Même s'il y a trois ou quatre litres, me dit-elle. Je veux tout.

Elle veut toute mon urine. Elle m'explique pourquoi, mais je ne comprends rien. Je trouve ça répugnant, dégradant, et je dis :

— Oui madame, d'accord. À demain... Non, après-demain.

Le lendemain, je passe mon temps à pisser dans des bouteilles de Volvic. Dans la rue je me retiens et cours jusqu'à chez moi pour verser docilement mon humble production dans ma bouteille. Il faut bien viser, je prends soin de ne pas en perdre une goutte — on ne sait jamais, ça peut tout fausser. Je bois beaucoup d'eau et remplis bravement deux grandes bouteilles. Soit trois litres. Jaunes. Avec un peu de mousse au-dessus.

Le jour suivant, je lui apporte tête basse mes deux bouteilles pleines : si je déposais sur le comptoir du laboratoire mes déficiences, mes erreurs et mes doutes gluants et puants sur du papier journal, ce serait pareil. Tenez, voilà ce que je suis : ma pisse jaune et mousseuse. Je n'ose pas la regarder en face, mais elle me dit :

— Vous savez, il ne faut pas vous sentir gêné. On a tous les jours des vieux qui nous apportent leur pisse, c'est mal bouché parce qu'ils n'ont pas de force, souvent ça dégouline et on s'en fout plein les mains. Vous, au moins, le bouchon est bien vissé.

Ah, je ne suis pas au fond du trou. Il y a pire que moi : les vieillards qui en foutent partout.

Trois jours plus tard (je n'ai pas remis les pieds au Saxo Bar, dans l'attente anxieuse du verdict des juges en blouse), je reçois les résultats de l'analyse dans ma boîte aux lettres : je n'ai rien, pas de *chlamydiae*. C'est une bonne nouvelle, je n'aime pas avoir des envahisseurs dans le corps. Mais ne te réjouis pas trop vite,

Titus Colas, me précise le courrier de manière très sèche. Tu n'es peut-être pas aussi sain que tu en as l'air. Car le résultat ne peut être validé : tu ne nous as pas fourni assez de « matériel biologique ».

Quoi ? J'ai donné trois litres de pisse, par respect pour la médecine et ses prouesses qui nous dépassent, je me suis abaissé à l'état de vache qu'on trait, je me suis vidé en rougissant dans des bouteilles en plastique et malgré tous ces efforts, on me rejette ? Je n'ai pas suffisamment de matériel biologique dans les urines ? La médecine m'écarte comme une quantité négligeable. Je ne peux m'en prendre qu'à moi-même, je n'avais qu'à être un peu plus dense, biologiquement parlant. Mais qu'est-ce que ça veut dire ? Je suis un homme. J'ai forcément assez de matériel biologique. Sinon je ne tiendrais pas debout, je ne pourrais pas courir, danser le jerk, tenir le coup aux heures de pointe dans le métro, baiser des filles à la façon d'un sauvage, digérer des casseroles entières de nouilles, allons, si je n'avais pas assez de matériel biologique je ne pourrais pas écouter de la musique ni m'exprimer correctement. Je suis même en train de tomber amoureux, c'est dire si je suis complet, c'est dire si je suis fort. Pourtant, l'analyse ne fonctionne pas sur moi. Ils me conseillent de recommencer le test — qui sait, je serai peut-être meilleur au deuxième essai ? C'est hors de question, j'ai déjà fait tout ce que j'ai pu. J'ai assez donné. Que les *chlamydiae* me rongent, je m'en tape. Je suis solide, quoi qu'on en dise, je suis un coriace, je peux leur résister. Aux *chlamydiae*.

Humilié toutefois, je ne retourne toujours pas au Saxo Bar le lendemain. Ni le surlendemain. Enfin, je n'en ai sûrement pas, des *chlamydiae*. Mais je n'ai plus assez confiance en moi pour sortir. Je ne vois pas ce que j'ai à faire en ce monde.

Je tente de nouveau l'aventure dimanche. Je n'ai pas assez de matériel biologique mais j'ai le droit de vivre, surtout le dimanche — même peu. Même pas assez. On fait avec ce qu'on a.

Néfertiti est là. Elle porte un grand manteau de cuir rouge et son bonnet de lapin. Elle est assise au même endroit que les autres jours, sur la banquette près de la porte. Tout le monde l'observe, amusé ou intrigué. Henri, Jessica, Lucie, Messaoud. Elle dégage de l'électricité. Elle produit à peu près l'effet d'une lampe de chevet (avec un petit abat-jour noir et un pied en or finement travaillé) dans une boutique de poterie. Pourtant elle semble assez timide, quand on regarde attentivement son visage. Elle a des yeux inquiets.

Rocco, piteusement arrimé au comptoir, essaie de ne pas la voir. Il boit de la vodka et croupit dans son verre. The Sailorman, quant à lui, enfile son tee-shirt rayé, remplit les cales de victuailles et hisse les voiles que le vent de l'amour gonfle déjà. Pas assez de matériel biologique ? Deux secondes…

Olive boit du café et lit toujours le dernier Despentes. Je pensais qu'elle lisait vite. Voilà qui pourrait faire une bonne entrée en matière. (« L'autre jour vous avez englouti le Bukowski et là… ») Aux pieds, elle porte des Kickers bleu marine (avec encore l'étiquette de cuir en forme de trèfle à quatre feuilles passée sur les lacets). C'est bizarre, avec ce manteau rouge de pute. Ça fait petite fille.

— Vous aimez Virginie Despentes ? m'étranglai-je.

— Pardon ?

— Vous aimez Virginie Despentes ?

— Oui, beaucoup. Je trouve qu'elle… J'aime, oui.

— Et celui-ci ? C'est le dernier, non ? (Je connais tout, je suis costaud.) On m'a dit qu'il était… différent des autres. (Je suis habile.)

— Oui, il est moins bien. Mais ce n'est pas grave.

— Si, quand même, non ? (Je n'ai jamais été très doué en conversation.)

— Non. Ce n'est pas grave. Et certaines choses font peur quand même.

— Ça fait peur ?

— Oui. Parfois. Une sensation de peur.

— Ah…

Je ne sais plus quoi dire, je bloque comme un robot pas très perfectionné. J'ai l'impression qu'Olive Sohn sait tout, comprend tout, ressent tout et moi rien. Miette n'est qu'un corps, une enveloppe vide, un être superficiel et creux qu'une aiguille suffirait à crever, ne libérant qu'un petit nuage de poudre grise. Elle a peur ? Elle a des yeux vagues et inquiets mais avec toute cette lumière à l'intérieur, avec cette densité atomique, cette énergie qui irradie d'elle comme d'une bombe qu'on entend presque vibrer, je ne vois pas comment elle aurait peur de qui ou de quoi que ce soit. Quelqu'un qui s'approcherait trop serait immédiatement désintégré. Par contre elle, elle, oui, elle me fait peur. Elle est impressionnante. Blonde. Sa tête de cinglée. Sa bouche de sainte. Son manteau de tapin démodé. Ses chaussures de gamine. Salope, vicieuse, mystère. Je suis sur le point de laisser tomber, de m'enfuir, tant pis il y en a d'autres sur terre (tu peux toujours chercher, abruti), de ramener mon peu de matériel biologique entre mes quatre murs, je ne mérite pas cette fille tellement biologique elle-même, je suis sur le point d'aller lire le dernier Despentes au fond de mon lit pour voir si ça me fait peur, à moi aussi (en fait, je le lis quelques semaines plus tard et non ça ne me fait pas peur — il faut dire que je triche, rien ne peut me faire peur car Olive dort à l'étage, nous sommes à Veules-les-Roses pour un moment, je suis allé manger tout seul dans un restaurant absolument dégueulasse où le nom des plats est traduit sur le menu pour mettre le touriste en appétit, où par exemple « l'assiette du maraîcher » est sous-titrée « the plate of the truck farmer » (Néfertiti a ses règles et ne veut pas sortir de la maison parce qu'elle est trop nerveuse), et quand je rentre il y a un mot sur la table de la cuisine : « Tu peux m'appeler si tu veux, je suis en haut et je t'aime »), mais alors que je m'apprête à battre en retraite avant de me désintégrer comme tous ceux qui l'approchent, réduit à néant au Saxo Bar, elle me dit :

— Bon, au revoir.

Olive lève vers moi ses yeux animaux et me sourit comme si elle avait envie de me manger. Ou comme si elle voulait que je l'aide. Ah je ne devine rien, ça m'énerve.

Elle va partir. Que ce soit moi qui m'en aille, d'accord, je peux rentrer les yeux sur le trottoir et me dire que je suis un pleutre, un veau lobotomisé qui ne sait pas saisir la seule chance qui lui sera jamais offerte et continuera à chercher l'amour comme à colin-maillard, en rigolant et en courant partout les bras tendus parce que ça occupe (« Ha ha, non, ce n'est pas elle, que je suis bête, ha ha ! »), à se péter la tronche tout seul dans des bars et à grimper de temps en temps sur des filles consentantes en ahanant jusqu'au bout de la vie — jusqu'à ce que la fatigue le terrasse, jusqu'à ce qu'il crève sur sa dernière conquête en poussant un râle pathétique et soit englouti par le globe glouton —, je peux me défiler, je peux faire semblant de ne pas la voir et repartir l'air de rien comme un couillon de chasseur de yeti qui a peur de le trouver (qu'est-ce qu'il va en faire, et qu'est-ce qu'il va devenir, lui, ensuite ?), mais au moins c'est moi qui me défile. C'est toujours un geste. Tandis que là, ça fera trois fois qu'elle part et que je reste tétanisé : j'ai l'impression irritante (acide dans le ventre) de laisser passer quelque chose sans rien faire.

— Attendez…

Je ne sais pas comment il faut agir lorsqu'on est amoureux. Attendez. (Je n'ose même pas songer à ce qu'il faudra faire ensuite, quand nous formerons ce COUPLE dont je rêve depuis tant d'années (que dire pendant qu'on dîne à deux dans la cuisine ? (« Qu'est-ce que tu as fait aujourd'hui, à peu près pareil qu'hier ? », « Figure-toi qu'on a reçu la facture d'EDF, c'est le même prix que d'habitude, grosso modo », « Il est bon, ce melon, tu sais vraiment bien les choisir », « Tu ne dis pas grand-chose, ça va ? ») Comment réagir si un soir elle a envie de se coucher plus tôt que moi ? (Regarder la télé ?) Comment trouver des trucs originaux pour continuer à baiser de manière enivrante et spectaculaire au-delà d'un mois ? (Trente jours, à raison de deux fois par jour, ça fait soixante fois, il y a tout de même de quoi se lasser (déjà après cinq ou six, j'ai du mal à garder mon enthousiasme initial…) — alors cent fois, huit cents fois, trois mille fois ? Non, je n'arriverai jamais à l'intéresser trois mille fois.) Comment ne pas se cogner quand on veut passer en sens inverse par une même porte de l'appartement ? Où se mettre quand elle passe l'aspirateur ? À quel moment passer l'aspirateur pour ne pas trop la déranger ? Et surtout, que faire pendant qu'elle lit dans le salon ? (Marcher de long en large dans la pièce, l'air pensif ? Prendre un bain qui dure jusqu'à ce qu'elle ait terminé, en poussant de petits soupirs d'aise à l'occasion pour bien lui montrer que si je suis là ce n'est pas pour m'occuper coûte que coûte le temps de sa lecture mais bien parce que c'est l'un de mes hobbies, le bain ? Aller dans la chambre et faire semblant d'avoir quelque chose de très prenant à y faire ? (faudra-t-il que j'apprenne à construire des maquettes de bateaux ?))), je ferais bien de ne pas songer à tout ça, mais pour l'instant je ne sais même pas comment m'y prendre pour le former, ce COUPLE dont je rêve depuis tant d'années — et ça, je ferais bien d'y songer comme un bolide parce que je viens de dire « Attendez... » et qu'elle me regarde, comme j'aurais dû le prévoir, mais maintenant d'un œil bizarre (je dois avoir l'air très concentré, voire crispé (je panique))). Quand on voit dans un bar une jolie fille — qui par exemple a des fesses remarquables — et qu'on veut la niquer avant le lever du soleil, je sais ce qu'il faut faire. Quand dans un bar on voit une fille très sympathique en apparence et qu'on aimerait la connaître davantage (et pourquoi pas la niquer avant le lever du soleil), je sais aussi ce qu'il faut faire. C'est facile, c'est à la portée de tout le monde (d'ailleurs tout le monde le fait, sans se casser la tête à chercher une méthode plus noble ou plus artistique qui ne ferait que compliquer inutilement les choses et retarder la manœuvre — or le soleil se lève tôt) : pour la dompter et la posséder rapidement, il suffit de considérer la femme comme une bête. Je ne suis pas misogyne, c'est simplement une astuce pratique — dès qu'on l'a niquée, on peut de nouveau considérer la femme comme un être humain. Et de toute façon, c'est également valable en sexe inversé : les femmes peuvent employer la même technique si elles veulent, ça ne dérangera pas grand monde. Mon oncle connaît la vie :

« La femme est une bête. Dans un premier temps, il s'agit de l'approcher. Elle est assise seule dans l'ombre, elle rumine. L'homme doit avancer doucement vers elle et non pas comme un dragueur qui vient de repérer la bonne affaire et fonce dessus comme l'éclair par crainte qu'elle ne lui échappe. Il convient tout de même d'afficher une certaine confiance en soi, de ne pas avoir peur : sinon, elle le sent. Il s'assoira de préférence à la table voisine de la sienne. Au bout de cinq à six minutes (nécessaires pour qu'elle s'habitue à sa présence), il pourra engager délicatement la conversation. Pour cela, il n'oubliera pas que lorsqu'on donne du sucre à un cheval, un âne ou un lama, la main doit être bien à plat. Afin d'éviter de se faire mordre, il lui faut donc ne présenter aucune aspérité — rester sobre, neutre, c'est-à-dire ne pas parler de lui. Par conséquent, ses premiers mots seront inspirés par elle et seulement par elle. Le collier qu'elle porte, l'air triste ou ennuyé qu'elle arbore, le livre qu'elle lit, le dragueur suffisant et borné qui l'a entreprise un quart d'heure plus tôt, le curieux breuvage qu'elle a commandé, de nombreux sujets font l'affaire. Une fois la discussion lancée, tout s'enchaîne facilement. N'importe qui sait plus ou moins discuter de choses banales. (Et pour s'asseoir plus près d'elle, il aura suffi à l'homme, en allant chercher un verre, de demander discrètement au barman de monter la musique, puis de prétendre qu'il n'entend pas bien ce qu'elle lui dit — ce qui est fort regrettable car ce qu'elle lui dit est captivant.)

« Lorsqu'il sent la femme apprivoisée, l'homme va tenter de la mener au restaurant. Se rappelant que l'on mène le taureau où l'on veut grâce à un anneau passé dans ses narines (son point faible), il lui passera un anneau dans l'estomac. Son allié le barman viendra déposer devant eux quelques olives et quelques cacahuètes (pas trop, il ne faudrait pas qu'elle cale avant l'heure). Ainsi mise en appétit, tenue par le ventre, elle sera plus réceptive lorsque, après avoir jeté un coup d'œil à la pendule et paru hésiter un instant sur la suite du programme, il lui demandera d'une voix distraite : "Ça te dit, d'aller manger un truc quelque part ?" Elle a faim, elle se rend compte que si elle refuse il n'en fera pas une maladie (car à son ton elle devine qu'il lui propose cela uniquement pour avoir un peu de compagnie en mangeant (comme devant la télé)), elle comprend donc qu'il n'a pas l'intention de la niquer avant l'aube, et puisqu'elle a déjà un peu grignoté avec lui, elle ne voit aucune raison valable de ne pas poursuivre en tout bien tout honneur. Elle suit l'homme au restaurant, la pauvre.

« À table, il doit rester fidèle au principe de la main bien à plat. Parler de lui le moins possible, lui poser de nombreuses questions sur elle (les gens adorent parler d'eux et en ont rarement l'occasion) et se montrer d'accord sur tout ou presque, non seulement parce que le rebrousse-poil n'a jamais enchanté quiconque, mais également pour qu'elle pense quelque chose comme : "C'est incroyable, nous avons les mêmes idées sur tout. Il y a là quelque chose de presque… surnaturel. Non, j'exagère, mais enfin le hasard n'existe pas." Elle parle d'elle, elle parle d'elle, elle lui ouvre son cœur — la moindre des choses est qu'il lui ouvre au moins sa porte en échange. Bientôt.

« Il glissera de temps à autre dans la conversation quelques remarques à caractère sexuel (avec tact et modération, cela va de soi), afin d'ouvrir l'esprit de la femme à la chose — il citera de préférence les goûts particuliers, les aventures ou les déboires génitaux d'autres personnes, pour ne pas s'impliquer lui-même dans ces histoires de vice. Cette infiltration insidieuse joue à peu près le même rôle que les olives : elle enclenche le processus. Sous peu, c'est elle, émoustillée, qui tiendra absolument à le niquer avant l'aube. Et même si un reste de lucidité la prévient qu'il n'est peut-être pas l'homme idéal et que si ça se trouve il cherche juste à la mettre sur le dos et à la secouer jusqu'au lever du soleil, il sera trop tard pour reculer car ce sera mieux que rien ; elle balaiera ses réticences d'un battement de paupières. Lorsqu'on veut récupérer le sperme d'un étalon précieux et délicat, on lui fait d'abord flairer une belle jument. Il frémit, il entre en transe et se met à bander comme un taureau, si on peut dire. Puis, pendant qu'on lui fait faire un petit tour (il se demande bien pourquoi, il n'a qu'une seule idée en tête), on remplace sa partenaire idéale par une fausse jument, une carcasse métallique recouverte de mousse sous laquelle est fixé le récipient qui recevra sa semence. Il s'aperçoit bien qu'on est en train de le berner, il n'est pas fou, mais il est trop tard pour chipoter. Le désir est en lui, maintenant il faut que ça sorte. Alors il grimpe sur la pseudo-jument et se soulage vite fait, en se disant qu'une carcasse métallique recouverte de mousse, c'est toujours mieux que rien. La femme réagira de la même manière.

« Dans le but de préparer l'étape suivante (avant de lancer sa ligne, il faut choisir un bon appât et l'accrocher correctement à l'hameçon, dans le calme de la barque), l'homme n'omettra pas de parler d'un écrivain, d'un peintre ou d'un metteur en scène qu'il apprécie — et dont il possède une interview en vidéo. Il explique pourquoi il aime tant cette personne, se débrouille pour que la femme approuve (même si c'est seulement pour lui faire plaisir, à lui l'homme, car il a approuvé beaucoup de choses de son côté depuis le début du repas), ils en discutent un moment en termes de plus en plus élogieux (elle se laisse emporter par son enthousiasme et ne peut plus faire machine arrière) et il conclut sur un ton détaché : "J'ai une interview de lui en cassette à la maison, c'est vraiment bien. Je te la montrerai un jour, si tu veux." La femme est enchantée à cette idée mais, évidemment, l'homme ne propose rien dans l'immédiat. Ils ont bien le temps, ils vont se revoir souvent, c'est le début d'une longue amitié.

« Il convient, tout le monde sait ça, de la faire boire un peu, mais surtout manger beaucoup : au moment où le café arrive, elle a le ventre plein et commence déjà sa digestion. On sait que l'estomac prend alors toute l'énergie du corps. Lourde, molle et sans volonté, elle se laissera plus facilement guider vers le domicile de l'homme.

— Bon ben..., fait-il sur le trottoir, devant le restaurant. Je vais rentrer, moi... Tu fais quoi, toi, là ? Non, moi non plus, je sais pas. J'ai pas vraiment sommeil, mais bon... Je me vois pas faire la tournée des bars, ce n'est pas trop mon truc. Je vais lire, ou regarder un peu la téloche. Tiens, tu veux la voir maintenant, l'interview de Machin ?

« Tout est prêt, la bête engourdie est capturée.

« Apprivoisée, flattée, excitée, ivre et amorphe, elle est même heureuse de pouvoir saisir in extremis le prétexte de l'interview alors qu'elle pensait, trois secondes plus tôt (“Je vais rentrer, moi...”), que tout était foutu. Si elle a envie de baiser et l'assume, elle pense : “Bien joué ma fille.” Si elle a envie de baiser et ne l'assume pas, elle pense : “Je ne vais rien faire de mal, au contraire, je vais juste voir une cassette qui contribuera à enrichir ma culture générale.” Si elle n'a pas envie de baiser tout de suite mais forme tout de même quelques projets concernant l'homme, elle pense : “Je ne peux pas refuser d'aller la voir, cette cassette, je lui ai fait croire que j'adorais Machin, il va me prendre pour une fille qui ne s'intéresse même pas à ce qu'elle aime, il ne me rappellera jamais.” Dans tous les cas, elle monte. Quand il n'y a qu'une porte pour sortir d'une pièce, même une oie l'emprunte. Précisons toutefois que si elle n'a pas envie de baiser et considère l'homme comme un crétin (employant cette méthode grossière, il s'expose évidemment à ce genre de critique), elle pense : “Va te branler, connard” et c'est effectivement ce qu'il a alors de mieux à faire.

— Une fois qu'ils sont devant l'écran de télé, l'homme peut se réjouir : il a réussi à transporter une inconnue depuis un bar jusqu'à chez lui sans qu'elle comprenne ce qui lui arrivait, étape par étape, maintenant elle ne s'échappera plus. Il doit simplement patienter encore une demi-heure afin d'enrober son premier baiser (le plus difficile à faire passer) dans l'interview de cet écrivain, de ce peintre ou de ce metteur en scène qu'elle adore (pour donner un cachet à un chat, il suffit de le dissimuler dans un morceau de jambon). Quand les paroles si belles et si justes de Machin lui auront fait pousser deux ou trois exclamations de plaisir (exclamations que l'homme aura savamment devancées ou reprises en écho, pour créer une atmosphère d'harmonie), il n'aura plus qu'à se tourner gentiment vers elle, la regarder droit dans les yeux durant plusieurs secondes — à la manière du matador qui fixe longuement le taureau avant l'estocade — afin qu'elle ait le temps de bien percevoir toute la douceur de ce moment incroyable qu'ils partagent grâce à Machin (et pas seulement grâce à Machin, non, elle le sait, grâce aussi à cette complicité naturelle qui les soude quasiment l'un à l'autre alors qu'ils se connaissent à peine) et, très simplement, l'embrasser. Ça rentre comme dans du beurre.

« Une fois dans le lit, ou sur le parquet si c'est une ardente, il pourra commencer par la prendre à quatre pattes, pour le clin d'œil.

« Quand le soleil se lèvera et que les corps seront vidés, l'homme s'amusera à mettre une plaisante touche finale à cette affaire nocturne, s'il est de bonne humeur. Il préparera lui-même un petit déjeuner pour la femme et le lui apportera dans le lit — ou sur le parquet, si c'est une sauvage. Lorsque le poney de cirque a consenti à mettre les quatre sabots sur un plot de trente centimètres de diamètre, on lui donne un sucre pour qu'il comprenne qu'il a bien agi et que rien ne l'empêche de recommencer quand il veut pour gagner un autre sucre. De la même manière, il est bon d'encourager la femme avec un petit déjeuner et de ne point la mépriser au matin : seuls les plus prétentieux et les plus stupides oublieront qu'elle peut toujours servir. »

C'est une technique ridicule et scandaleuse, mais il faut bien baiser de temps en temps, comme dit mon oncle. Et que faire d'autre ? Quand, comme moi, on n'a jamais rencontré une fille dont la simple apparition vous déclenche à l'intérieur ce tumulte de l'amour qui rend complètement fou, selon une foule innombrable de témoins, qui ouvre portes et fenêtres à toutes les extravagances et proscrit d'une seconde à l'autre les méthodes éprouvées par des années d'expérience, quand, malgré une quête acharnée, malgré des milliers de kilomètres parcourus, on ne trouve toujours sur son chemin que des personnes jolies, intelligentes ou sympathiques, que faire d'autre que de les aborder le plus simplement possible sans se demander si c'est honnête ?

Maintenant, je regrette. Si j'avais été moins fainéant et plus scrupuleux, si je m'étais entraîné à séduire les dames autrement qu'à la va-comme-je-te-pousse, je ne serais pas en train de réfléchir comme un bolide coincé dans un garage. « Attendez.... » Attendez quoi ? Que faut-il faire, une fois que l'amour dans son grand manteau rouge de pute attend devant vous et vous regarde de manière plutôt disponible quoique interloquée ? J'ai furtivement le temps d'imaginer le chasseur pétrifié enfin face au yeti pétrifié sur une pente neigeuse (« Et maintenant ? J'avance à pas feutrés avec un sourire amical pour essayer de le caresser ? Je le prends en photo, je le laisse filer et je ne le reverrai jamais ? Je lui tire une balle dans la tête ? Je fonce vers lui avec un filet, en hurlant pour essayer de le paralyser, et je l'attrape ? ») puis je dis :

— Vous faites quelque chose, ce soir ?

(J'avance à pas feutrés avec un sourire amical pour essayer de la caresser, car les trois autres possibilités me paraissent moins envisageables — mais question originalité de l'approche, c'est vraiment pitoyable.)

— Rien de particulier, non. Je vais rentrer chez moi, je vais lire.

— Vous lisez beaucoup, hein ?

(Le temps de la discussion est terminé, Miette. Elle a mis son chapeau, elle tient son sac à la main, elle est dans l'embrasure de la porte, le buste déjà tourné vers la rue.)

— Oui. Quand je n'ai rien de mieux à faire.

— Ah… Ça vous dirait d'aller manger quelque part ? Non ? Avant de lire ? On pourrait aller manger quelque part.

Je ne peux rien dire d'autre, de toute façon. C'est ça que faut voir. Le bolide de mes pensées n'a pas réussi à défoncer la porte blindée du garage, je n'ai raisonnablement pas eu le temps de mettre en branle une stratégie qui justement devait ne pas en être une, c'est trop compliqué, et je ne pouvais pas non plus la laisser partir en marmonnant : « Ah… D'accord, vous lisez beaucoup. Bon, merci. » Il n'y a pas de honte à employer cette vieille et lamentable technique, car c'est en désespoir de cause. C'est ça que faut voir. Ça ne signifie pas que je la considère comme une autre ni que je tiens à la niquer avant le lever du soleil. D'ailleurs je jure de ne pas la niquer avant plusieurs jours, en guise de pénitence. Je suis cependant un peu présomptueux (mais ma tante dit qu'il faut y croire, pour gagner) car même si rien ne me paraîtrait plus naturel dans ce monde où la logique triomphe parfois que de passer le restant de mes jours avec elle (quand je vois un ours et une ourse seuls au milieu de la banquise (ce qui m'arrive rarement), je ne m'étonne pas qu'ils finissent par s'entendre), il me semble avoir autant de chances de réussir à prendre cette illuminée dans mes bras (et à l'embrasser sur le visage) que de courir un soir, un beau soir, nu sur une plage avec Michael Jackson. Mais après tout, si la méthode du restaurant fonctionne pour la baise, il n'y a aucune raison qu'elle ne fonctionne pas pour l'amour. Si une clé permet d'entrer dans une grande maison et donc d'aller jusqu'à la cuisine, il n'y a aucune raison pour qu'on ne puisse pas ensuite visiter les autres pièces. C'est ça que faut voir. C'est en désespoir de cause, donc il n'y a pas de honte.

— Non ? Vous n'avez pas faim ?

— Si. D'accord.

Nous sommes à l'indien du bout de la rue. En entrant dans le restaurant vêtue comme une prostituée moscovite de l'époque Brejnev catapultée dans l'espace et le temps, Néfertiti a fait forte impression. Tout le monde s'est retourné et nous a accompagnés du regard jusqu'à notre table, une petite dans un coin. J'étais mal à l'aise mais fier, comme si je pénétrais ici avec un léopard adulte dont je connaîtrais mal le comportement.

Elle a gardé son grand manteau rouge pour manger. Je veux savoir ce qu'il y a en dessous car mon instinct me prévient que ce n'est pas grand-chose. Mais c'est par simple curiosité : j'ai juré de ne pas essayer de la niquer et depuis que je la connais je n'ai qu'une parole. De toute façon, à ce que je sais, ce n'est certainement pas parce qu'on ôte le manteau d'une dame qu'on s'apprête à la culbuter à la cosaque. Je vais faire un tour aux toilettes, à blanc, juste pour jeter au retour un regard coulant de vieux singe sur ses jambes, que les pans du manteau découvrent. Me revoilà. Rien jusqu'à mi-cuisse, en tout cas. Quart-cuisse, même. J'ai l'œil.

Quand je me rassieds, elle finit d'engloutir un *samosa* entier, allume une gitane et me dit :

— Non, je n'ai rien, sous le manteau. Juste une culotte. Je me sens pute, j'aime bien ça.

Je suis un peu perdu, soyons honnête. Juste une culotte, je me sens pute, j'aime bien ça. Il faut à tout prix que j'arrive à me raccrocher à la méthode, tant pis pour la fameuse beauté du geste, c'est encore ce que j'ai de mieux à faire sinon ça part dans tous les sens et moi je vais décoller de ma chaise dans un bruit d'explosion, partir en vrille et aller m'écraser comme une tomate contre le mur du fond, là-bas.

C'est moi qui dois glisser dans la conversation quelques remarques à caractère sexuel, pas elle. Calmons-nous. Par où commencer pour retrouver une certaine assise ? J'ai essayé de la faire boire, mais elle ne veut pas. Pas une goutte.

— Quand je bois, ça me rend furax.

Oui alors non, d'accord, ne jouons pas avec ça. Pour éviter des complications superflues, je préfère qu'elle reste normale. Je vais me charger de la boisson. Je suis si déboussolé et angoissé que je me tape tout le bordeaux dégueulasse et que j'ai même sifflé tout à l'heure en quelques gorgées héroïques les deux tristement célèbres apéritifs maison, dans l'espoir d'être en mesure de faire face.

Je veux bien essayer de la faire manger, mais ce serait du zèle. Elle dévore. Elle mange comme a dû manger le gars qui a inventé la nourriture. Elle a pris deux entrées copieuses et attaque déjà, avec un appétit intact, son deuxième plat principal, le tout accompagné de cinq grands *nans* au fromage pour donner de la consistance, c'est tellement bon, je peux en prendre un ou deux autres ? Oui, bien sûr, vas-y. Quand le serveur récupère ses assiettes, on dirait qu'il n'y a jamais rien eu dedans. Pourtant elle est mince, très mince. Éberlué, je lui demande aussi sérieusement que stupidement si elle a des problèmes d'argent et depuis combien de jours elle n'a pas mangé. Elle me répond :

— Non, je mange tout le temps. J'ai toujours très faim. Le jour de ma communion, j'ai mangé cinq coquelets.

Je me demande si je vais réussir à la rendre suffisamment molle et lourde pour la ramener à la maison. Elle semble insatiable, ingavable, inépuisable. Intérieurement, elle semble infinie. (Cela dit, je ne me fais guère d'illusions quant au déroulement de la soirée. Lorsqu'elle a accepté de venir dîner avec moi, j'ai bien senti que ce n'était pas le même oui que celui d'une autre fille qu'on aborderait ainsi, ce n'était pas un oui dans lequel on perçoit « Je sais où tu veux en venir mais je fais comme si de rien n'était car ça ne me déplairait pas non plus » ni un oui naïf qui laisse présager une partie fort intéressante à jouer, c'était un oui simple et spontané, le genre de oui qui répond à « Vous voulez des cornichons, dans votre sandwich ? » et ne laisse rien présager de particulier. Elle aurait sans doute répondu la même chose à n'importe qui d'autre, ou presque. Olive Sohn ne complique jamais les choses. Quand elle a envie de manger et qu'on lui propose d'aller manger, elle répond naturellement d'accord allons manger. Et celui qui aurait compris d'accord allons baiser resterait sur sa faim — c'est du moins ce que je crois, mais dès qu'on croit quelque chose on se trompe.) Pour participer à ce festin inaugural et ne pas passer pour un coincé de la glotte, j'essaie de me goinfrer comme elle. Elle finit ses plats quand je viens d'entamer les miens, j'ai du mal à suivre, j'ai du nan au fromage et du riz plein la bouche mais je m'accroche comme un enragé. Pour me donner du mordant, je pense à sa démarche de princesse en équilibre, je pense à la culotte sous son manteau de pute, je pense à toutes mes aventures ennuyeuses. Mais je commence à me sentir un peu lourd.

Après son deuxième plat (un curry d'agneau avec du riz basmati et un nouveau nan), et tandis que je lutte à mort contre mon poulet *tandoori*, elle sort de son sac (un vieux Cartier en cuir brun qui semble avoir résisté à plusieurs inondations) un éventail typiquement espagnol, de fabrication chinoise. Un ruban de dentelle noire grossière borde une scène de chasse très colorée, se déroulant peut-être au Moyen Âge. Dès qu'elle commence à s'en servir, la tête haute et le poignet souple, notre voisine de table (une grosse poule rouge engoncée dans une robe à rayures, qui nous épie depuis le début du repas et se mord les lèvres pour ne pas rire, en enfonçant la tête entre les épaules) ne peut se retenir de pouffer. Je la foudroie du regard et m'apprête à saisir mon os de poulet pour le lui plonger profondément dans la gorge (je pourrais y entrer tout le bras), mais Olive se contente de tourner la tête vers elle et de l'examiner brièvement, comme si elle l'avait entendue tousser. Elle doit avoir l'habitude. Elle désintègre la grosse poule et continue de s'éventer. Je demande :

— Tu as chaud ?

— Non, j'ai faim. Ça m'énerve et ça me donne chaud. Il faudrait qu'il vienne prendre la commande pour le dessert sinon je vais devenir dingue.

Dépêche-toi, serveur souple et alerte, je t'en supplie. Je ne veux pas qu'elle devienne dingue. Ses yeux ont pris une expression étrange. On dirait qu'elle va taper violemment sur quelqu'un.

(Dans l'avion qui nous ramène de New York, lorsqu'elle demande au steward qui repasse en sens inverse dans l'allée avec son chariot si elle peut avoir un deuxième plateau repas (je lui ai pourtant donné mon pain, mon beurre, mon fromage blanc et mon gâteau caoutchouteux, car je sais qu'elle peut s'avérer dangereuse (surtout en plein vol) quand elle a le ventre vide), l'inconscient ricane et lui lance : « Ben voyons, bien sûr ! » (Nous voyageons sur une compagnie merdique mais pas chère, Tower Air.) Je tremble pour lui, me redresse sur mon siège et écarte les mains, prêt à bondir pour m'interposer, mais Olive est dans un tel état de manque qu'elle refuse de saisir l'ironie de sa réponse : « Il a dit quoi ? Bien sûr ? C'est ça ? Il a dit bien sûr ? » Figé en apesanteur, je préfère ne pas prendre de risque et rester dans le vague. « Euh… Je n'ai pas fait attention, je pensais à autre chose. » Je suis un lâche, mais en toute logique (ma spécialité), mieux vaut une crise dans trois minutes qu'une crise tout de suite. Quand il repasse un instant plus tard, sans son chariot et sans nous accorder un regard, Olive se penche par réflexe sur moi (je suis entre elle et l'allée) comme un oisillon dans le nid qui voit arriver sa mère, et reste bouche bée. C'est une image triste. « Eh ! » Elle ne peut rien dire d'autre. Elle est toute rouge, ses yeux sont injectés de sang, comme lorsqu'elle a envie de baiser. Je la connais, j'essaie de la calmer, je prends sa tête entre mes mains, elle est chaude, je l'embrasse, ses lèvres sont glacées, je lui explique à voix basse que sur ce genre de compagnie ils ne prennent pas la peine d'embarquer plus de plateaux que de passagers, c'est pour ça qu'on paie peu, que le steward est sûrement tendu car il travaille pour un salaire de misère dans des conditions exécrables, cerné par des passagers peu fortunés qui vivent eux-mêmes dans des conditions difficiles et se croient soudain tout permis sous prétexte qu'ils ont raqué leur place dans un avion, tu sais, le vieux mythe de l'avion transport de luxe, des ploucs qui exigent qu'on les traite comme des princes, qu'on leur passe tous leurs caprices, et qui veulent profiter bien à fond de cette occasion de bouffer et de picoler à l'œil… « Quoi ? Mais je m'en fous, pour qui il se prend, cet enculé de merde ? Il est pas obligé de se foutre de ma gueule. Et tu vas pas me dire qu'il leur reste rien, quand même ? J'ai vu au moins trois personnes qui ne prenaient pas de plateau… J'ai faim, putain ! Je me sens vide, j'ai un grand trou à l'intérieur, il faut que je mange ! » Je sais qu'elle ne joue pas la comédie. C'est l'une des personnes les plus gentilles du monde, mais lorsqu'elle sent ce grand trou à l'intérieur elle est capable de tout pour le combler. Un toxico en manque. Cependant elle n'est pas boulimique, je ne l'ai jamais vue assise devant un frigo ouvert, elle ne se nourrit qu'à l'heure des repas. C'est un autre problème, mais c'en est un : presque une maladie. Elle est bouillante, elle a les yeux exorbités, elle dit qu'elle voit des taches noires et qu'elle va tomber dans les pommes si on ne lui apporte pas un plateau tout de suite. Elle se lève et me demande de me pousser, je la retiens fermement par les épaules, tente de la rasseoir, elle résiste et serre les dents comme si elle allait me frapper mais parvient à articuler : « Je vais aux chiottes. » Bon, je sais qu'elle va sans arrêt aux chiottes pour des tas de raisons, je la laisse passer. Elle fait à peine un pas vers le fond de l'avion, pivote brusquement et s'élance comme une balle dans l'autre sens, vers le steward (qui lui tourne le dos, insouciant, comme dans les films d'horreur). Je lance le bras vers le bas de sa robe de majorette (j'ai de bons réflexes car ma poivrote de mère m'a inscrit au basket juste avant de mourir (« Il faut que tu pousses et que tu forcisses, Miette, sinon tu ne feras pas long feu dans la vie » — l'alcool qui mélange tout lui faisait oublier que ce sont les grands qui font du basket et non le contraire) : en défense, au basket, on doit toujours se montrer très vigilant), mon bras jaillit mais tout se passe comme au ralenti, mon bras se détend lentement, elle s'éloigne de quelques centimètres vers le malheureux steward, mon coude se déploie, elle lève un pied pour avancer d'un nouveau pas, mes doigts se crispent, prêts à se refermer sur sa robe de majorette, j'ouvre la bouche, je ne l'aurai jamais, elle est déjà trop loin, j'écarquille les yeux, je tends la main vers l'impossible en un ultime effort, je l'attrape au vol et tire de toutes mes forces car je sais que si elle m'échappe elle est capable de sauter à la gorge du steward et de le rouer de coups (avant que je la rencontre, elle a été internée en psychiatrie pour — entre autres et comme disait le dossier — « violences graves envers son compagnon »). Je me lève et la saisis à bras-le-corps, plusieurs passagers se retournent car elle se débat en grondant, je la ceinture, la soulève et la projette sur son siège (elle est grande mais très légère), pantelante, électrique, défigurée. Dans l'avion, on entendrait voler une mouche. Elle tremble, grogne « Enculé de merde » mais je réussis à l'apaiser en glissant une main sous sa jupe et un doigt dans sa chatte. Elle ronchonne, elle avale sa salive, elle ferme les yeux, elle ondule. Ensuite je lui fais longuement sucer ce doigt pour lui consoler les papilles et je l'endors en lui caressant les cheveux. Elle peut trouver le sommeil n'importe où en quelques secondes et dormir vingt heures par jour.)

Alerté par son sixième sens, le serveur indien arrive à temps, au moment où j'enfourne mon dernier morceau de poulet avec l'énergie du désespoir. Elle commande un mystère sans lui laisser le temps d'apporter la carte des desserts. Moi ? N'importe, une tarte aux pommes.

En attendant son mystère, elle prend son sac et part aux toilettes — elle passe entre les tables comme la flamme d'une bougie entre des ventilateurs. Elle y reste un long moment. J'ai largement le temps de faire le point, mais je n'y arrive pas.

Depuis la première entrée, des *pakoras* pour elle et du poulet *tikka* pour moi, je me suis scrupuleusement attaché à la faire parler d'elle — dans la méthode, c'est mon épreuve de prédilection. De question en question, elle m'a dévoilé quelques traits de son caractère, quelques-uns de ses goûts, et m'a retracé sa vie dans les grandes lignes. Mais rien ne s'est passé comme prévu. Elle m'a raconté des choses déroutantes, avoué des passions déroutantes et des manies déroutantes qui n'ont fait qu'ajouter à ma confusion. Normalement, on écoute à peine ce que répond la personne, le but étant de la faire parler pour lui donner l'impression qu'on s'intéresse à elle et, ainsi, la griser. Pendant ce temps, on pense à la suite. Mais face à Olive, je ne pouvais penser à rien (surtout pas à la suite), j'allais de choc en choc, rebondissais comme une balle de Jokari et avalai de travers tout ce que j'essayais de manger. Elle n'obéissait pas aux règles habituelles de ce genre de conversation : elle répondait avec beaucoup trop de franchise. À la question « Tu t'entends bien avec tes parents ? », au lieu de « Oui, ils sont plutôt chiants mais je les aime quand même, ce sont mes parents, quoi… », elle m'a répondu : « Je m'engueule tout le temps avec ma mère, mais j'étais amoureuse de mon père. Comme toutes les petites filles, j'imagine. Il est parti de la maison quand j'avais neuf ans, alors du coup je me suis fait sauter par mon grand frère. »

La pauvre méthode se tortille sur le dos comme une punaise et agite désespérément les pattes en ouvrant grand la bouche pour tenter d'aspirer un peu d'air.

Voici, replacé dans l'ordre, ce que j'ai appris entre les pakoras et le mystère que le serveur vient de déposer devant sa chaise vide :

Elle s'appelle Olive Sohn, elle a vingt-trois ans, elle est née dans un petit village près de Rennes, un jour de fête foraine. Dès sa sortie de la maternelle, elle s'est avérée nulle en tout à l'école (« Aucun effort », « Manque total de concentration », « S'obstine à ne pas travailler »). Elle s'en moquait. Elle n'avait pas d'amis, jouait toute seule, regardait la forêt par la fenêtre, préférait la viande aux bonbons. Lorsqu'elle avait neuf ans, son père est parti de chez eux, exaspéré par l'humilité et la maniaquerie de la mère, pour aller vivre en Angleterre avec une certaine Mary. Dès cette époque, elle a commencé à se masturber. À dix ans, elle a incité son frère Nestor (les parents avaient des goûts singuliers en matière de prénoms — Olive et Nestor, il faut le vouloir… (après tout, Olive et Titus ce n'est pas si mal)), son aîné de cinq ans, à la baiser comme une grande sur le ciment du garage de la maison. Elle me répète ça d'une manière bizarre. Elle dit n'avoir pas éprouvé de plaisir mais une sorte de soulagement nerveux. Je suis de plus en plus mal à l'aise. Elle se masturbait souvent. À douze ans, exaspérée par la maniaquerie de sa mère, qui s'évertuait en outre à lui transmettre son humilité en la rabaissant continuellement, elle est partie, d'un pas implacable, vivre chez sa grand-mère Sylvène dans la maison voisine. Là, elle a tué son grand-père. À quinze ans, trop inexistante au collège pour espérer entrer au lycée, elle a été dirigée de force par sa mère vers un CAP hôtellerie-restauration, car il n'y a pas de métier plus beau et plus sûr que celui de servir les gens. Mais avant la fin de l'année, refusant de se laisser mettre un tablier, elle s'est sauvée en stop avec son amie Caroline, qui avait quatre ans de plus qu'elle. Elle s'est sauvée comme ma sœur. Dès le deuxième jour de leur fugue, elle s'est fait violer à Rennes par un porc (médecin) qui leur avait proposé de venir dîner chez lui et l'a traînée par les cheveux jusqu'à la chambre, qu'il a fermée à clé. Elle ne s'est pas débattue. Deux jours plus tard, chez une vieille veuve de Fougères, elle a fait l'amour toute la nuit avec Caroline. C'était bien, enfin. De voiture en voiture, en frappant le soir aux portes des maisons pour demander de quoi manger et un endroit où dormir, en passant par Le Mans, Paris et Rouen, elles ont atteint Cherbourg. Ayant naïvement accepté d'aller dîner chez le maire d'un village voisin, elles se sont fait récupérer là par les forces de l'ordre. C'est un gendarme au cerveau rudimentaire qui a prévenu sa mère par téléphone.

— Vous êtes la mère de Sohn Olive ?

— Oui monsieur.

— Votre fille a quitté le domicile ?

— Oui monsieur, depuis trois mois.

— Bien. On l'a retrouvée dans la Manche.

La mère a évité la syncope de justesse, le gendarme ayant tout de même pensé, en l'entendant crier, à préciser qu'il parlait du département. À seize ans, Olive est tombée amoureuse d'un garçon du village, Pascal, qu'elle connaissait depuis toute petite. Il était beau et sauvage, vivait quasiment dans la forêt, buvait beaucoup et avait une bite énorme. (Pour le prétendant dérouté qui tente éperdument de s'accrocher à sa méthode de séduction, ça ne met pas particulièrement en confiance.) Il était amoureux d'elle. Ils baisaient et se tapaient dessus sans arrêt. C'était la première fois qu'elle baisait de son plein gré avec un homme étranger à sa famille. Elle travaillait dans des bars, des restaurants, des boutiques de vêtements, des boulangeries, ne se faisait jamais virer (elle est très consciencieuse) mais partait toujours d'elle-même au bout de deux ou trois semaines. Pour assouvir l'appétit de Pascal, et le sien bien sûr, ils ont commencé à pratiquer l'échangisme en lisant les annonces de journaux spécialisés (*Swing*). Et quand elle a eu dix-huit ans, ils sont montés à Paris, où l'on trouve des couples disponibles en bien plus forte densité. Belle, très jeune et moins farouche qu'une poupée, Olive n'a pas tardé à découvrir un moyen de gagner pas mal d'argent facilement : elle s'est mise à poser pour des photos de charme — c'est-à-dire de cul. Ça marchait très bien. Quelques mois plus tard, elle est tombée amoureuse d'un autre homme, Bruno, un photographe qui l'avait baisée sur une table lors d'une soirée. Elle a quitté Pascal.

Un gamin de six ou sept ans se lève et va frapper à la porte des toilettes de l'indien. Depuis le temps que c'est occupé, il doit se demander si cette grande fille bizarre n'en est pas ressortie sans qu'il la voie. Eh non, mon petit bonhomme, moi non plus je ne comprends pas ce qu'elle fabrique là-dedans. Mes oreilles pâlissent lorsque j'entends Olive répondre d'une voix forte et claire :

— Oui, entrez.

Dans un rayon de trois tables, tout le monde ou presque se retourne vers la porte des chiottes. Je sens que si je parviens, par miracle aléatoire ou prouesse cupidonesque, à accrocher cette fille au passage, je vais vite m'habituer à cette situation embarrassante et me familiariser avec cette phrase qui nous suivra partout : « Tout le monde se retourne. »

Le petit ouvre la porte, entre comme s'il n'y avait personne à l'intérieur et referme derrière lui. Ils sont tous les deux dans les chiottes — que je sais exiguës. Pour m'entraîner en vue d'un éventuel avenir commun, je ne m'en étonne pas.

Après Pascal, Bruno jouait le rôle de son père. Il lui apprenait tout, lui donnait des conseils et des ordres, la grondait et la récompensait, la traitait tantôt comme une enfant tantôt comme un objet. Il prenait des centaines de photos d'elle, elle acceptait tout, se pliant au propre comme au figuré à toutes ses volontés. Elle avait enfin un père. Mais elle faisait régulièrement des crises — de colère, de nerfs, d'hystérie. Dans ces moments-là, ces moments de révolte, elle cassait tout autour d'elle, y compris la tête de Bruno. À vingt ans, elle s'est engagée comme mousse sur un voilier. Elle n'avait jamais mis un pied sur un bateau mais mentait bien et apprenait vite. Ils n'étaient que trois : le skipper, son second et elle. Au milieu de l'Atlantique, le skipper est entré dans sa cabine, a refermé la porte à clé et l'a violée. Elle a essayé de se débattre mais il était plus puissant qu'elle — avec des tatouages, peut-être. Quelques heures plus tard, cependant, il s'est fait éclater le nez par son second, qui connaissait les bonnes manières. Ils ont débarqué Olive à Saint-Martin, comme sur une île déserte, car une jolie fille sur un petit bateau ça ne peut rien donner de bon. Bruno lui a payé le retour en avion vers Paris. Il était amoureux d'elle. Elle le vénérait mais continuait à déjanter de temps en temps, comme une gamine qui n'en est plus une mais qu'on traite encore comme telle — et qui, elle-même, ne sait pas trop ce qu'elle est. Elle a trouvé un boulot de scripte sur des films X. Puis, pour respirer loin de Bruno, elle a travaillé deux mois sur un chantier naval à Saint-Nazaire. Elle est repartie en bateau, seulement jusqu'à Madère cette fois. Là-bas, elle a rencontré un vieux dandy libidineux qui voulait la sauter et l'a emmenée au Cap-Vert, où elle a passé trois semaines à se faire joyeusement défoncer par un plongeur local. Elle adorait ça. (C'est moi qui dois glisser des sous-entendus sexuels dans la conversation, c'est moi.) De retour à Paris, elle n'est pas restée longtemps dans les bras de Bruno. Elle dévastait tout dans l'appartement, les meubles et les vitres, avec ses poings et sa tête. Il fallait qu'elle bouge, qu'elle se délivre. Sur l'invitation d'un ami de Bruno qui voulait la sauter, elle est partie travailler dans un pub à Oxford. Mais là, pas de bol pour l'ami, elle a rencontré un musicien très physique qui la baisait de tous les côtés (des sous-entendus, par pitié) et prenait tant de plaisir avec elle qu'il l'a emportée dans ses bagages à l'île Maurice. Mais au bout de deux semaines, il a téléphoné lui-même à Bruno de là-bas : « Écoutez, monsieur, rappelez-la, c'est une folle, une nymphomane, je ne peux plus rien faire. » Bruno a payé le retour en avion vers Paris. Il était amoureux d'elle. Il l'a remise à genoux (en lui demandant de se pencher un peu pour bien voir sa chatte par-derrière dans le viseur), elle a recommencé à obéir, à ramper et, dans ses rares moments de lucidité, à tout détruire autour d'elle. Dans le couloir de leur immeuble, elle s'est fait violer par un type avec un couteau. Elle n'a rien pu faire, mais dès qu'il a roulé sur le côté après avoir tiré son coup, vidangé, flasque, elle s'est levée, lui a donné un grand coup de pied dans les couilles et s'est sauvée. Au rez-de-chaussée, elle l'entendait encore gémir. Parce qu'elle aimait toujours autant ça, malgré tout, elle a déniché un travail d'hôtesse dans un club échangiste, le 2+2 (« Je voulais voir des gens baiser comme des animaux, des porcs et des chiennes, ça m'excitait »). Elle devait s'habiller comme une pute de seconde zone. Un soir que Bruno la mitraillait dans une position particulièrement dégradante, elle a pété les plombs et lui est tombée dessus. Elle le frappait de toutes ses forces, hurlait, crachait, cognait son pire ennemi avec fureur, mais il ne réagissait pas (comme on fait avec les enfants énervés, en attendant que ça passe). Alors elle est allée chercher un couteau. Elle a passé trois mois en hôpital psychiatrique (« Tous ces gens qui souffrent... » me dit-elle). Pendant ce temps, Bruno lui a cherché un studio. Il ne voulait plus vivre avec elle. Depuis des semaines, elle restait des journées entières prostrée chez lui dans un coin, sans bouger, lui tapait dessus quand la pression était trop forte, et ne sortait que pour aller au 2+2 ou pour se faire mettre par quelqu'un d'autre. Quand elle a quitté l'hôpital, groggy, elle s'est installée dans le XVIIe. Ça ne va plus très bien entre Bruno et elle mais ils se voient tout de même, surtout pour faire des photos. Comme il ne sait plus quoi lui dire ni quoi faire avec elle, il la déshabille, prend son appareil et s'accroche désespérément à son cul. Pour la retenir, pour la fixer, l'immobiliser dans un cadre. Mais elle ne sait pas vraiment. C'est peut-être elle, qui accepte ça pour ne pas le perdre, pour continuer à lui servir à quelque chose (au début de leur histoire, elle prenait aussi des poses obscènes, souvent humiliantes, pour l'intéresser). Le premier café qui ait attiré l'attention d'Olive dans le quartier a été le Saxo Bar.

Elle aime les vieux vêtements, les robes démodées et les tenues déplacées, les chaussures et les chapeaux, elle aime les livres, Bret Easton Ellis et Maupassant, elle ramasse tous les beaux objets qu'elle trouve par terre et conserve tous ceux qu'on lui donne, même les plus insignifiants, elle aime le Nutella et le camembert Lepetit, elle aime les bateaux, elle aime Aretha Franklin, Janis Joplin et les Rita Mitsouko, elle aime danser, dans les rues ou dans les bistrots mais pas dans les boîtes, elle aime les Gitanes, l'herbe et le shit, elle aime faire la cuisine et acheter des trucs, elle aime baiser, beaucoup, fort, avec ceux et celles qui l'attirent mais jamais lorsqu'elle peut en tirer d'autre profit que le plaisir, elle aime se faire sauter comme une salope à qui on peut tout faire, même du mal, sa position préférée est la levrette, elle aime se masturber, elle aime se faire sodomiser, elle aime Lee Miller et Gena Rowlands.

Elle se déteste. Elle se trouve minable. Si elle n'a pas d'amis, ce n'est pas un hasard. Elle ne connaît rien, elle ne s'intéresse à rien, elle ne fait rien, elle ne vaut rien, elle n'est bonne à rien. Juste à bouffer et à baiser. Elle n'a qu'un seul atout, ce qu'elle a entre les jambes, et encore elle ne pense pas être un très bon coup. Question pipes, par exemple, elle se trouve nulle. Elle s'estime heureuse de pouvoir au moins servir d'objet sexuel dont on fait ce qu'on veut. De pouvoir s'habiller en pute ou en star pour avoir l'impression d'exister un peu, en surface. De pouvoir se rendre utile en donnant quelque chose à voir, quelque chose à baiser. Sa mère avait raison, sa place est entre les tables, à servir les autres. Elle est stupide et méprisable. Elle ne peut pas vivre seule. Elle a besoin d'être assistée. Elle est lâche, elle ne fait jamais face aux problèmes. Elle est incapable de prendre une décision si on ne la pousse pas. Elle est incapable de téléphoner à EDF, de prendre un rendez-vous chez le médecin, de laver son linge si on ne la force pas. Elle se laisse faire. Elle a trahi les hommes qui l'aimaient, elle les a laissés tomber parce qu'on l'appelait ailleurs. Comme une serveuse de restaurant.

Pour un premier contact, je ne manque pas d'informations. Mais c'est trop d'un coup, pour moi : j'ai l'impression d'avoir été bombardé par des astéroïdes. Je suis sonné, je flotte la tête à l'envers dans l'espace, je mélange tout : elle s'est fait violer à Cherbourg par un sauvage de la forêt, elle a travaillé comme serveuse dans un bar à putes de l'île Maurice. Elle n'est toujours pas en face de moi, elle est aux toilettes et je finis par croire qu'elle n'en sortira pas. Un seul point fixe émerge encore de ce chaos aveuglant : elle aime Gena Rowlands. Et malgré la panique, j'ai su puiser dans mes plus profondes réserves de clairvoyance pour lui dire d'une voix probablement ridicule, méthodique, que j'avais une interview de Cassavetes en cassette à la maison. Une interview drôle et bouleversante. (Sincèrement.) Étant donné qu'elle retourne les usages comme des crêpes, je n'ai pas été surpris quand elle m'a demandé d'elle-même si elle pourrait venir voir cette cassette un jour. Oui, bien sûr, si tu veux. Mais qu'est-ce que je peux faire ? La ramener chez moi et lui grimper dessus comme si elle était normale ? Elle s'est fait tringler par des dizaines et des dizaines de mecs, dont certains avec des bites énormes qu'ils lui fourraient entre les jambes six ou sept fois par jour, des dizaines de mecs de plusieurs pays différents. Et ce n'est même pas ça… Si je croise Néfertiti revenue parmi les vivants, je vais essayer de la faire monter pour lui en mettre un coup ? Je me sens tout petit. Elle s'est engagée comme matelot sur l'océan sans savoir naviguer, elle a fait des photos de cul en pensant à autre chose, elle tourne à peine la tête quand on se moque d'elle, elle s'est fait violer trois fois et tient encore bien debout — elle en parle comme si trois bourdons l'avaient piquée. Je ne peux pas toucher une fille comme ça. Elle n'est pas dans le même univers que moi, je n'arriverai jamais à l'atteindre — même si c'est juste pour la baiser. Tout le monde l'a baisée, pourtant. Mais je me demande comment. Elle semble loin, seule. Loin de tout. Elle m'intrigue, elle me plaît, elle me plaît, elle me fascine. Chez les scouts, m'a-t-elle appris, on l'appelait Autruche Sans Mesure. Ils sont forts, ces scouts. Autruche sans mesure. Je voudrais que tu me regardes, Autruche. Je voudrais m'approcher de toi, Olive. Entrer dans ton monde sans mesure. Comment faire ? Qu'est-ce que je vais faire ?

J'ai trop mangé, j'ai mal au ventre.

Néfertiti revient des toilettes avant le gamin, s'avance vers moi en équilibre, se pose sur la chaise et baisse aussitôt les yeux vers son mystère. Moi, je ne viendrai jamais à bout de cette tarte aux pommes. Je lui proposerai de la finir. Ça lui fera plaisir.

— Je n'ai pas été trop longue ?

— Non, non. Je pensais à Cassavetes. Le petit est entré avec toi ?

— Le petit ? Ah… Oui, je ne sais pas ce qui m'a pris, j'étais toute nue et quand on a frappé…

— Tu veux un morceau de ma tarte ? Tu étais toute nue dans les toilettes ?

— Merci. Oui, j'ai changé de culotte, l'élastique ne

tenait plus. J'en avais une dans mon sac, que j'ai achetée cet après-midi chez Tati.

— Ah, d'accord.

— Donc j'ai accroché mon manteau derrière la porte, et quand j'ai entendu frapper, je ne sais pas pourquoi, une sorte de réflexe, j'ai dit « entrez ». Je pensais à autre chose.

— Tiens, finis-la, si tu veux. Mais tu n'avais pas fermé à clé ?

— Non, je ne ferme jamais les chiottes à clé. Depuis toute petite. Si je pouvais carrément laisser la porte ouverte, je me sentirais encore mieux. Mais dans un restaurant, ça ferait bizarre.

— Oui.

— Moi je m'en fous, qu'on me voie pisser, mais c'est pour les gens.

— Eh oui, c'est surtout ça.

— Bref, le petit est entré — heureusement que c'était un petit, d'ailleurs —, j'étais en train de chercher la culotte dans mon sac, il m'a regardée comme si j'étais une sorte de dame pipi futuriste mais il ne s'est pas démonté : il a ouvert sa braguette et il a pissé comme si je n'étais pas là. Il s'est quand même retourné pendant que j'enfilais ma culotte, pour voir une grande toute nue, et du coup il en a mis partout à côté.

Quand on se lève pour partir, Olive remet son grand bonnet en lapin, range son éventail dans son sac et ses Gitanes dans sa poche, referme un bouton de son manteau et salue tous nos voisins de table — « Au revoir, au revoir, au revoir ». Ceux qui dînaient derrière nous lui répondent, vaguement surpris tout de même par cette soudaine et inhabituelle éclosion de politesse (heureux cependant de pouvoir dire « au revoir », on le sent), mais la poule rouge à grosse gorge qui s'est moquée de son éventail garde les yeux fixés bien droit devant elle —

elle serre probablement les fesses. Olive la dévisage un instant, comme si elle ne pouvait croire à tant de grossièreté, elle attend deux secondes encore une réponse, je la devine sur le point de laisser échapper quelque chose comme connasse, mais elle se contente de montrer les dents comme elle fait lorsqu'elle est énervée ou frustrée, avide de quelque chose, et se dirige vers la porte en secouant la tête.

Sur le trottoir, c'est le cauchemar. Le serveur vient de refermer la porte derrière nous après nous avoir serré la main, la lumière est de l'autre côté maintenant, nous sommes seuls et immobiles dans la rue sombre. Je ne peux pas proposer à Autruche Sans Mesure de monter, c'est au-dessus de mes forces. Je pense qu'elle me rirait au nez — non, elle ne se doute pas de ce que je ressens envers elle, elle penserait que je veux seulement la sauter et accepterait sans doute (c'est si simple, d'habitude, ça s'enchaîne tout seul comme à l'usine — mais cette fois je ne peux pas, inutile de se poser de questions, je suis mort de peur). Je suis statufié dans la nuit sur le trottoir (non pas une statue auguste et gracieuse — j'aimerais, pourtant, ça poserait son homme — plutôt une masse gluante figée, difforme et pâteuse), elle me regarde avec patience et bienveillance mais je préférerais qu'elle dise un truc. Je me souviens avec horreur qu'elle est incapable de prendre une décision si on ne la pousse pas. Que faire ? Le goudron fond sous mes semelles, m'englue les pieds, remonte chaud dans mes jambes, mes couilles qu'il fait fondre, mon ventre qu'il brûle et ballonne, grimpe gluant le long de ma colonne vertébrale et se solidifie dans mon crâne. C'est désagréable. Je ne suis plus le danseur léger que j'étais. Et puis non, décidément, j'ai trop bu et trop mangé, c'est sûrement ça : je suis lourd et mou, sans volonté. Je suis apprivoisé, excité, ivre et amorphe. Elle peut faire de moi ce qu'elle veut.

Elle cligne des yeux comme si elle se réveillait :

— Tu peux me la montrer maintenant, l'interview de Cassavetes ?

Dans la salle de montage improvisée chez lui, Cassavetes hilare explique au journaliste que le crédit est une invention formidable qui permet de tout faire. On peut acheter ce qu'on veut sans se casser la tête, il serait ridicule de ne pas en profiter. L'argent se trouve partout. Et c'est pareil pour ce qui va autour : il suffit de prendre tout ce qu'on peut ramasser ou tout ce qu'on nous offre et d'envoyer le reste au diable. Il donne envie de vivre facilement.

Assise près de moi sur le canapé, Autruche Sans Mesure ouvre de grands yeux et sourit à l'écran. Le jeune Cassavetes un peu défoncé, enthousiaste et vorace, lui donne envie de vivre facilement. Elle se méprise mais j'imagine qu'elle ne demande qu'à manger ce qu'il y a sur les tables de l'immense restaurant dans lequel elle ne se croit que serveuse. Les paroles, les gestes et les rires que diffuse la télé semblent pénétrer directement dans son sang, comme des ondes radioactives. Elle assimile vite, je sens sa structure moléculaire se modifier à côté de moi. Et lorsqu'elle tourne la tête vers moi, je vois du plaisir et de la confiance éclairer son visage, je vois de l'envie dans ses yeux, de l'envie de vivre facilement. Oui, je veux bien qu'elle vive facilement avec moi, je suis là pour ça. J'essaie de faire passer cette réponse dans un sourire, un beau sourire oui d'accord, mais j'ai du mal — je dois ressembler à Clark Gable en moche. Il faut pourtant que j'en profite pour lui révéler mes sentiments d'une manière ou d'une autre, ce serait trop bête : je vois sa culotte.

Il y a très peu de filles comme ça et elles traversent notre vie en un éclair : il faut être vif et les attraper au vol sinon elles passent en trombe et filent comme des flèches à des milliers de kilomètres de nous. Elles font cent fois le tour de la terre dans leur vie, on les voit à peine à l'œil nu. Si je ne la ceinture pas tout de suite, je ne garderai en mémoire de son passage près de moi qu'une vague lueur rouge en rémanence, une odeur de cuir, et je me demanderai si je n'ai pas rêvé.

J'ai regardé ce reportage sur Cassavetes plus de vingt fois mais il me fait toujours le même effet. C'est pourquoi, même si j'ai rarement connu de situation plus délicate (la tension est insoutenable, le poids de l'enjeu m'écrase, je veux de l'amour), je parviens à soulever ma main de trois cents tonnes et la pose sur la partie la plus charnue de sa cuisse nue comme un éléphant de cirque pose la patte sur le ventre du dompteur allongé. C'est fragile, doux, chaud. Ma grosse main de paysan ronfle à trois ou quatre centimètres de sa culotte neuve de chez Tati... (si encore j'avais mis les pieds une seule fois dans ma vie à la campagne, ça pourrait faire pittoresque). Enfin, c'est certes un peu primaire et rustre, mais c'est ainsi que, pour la première fois de ma vie, je déclare ma flamme à quelqu'un. Je tremble et j'ai l'impression que les vibrations se répercutent dans tout l'appartement.

J'ai reproduit ce geste (communément appelé « prise de la cuisse ») des dizaines de fois, souvent d'ailleurs devant Cassavetes, dans la plus grande insouciance : ça marchait quasiment toujours, je le savais (c'est comme une bonne clé au bras en lutte gréco-romaine), et au pire je me serais pris une tarte en contre-attaque — ce qui n'est pas très douloureux. Mais jamais encore je ne me suis senti aussi ému, aussi agité. Ma main sur elle, je suis un démineur débutant qui vient de toucher un fil d'une bombe dont il n'a pas étudié le modèle à l'école.

Elle ne dit rien, continue à fixer l'écran en souriant radieusement comme une petite fille qui découvre le fonctionnement simpliste d'un automate hideux qui lui faisait peur, et écarte légèrement les jambes pendant que Cassavetes explique comment il faut faire. J'en étais sûr, je savais qu'il m'apporterait autre chose qu'un peu de plaisir pour une nuit de temps en temps, qu'il reviendrait un jour me rendre un véritable service, par-delà la mort. Merci.

Soudain, je me fige (ce qui n'est pas une mince affaire car j'étais déjà très figé depuis quelques instants) : comment n'y ai-je pas songé plus tôt? Il était évident qu'elle n'allait pas protester. Elle s'allonge dès qu'on le lui demande gentiment, elle a écarté les genoux pour quelques billets, sur fond de papier peint rayé crème et mauve dans des chambres d'hôtel minables, devant des pseudo-photographes qui se branlaient les jambes fléchies et les yeux exorbités, elle s'est laissé besogner laborieusement par des fonctionnaires et des agents commerciaux trop gras afin que son mec puisse se taper leur femme, même lorsqu'on la viole elle ne se scandalise pas beaucoup — et elle va protester parce que je touche timidement sa cuisse? Je ne sais pas où j'ai la tête, je perds mon bon sens, je ne connais plus rien aux femmes.

Mais que faire pour en savoir plus? Je peux approcher ma main de sa culotte mais ça ne m'avancera pas à grand-chose, si on peut dire. Je ne vais pas me mettre à la branler pendant l'interview, ça risque de rompre le charme. Et puis ce qui se passe sur l'écran a vraiment l'air de l'intéresser, je vais la déranger. D'un autre côté, je me sens un peu grotesque, comme ça : je me tiens bien droit sur le canapé, avec juste ce bras ridicule tendu vers sa jambe comme un organe incongru et démesuré qui sortirait de mon corps. J'ai l'impression qu'il fait deux mètres de long et trente centimètres de diamètre, mon bras; qu'il me déséquilibre et risque de me faire tomber sur elle. Et cette main pesante et mollasse qui ne bouge pas plus qu'un foie de veau : je lui foutrais des coups. Je me demande même avec horreur si cette main foie de veau n'est pas en train de devenir… moite. Non, par pitié, non. Pas moite, pas moite.

Olive écarte encore les cuisses et se rapproche de moi. Ce n'est plus une concession, c'est un consentement — distraitement accordé (comme si elle bougeait dans son sommeil), mais ça compte quand même. Je devine le paradis terrestre sous le tissu fin de la culotte. Quelques secondes plus tard, elle pose doucement sa main sur la mienne, toujours sans détacher son regard de la télé. Elle me caresse sans paraître s'en rendre compte, comme on caresse son chat sur ses genoux ou son vieux mari assoupi, machinalement. Ce geste est si simple, si naturel, que je ne sens plus mon bras monstrueux. Je ne sens même plus le poids de mon corps. Je n'existe plus que par elle, comme un vieux chat assoupi sur ses genoux.

Émergeant de ma rêverie au bout d'un moment, je m'interroge : n'essaie-t-elle pas d'attirer ma main vers sa culotte, depuis cinq minutes ? C'est peut-être une illusion, mais il me semble qu'elle force plus dans un sens que dans l'autre. Pas sûr… Si c'est le cas, je dois avoir l'air particulièrement débile, à résister ainsi. Mais sinon, je vais gâcher cet instant de bien-être domestique en essayant de lui insérer mes gros doigts dans le vagin. Je vais arrêter de me poser des questions, ce sera plus pratique. Je fais un effort pour m'intéresser de nouveau à ce que dit Cassavetes et me mets à caresser la cuisse d'Olive le plus machinalement possible.

Dans la seconde partie du reportage, il est plus âgé. Il paraît aussi plus triste, plus résigné, plus fatigué. Il se sait sans doute malade. À ses côtés, Gena Rowlands le regarde avec tendresse, avec amour et compassion. Il semble avoir perdu quelques illusions, comme tout le monde.

Près de moi, je sens Olive faiblir, mollir. Je la sens

physiquement dépérir, comme une plante qu'on prive de lumière. Ce n'est pas bon du tout. Quand apparaît le générique, elle bâille. Elle bâille encore tandis que les noms que nous voyons défiler sans les lire défilent. Je continue à lui caresser doucement la cuisse et l'angoisse me saisit peu à peu. Nous ne parlons pas. Bientôt, il y aura de la neige sur l'écran que nous fixons — et que nous fixerons encore ? Elle bâille à s'en décrocher la mâchoire. D'une part je dois trouver un moyen d'enchaîner, d'autre part je dois réussir à la tirer de la torpeur qui s'empare visiblement d'elle après l'excitation du reportage, comme après un bon repas. Passer enfin mes doigts sous la culotte pourrait me permettre de faire d'une pierre deux coups. Mais si je m'agite sur sa chatte comme un furieux dès la fin du générique, ça n'aura rien de naturel. Ce sera comme si j'avais impatiemment attendu le top départ, ou comme si je me démenais rageusement entre ses jambes pour tenter de la réveiller coûte que coûte.

Elle bâille à s'en ouvrir le crâne en deux. Enfin j'aperçois la solution qui se dressait devant moi, flagrante, depuis un bon moment (un cerf brame à pleins poumons, tire la langue et fait des claquettes pendant cinq minutes en face d'un chasseur, et celui-ci grommelle « Ah mais c'est pas vrai, je vais pas trouver la moindre bestiole à tirer, aujourd'hui ! »).

— Tu bâilles… Tu as sommeil ?

— Un peu, oui.

— Tu peux dormir ici, si tu veux. Ce n'est pas un piège, hein, on n'est pas obligés de baiser. On dort, c'est tout.

— Oui, d'accord.

Transporté d'allégresse conjugale, je fonce (sans en avoir l'air) vers la chambre pour allumer la lampe de chevet et vérifier que nulle part ne traîne un vieux caleçon, un soutien-gorge ou un magazine de cul — ce n'est pourtant pas ça qui la gênerait, mais c'est un réflexe acquis. Je jette même un coup d'œil dans le cendrier posé au pied du lit, que je vide rarement, pour voir s'il n'y a pas de traces de rouge à lèvres sur un mégot.

J'ai à peine le temps de relever les yeux que je la vois passer la porte de la chambre, entièrement nue — même si elle ne portait pas grand-chose sur elle, je n'ai jamais vu quelqu'un se déshabiller si vite, c'est à en perdre la tête. Elle me sourit comme si je l'avais déjà croisée cent fois ENTIÈREMENT NUE (sapristi !) mais ce n'est pas le cas et je dois réunir en une fraction de seconde dans les petites veines tortueuses de mon cerveau tout ce qui me reste de sang-froid pour ne pas pousser un hurlement d'admiration ni tomber en arrière comme un épouvantail foudroyé. Je ne peux pas décrire son corps pour l'instant, il est (pour moi) d'une beauté proche de la pure abstraction.

Je fais de mon mieux pour lui rendre son sourire décontracté. Elle s'allonge sur le lit, ne rabat pas la couette sur elle, et tourne vers moi un regard qui n'a rien d'énigmatique. Il s'agit maintenant de la rejoindre. De toute évidence, nous allons coucher ensemble pour la première fois. Je suis anxieux. Mais mon oncle connaît la vie :

« En règle générale, il convient de respecter quelques principes élémentaires lors d'un premier accouplement entre deux personnes. En particulier si la femme est impressionnante. Une légende veut que cela ne se passe jamais très bien. Elle n'est pas réellement fondée, mais l'homme devra cependant s'en souvenir quand viendra le moment du bilan, et en faire part à la femme d'un air dégagé si l'affaire ne s'est pas déroulée de manière satisfaisante — non pas pour la réconforter, bien entendu (car il serait mufle et honteusement maladroit de sous-entendre qu'elle n'a pas fourni une prestation correcte), mais pour se disculper si lui-même n'a pas su se montrer suffisamment efficace. C'est une soupape rassurante, mais en observant les règles suivantes, fort simples, on n'en arrivera pas là.

« L'homme ne connaît pas la femme. Or on sait qu'aucune ne se comporte comme une autre. Ou presque. L'une appréciera la douceur et le romantisme voluptueux, l'autre la violence et la vulgarité lubrique. C'est comme ça.

« Sur un hippodrome ou dans un casino, il est amusant de prendre des risques : on ne peut y perdre que de l'argent. Dans un lit avec une inconnue, c'est tentant, mais (une femme pouvant toujours servir, on ne le dira jamais assez) on joue plus gros. S'il fait exactement l'inverse de ce qu'elle aime, elle bondira hors du lit (l'impulsive) ou, dans le meilleur des cas, elle se raidira — ce qui nuira grandement au plaisir du parieur malchanceux —, attendra que ça passe et se jurera d'aller voir ailleurs au plus vite (la fataliste). C'est pourquoi il est nécessaire de se montrer diplomate et fin stratège, d'adopter la méthode de l'homme politique ou du producteur d'émission en *prime time* en se figurant, dans un premier temps du moins, que l'on fait l'amour à une sorte de femme moyenne, la ménagère ou plutôt la partenaire de moins de cinquante ans (ou de moins de quarante ans, voire la ménagère de moins de trente ans pour les puristes), et de faire par conséquent son possible pour plaire au plus grand nombre. Certes, l'homme s'expose ainsi à certaines critiques ("Trop tiède", "Ordinaire", " Pas assez audacieux") mais il pourra toujours se régler en cours d'exercice — c'est d'ailleurs tout l'art du technicien.

« Dans un premier temps, l'homme doit se déshabiller. Par la suite, il découvrira peut-être que la femme ne refuse pas, à l'occasion, de se faire grimper dessus à la hussarde pour se donner des émotions, mais si, lors de leur première entrevue, il se contente de baisser son pantalon à mi-cuisses pour se soulager sans perte de temps inutile, elle peut mal le prendre. Lorsqu'il est nu (il est bon que la femme se soit elle-même chargée de lui ôter ses vêtements, afin qu'il n'ait pas l'air, en se dévêtant lui-même devant elle, de l'ouvrier qui retrousse ses manches avant l'boulot), lorsqu'il est nu il ne doit en aucun cas avoir honte de son corps. L'être humain (et notamment la femme qu'on a réussi à guider jusqu'à son lit en deux temps, trois mouvements et quatre mots bien choisis à la sortie d'un restaurant) est influençable par nature. Si elle constate qu'il se cache, se tortille et joue de la couette comme une jeune Normande du siècle dernier le soir de ses noces, la femme n'ira pas chercher midi à minuit. Par empathie, elle pensera : “Bon, il a un gros bide ou une petite bite, c'est bien ma chance. Enfin, puisque je suis là...” En revanche, si l'homme se montre sans complexes, assumant sa nudité comme on assume sa calvitie, une éventuelle exubérance abdominale ou carence génitale ne passera peut-être pas inaperçue mais sera considérée comme sereinement acceptée par le principal intéressé, et donc acceptable car il ne faut pas être plus royaliste que le roi.

« Ensuite, il s'agit d'entamer le rapport proprement dit. L'homme ne doit escamoter les préliminaires sous aucun prétexte : c'est une tradition millénaire, on ne peut se permettre de la balayer d'un revers de main. De plus, il est de notoriété publique qu'une majorité de femmes les considèrent comme indispensables — elles ne sont peut-être pas toutes sincères dans les sondages, mais peu importe : ce qui compte dans ces étreintes initiales, c'est l'image qu'elles veulent donner, et de ce fait, peu d'entre elles oseront se plaindre. Si par hasard la femme choisie préfère réellement l'assaut viril au détriment des préliminaires (cela arrive mais il ne faut pas s'en soucier : même sur un hippodrome, on aura toujours plus de chances de gagner en jouant les favoris), l'homme commet certes une légère bourde mais elle ne portera pas à conséquence : personne ne peut s'offusquer du respect d'un usage si répandu (on peut ne pas aimer les huîtres, mais il serait déplacé de fulminer d'indignation si l'on en trouve chez sa tante au réveillon de Noël).

« Comme dans toute entreprise d'exploration, il est nécessaire de se montrer prudent et sobre. Ainsi, l'homme qui vient de se glisser dans le lit évitera de saisir aussitôt sa partenaire par les cheveux pour lui enfourner derechef son désir au fond de la gorge. Lui-même ne plongera pas non plus la tête entre ses jambes comme un épagneul affamé qui tombe sur cent grammes de Pal. (Bien entendu, dans certains cas, on peut ne pas tenir compte de ces deux recommandations : si la femme a ses ardeurs et se jette avidement, luette visible et frémissante, sur l'objet de sa convoitise, ou bien si elle plaque, d'un coup de reins gymnaste, sa féminité ruisselante sur la bouche entrouverte de l'homme, il serait absurde de se démener rageusement pour la repousser dans l'espoir de paraître subtil en amour.)

« Après quelques baisers savamment fougueux, l'homme caressera les seins de sa partenaire (sans pincer ni malaxer, sans effleurer non plus, mais comme on caresse la tête d'un chat — et cela va de soi, en précisant le geste (modulation de la pression, localisation de la cible) en fonction de la réponse corporelle et vocale de la femme), puis il fera glisser sa main sur le ventre, s'attardera un court instant sur l'endroit où il suppose que se trouvent grosso modo les ovaires (points assez sensibles, trop souvent ignorés car invisibles et méconnus de l'homme, celui-ci n'ayant pas tellement d'ovaires), et arrivera enfin là où il voulait en venir, entre les jambes. Ici, attention ! Délicatesse et circonspection sont de mise, car la femme, en état d'alerte maximale, est prête à sanctionner mentalement la moindre faute. Celui qui s'acharnera sur le clitoris comme s'il tentait de le faire entrer à l'intérieur du corps, ou celui qui plantera trois ou quatre doigts conquérants dans une terre certes accueillante mais peut-être pas encore suffisamment meuble, perdra sans nul doute de nombreux points. La mesure et la capacité d'adaptation sont deux éléments clés pour ouvrir la femme. Après quelques instants de flânerie attentive dans cette province au climat tropical, et dans le but de préparer une expédition future, l'homme pourra aventurer un doigt vers une région plus sombre et d'accès plus difficile, le trou du cul. Mais durant cette première incursion, il devra surveiller, avec une extrême vigilance, la tête de la femme — directement reliée aux récepteurs sensoriels de cette partie du corps. Au moindre signe de douleur ou d'agacement, il devra rebrousser chemin.

« Durant toute cette manipulation, il ne cessera d'embrasser la femme. Et pas uniquement ses lèvres : ses joues, ses yeux, ses oreilles, son cou, ses épaules ou ses seins font aussi l'affaire. N'importe quel support est bon du moment qu'il occupe la bouche. Car si le visage de l'homme reste inactif, le regard dans le vide, il aura l'air du type à genoux qui fouille consciencieusement sous une commode pour récupérer un truc.

« La visite terminée (lorsque les sons émis par la femme perdent en intensité), l'homme lui touchera de nouveau les seins, le ventre ou les cheveux pour lui prouver qu'il n'est pas obnubilé par sa vulve. Il en profitera pour remarquer, éventuellement, qu'elle s'est mise en devoir de flatter sa virilité (tout à son travail, il a pu ne pas s'en apercevoir tout de suite). Le cas échéant, c'est bon signe.

« Par souci de galanterie, et pour ne pas donner l'impression d'imposer quoi que ce soit, c'est l'homme qui entamera les réjouissances bucco-génitales — sans trop d'appréhension car on trouve autant de femmes qui s'y opposent que de beurre en broche. Il repart donc bille en tête vers les contrées enchanteresses de la Vallée de la Joie — comme l'appelait Ronsard, grand poète malheureusement décédé. Il devra suivre avec la bouche les mêmes principes que lors du parcours manuel : ne pas se focaliser obstinément sur le clitoris, mordiller plutôt que mordre, ne pas trop chercher à frayer un chemin à sa langue avec ses doigts, au risque de ressembler à un scientifique myope, éviter si possible les bruits de bouche ou de nez, au risque de ressembler cette fois à un cochon truffier, et surtout, là encore, enregistrer la moindre réaction de la femme afin d'orienter son effort selon ses besoins. Tout cela n'est pas sorcier.

« C'est ensuite qu'il faut faire preuve de tact, au moment où l'homme peut espérer la réciproque, misant sur le fair-play de sa partenaire. Il existe quelques astuces pour éviter l'incident diplomatique. La première consiste à remonter comme précédemment, en léchant le ventre, puis les seins. Tandis que la langue vaillante s'attarde sur les mamelons en émoi, l'homme pose négligemment un ou deux doigts sur la bouche de la femme, comme s'il voulait juste lui caresser tendrement les lèvres. C'est là qu'intervient le génie de Léonard de Vinci (car c'est lui qui a inventé ce test infaillible). Inconsciemment, la femme qui suce va prendre le doigt dans sa bouche. Cela peut sembler simpliste, mais c'est ainsi : si elle lèche ou, mieux, engloutit le doigt, l'homme peut se détendre. Il n'a plus qu'à changer de position pour lui présenter la chose. Si elle n'a pas touché au doigt, cela ne signifie pas pour autant qu'elle fera la fine bouche plus tard (on peut imaginer une foule de raisons : elle aime tout bonnement se faire caresser les lèvres, le doigt sent le tabac ou l'ail, elle a de nombreux plombages et craint de les exposer, etc.). Pour se faire une idée plus précise, l'homme peut alors utiliser la deuxième astuce, moins savante : tout en continuant à embrasser les seins, le cou ou la bouche de la femme, il change de position — simplement, dirait-on, pour être plus confortablement installé et se consacrer tout entier au plaisir de sa partenaire, dans les meilleures conditions possibles. Il se met à genoux près d'elle, à peu près au niveau de son épaule et, penché sur elle, continue son œuvre altruiste. La femme qui suce, lorsqu'elle aperçoit un membre disponible à quelques centimètres de sa bouche, ne peut se retenir — surtout lorsqu'on vient de la lécher courtoisement et sans arrière-pensée. C'est un réflexe.

« Si aucune de ces astuces n'a donné de résultat, il est préférable de s'en tenir là et de passer directement à l'étape suivante. En effet, il serait assez malvenu de saisir la tête de la femme et de la pousser d'autorité vers son devoir, après lui avoir si ostensiblement tendu la perche, si on peut dire. Ce serait prendre un risque inutile — celui de créer une sensation de malaise dans le couple — pour peu de chose : le meilleur reste à venir.

« Il est à noter que ces précisions et conseils sont plus théoriques qu'autre chose, car en pratique le problème se pose rarement : la plupart des femmes sucent.

« Quoi qu'il en soit, qu'elle ait fait preuve de bonne volonté ou non, il convient à présent d'honorer sa partenaire. Il n'existe qu'une règle d'or : l'efficacité. En d'autres termes, cette règle d'or peut se décomposer en trois points : il faut réussir à “bander”, comme on dit dans le jargon ; il faut éviter d'éjaculer après juste quelques secondes passées à l'intérieur de la femme ; il faut enfin essayer de la faire jouir (toutefois, ce n'est pas indispensable).

« Si par hasard l'homme est amené à revoir plusieurs fois la même femme, il pourra par la suite se permettre de négliger l'une ou l'autre de ces bases. On lui pardonnera aisément, sachant qu'il n'est pas coutumier du fait et que "ça arrive à tout le monde". Mais lors d'une première confrontation, il ne faut pas plaisanter avec ça. Il existe de nombreux hommes sur terre et la femme n'a pas de temps à perdre. À moins qu'elle ne soit amoureuse de lui (mais comment pourrait-elle tomber amoureuse de quelqu'un qu'elle connaît si peu qu'elle n'a même pas encore couché avec lui ?), son jugement sera vite fait. (Il faut être bien indulgent ou bien bête pour retourner dans un restaurant où l'on a très peu et mal mangé — il y a beaucoup de restaurants.) Et même si elle consent à laisser une deuxième chance à l'homme (par charité chrétienne ou paresse de chercher ailleurs), celui-ci se retrouvera le dos au mur, écrasé par une pression terrible, et entrera malgré lui, le malheureux, dans la fameuse et redoutable spirale de la performance. Au lieu d'un cuisant revers, il en essuiera deux. En résumé : dès la première fois, il faut que ça fonctionne.

« Pour "bander", c'est très simple : il suffit que l'homme oublie qu'il a quelque chose entre les jambes — car c'est en concentrant toute son attention sur cette plus ou moins infime partie de son corps, en exigeant d'elle, à la manière d'un maître sévère et impressionnant, un comportement de premier ordre, qu'il lui fait peur. Il faut donc penser à tout autre chose, comme par exemple au corps de la femme. L'homme ne la connaissant pas, il ne lui est pas difficile de s'y intéresser, car toute découverte peut présenter certains attraits pourvu qu'on ait l'esprit curieux. D'autre part, il ne doit en aucun cas se laisser impressionner par sa partenaire : c'est souvent l'une des principales causes de défaillance (celui qui se sent tout petit ne peut guère espérer une abrogation soudaine et miraculeuse des lois de la proportion). Même si c'est tout à fait regrettable, il doit donc se résoudre à considérer la femme qui est en train d'écarter les jambes devant lui comme une prostituée sans désir, qui n'attend rien de lui. C'est révoltant, mais l'heure n'est pas aux sentiments. Et comme, encore une fois, il ne connaît pas la femme, il pourra aisément éviter les problèmes de conscience.

« Lorsque la jonction des corps est faite, il ne faut pas jouir tout de suite. Ce serait encore pire que de ne pas pouvoir "bander" (car on ne pourrait invoquer aucune excuse). Pour passer le cap délicat des premières étreintes des muqueuses et atteindre bon an mal an le quart d'heure fixé par les conventions, il est préférable, si l'homme se sait fort émotif, qu'il ait songé à boire quelques verres avant de se lancer dans la bataille — l'alcool est certainement l'atout le plus précieux de l'expéditif. Mais s'il n'en a pas eu l'occasion, ou si deux whiskies le terrassent, il devra se défendre seul. Pour cela, il lui faudra impérativement oublier que la femme est un être capable de jouir. Car c'est par crainte de ne pas être en mesure de faire jouir sa partenaire que l'homme s'affole, perd la tête, panique, se met à vibrer, explose. De nouveau, malheureusement, il est obligé de se figurer qu'il a affaire à une sorte de créature sans âme qui n'est là que pour lui donner du plaisir. (En prison, certains détenus ont mis au point un système ingénieux : lorsqu'on leur sert des pâtes dans la cellule, notamment des coquillettes ou des nouilles, ils en gardent la moitié et les fourrent, quand elles sont tièdes, dans le thermos qu'ils utilisent pour le café. Ils se fabriquent ainsi une sorte de "vaginette" des plus réalistes, paraît-il, si l'on ferme les yeux. Dans le cas qui nous intéresse, il s'agit de se comporter de manière inverse : fermer les yeux et se représenter la femme comme un thermos rempli de nouilles tièdes.) Avec un rien d'imagination, il lui devient donc inutile, voire incongru, de chercher à procurer un orgasme à sa partenaire : elle s'en fiche et n'attend aucune prouesse particulière de sa part. Cette pression supprimée, il ne pense plus qu'à lui et se défoule en toute quiétude. Le problème, c'est que la femme se met souvent à gémir de plus en plus bruyamment, occasionnant ainsi des interférences pénibles : il devient presque impossible à l'homme de continuer à croire qu'elle n'a pas l'intention de prendre du plaisir. Et cette fois, l'orgasme de la dame semblant tout proche, il serait vraiment dommage d'échouer si près du but. Pourvu que… Oh non.

« Ce qu'il doit prendre en compte, c'est le côté facultatif de la jouissance féminine lors de ce premier contact. L'orgasme de la femme est bien moins "mécanique" que celui de l'homme, il ne suffit pas de l'astiquer un moment pour qu'elle l'atteigne par lien de cause à effet. Bien des femmes ne jouissent que lorsqu'elles sont parfaitement détendues, lorsqu'elles ne pensent à rien d'autre qu'à ce qu'elles sont en train de faire (ou à ce qu'elles pourraient faire dans le même genre avec quelqu'un d'autre), c'est-à-dire, somme toute, assez rarement. (Tandis qu'un homme, et c'est parfois dommage pour lui, peut jouir même s'il s'efforce désespérément de se représenter les fesses blanches et poilues de son coéquipier de rugby sous la douche.) On n'imagine pas le nombre de femmes qui restent deux fois sur trois à la frontière de la terre promise sans pouvoir, pour une raison ou une autre, effectuer le dernier pas. Combien d'entre elles, en plus de cette frustration, sont obligées de pousser de grands cris et de se tortiller à la façon des actrices mélo des années 20 pour ne pas froisser le brave artisan qui s'échine entre leurs jambes ? Bref, elles ont l'habitude. En outre, la première fois, elles sont plus tendues que de coutume, comme l'homme, elles pensent avant tout, elles aussi, à plaire à leur partenaire, il est donc tout à fait compréhensible que certaines ne se laissent pas aller jusqu'à l'orgasme. L'homme ne doit pas s'en inquiéter. Justement parce qu'il sait que la femme, même si elle a la bascule facile en d'autres circonstances, ne songera pas elle-même à s'en inquiéter, ni à s'en plaindre.

« Néanmoins, il est primordial de lui donner tout de même un peu de plaisir. C'est la moindre des choses. Pour cela, et pour une fois, l'homme va devoir penser avant tout à elle. (Ce n'est pas simple, mais l'esprit humain est capable de choses étonnantes.) Pour découvrir ce qu'elle aime, il faut se comporter avec elle comme avec un coffre-fort : tourner le bouton, essayer tous les chiffres jusqu'à ce qu'on perçoive un déclic dans le stéthoscope. En l'occurrence, il s'agit par exemple de tester toutes les positions de base jusqu'à ce que la femme entre en vibration. Attention : même si l'on sent que la levrette, disons, la laisse tiède comme un thermos de nouilles, il ne faut pas imiter l'expert en coffres et passer aussitôt à la suivante. Sinon, l'acte d'amour risque de se transformer en tourbillon endiablé, en un mélange de combat de lutte et de rock acrobatique, et la pauvre femme, balancée de tous côtés, soulevée, poussée, pliée, retournée à toute vitesse, se demandera inévitablement ce qu'est en train de faire ce dangereux malade. ("Pourquoi faut-il toujours que ça tombe sur moi ?") Non, même si l'homme sent que la position choisie n'obtient qu'un vague succès d'estime, il doit s'y tenir pendant un minimum de trois minutes.

« Lorsqu'il a découvert celle que sa partenaire goûte le plus (elle est aisément identifiable : même si la femme n'est pas foudroyée de plaisir, elle aura à cœur d'indiquer clairement à l'homme que c'est encore ce qu'il y a de plus supportable, en secouant la tête de manière comique et en poussant de petits cris, un peu trop fort), il devra s'employer à régler la puissance et la vitesse de ses va-et-vient. Là encore, la seule méthode convenable est celle du coffre-fort. Inutile de revenir là-dessus, c'est enfantin.

« Ensuite, s'il veut peaufiner son travail (ce qu'on ne saurait trop lui conseiller, pour sortir de la masse), il peut s'attacher (en suivant toujours la méthode dite "du coffre-fort") aux détails, aux condiments. Les gestes accessoires, par exemple — caresser ou tirer les cheveux tandis qu'il la secoue, glisser un doigt dans la bouche ou ailleurs, taper sur les fesses, pincer les mamelons, lécher la bouche ou toucher le clitoris qui commence à se sentir bien seul (à ce propos, l'homme ne doit surtout pas hésiter, mettant sa fierté de côté, à saisir la main de la femme pendant le rapport et à la guider vers son clitoris (certaines n'osent pas le faire d'elles-mêmes) : cette main deviendra sa meilleure alliée dans la course à l'orgasme ; ou bien les paroles — certaines femmes adorent que l'homme leur parle pendant qu'il les cloue au matelas, d'autres détestent. Pour les gestes comme pour les paroles, il est impératif de commencer au bas de l'échelle et de monter graduellement si l'on sent que ça accroche. Un homme qui, dès les premières poussées à l'intérieur de la femme, se mettrait à lui griffer les seins jusqu'au sang ou à grogner "Tu aimes quand ça tape au fond, hein, chienne ?", prendrait de gros risques.

« Une fois que tous ces réglages sont effectués, l'homme n'a plus qu'à attendre sereinement le moment opportun (après, approximativement, un quart d'heure à une heure d'activité (pas trop longtemps non plus, car les muqueuses sont fragiles et la femme peut commencer à éprouver une sensation de détérioration)), et quand il estimera avoir suffisamment payé de sa personne, il pourra enfin donner le meilleur de lui-même.

« Pour conclure (mais on l'a dit des millions de fois

depuis les premières copulations préhistoriques, et c'est faire injure à l'homme que de le rappeler), il est formellement déconseillé de tourner le dos à la femme dès qu'on s'est extirpé d'elle, et de s'endormir. L'homme doit la serrer dans ses bras et la caresser, l'embrasser longuement, même si ce n'est pas de gaieté de cœur.

« L'accouplement de deux êtres pose toujours des problèmes au début. Mais, comme on l'a vu, cet animal suprêmement intelligent qu'on appelle l'homme peut les surmonter en ne se fiant qu'à deux mots : modération et jugeote. L'instinct, dans ces cas-là, ne donne jamais rien de bon. »

Allongée magnifique sur le dos, le visage tourné vers moi, un ovale limpide et pâle, les yeux clairs, les yeux lubriques, Olive me regarde.

Il me fait marrer, mon oncle.

Mais je vais tenter de me ressaisir. Les yeux brumeux, je la regarde.

Je vais me déshabiller sans gêne, avec souplesse comme un artiste de cabaret, me coucher naturellement à côté d'elle et la prendre dans mes bras sans lui mettre un coup de coude dans l'œil au passage.

Je lui tourne le dos pour m'asseoir sur le lit et enlever mes chaussures, elle voit ma nuque ployée, mon échine voûtée, de quoi j'ai l'air, un bon bougre qui se prépare dans le vestiaire avant un match de foot, mes chaussettes, je me relève, qu'est-ce que je suis lourd, j'arrive à peine à me remettre sur pied, j'ai trop mangé à l'indien, je me retourne vers elle, un bulldozer qui pivote lentement, et lentement je commence à me déshabiller, elle ne me quitte pas des yeux, clairs et lubriques, il faut que j'évite de forcer sur le côté langoureux, il n'y a pas grand risque, je me demande ce qui m'a pris de choisir ce caleçon miteux ce matin, je l'enlève vite, puis le tee-shirt, vite, je suis nu, mon Dieu, qu'est-ce que c'est que ce ventre ?

D'où sort ce ventre ?

J'aimerais beaucoup assumer mon corps mais je ne sais plus comment on fait. Pourtant ce serait l'idéal en ce moment critique, je devrais profiter qu'elle me regarde pour lui faire comprendre que je suis serein, moi aussi, et qu'elle peut s'attendre à passer une bonne heure de détente instructive. Mais j'ai beau retourner le problème de tous les côtés, je n'arrive pas à remettre le doigt sur la pensée qui permet de se sentir à l'aise. Impossible. J'ai l'impression d'être nu devant un jury dont tous les membres seraient nageurs ou danseuses au Lido, je suis debout bossu les bras le long du corps, bronzé comme un lavabo d'hôpital, musclé comme un cocker, et ce ventre, il faudrait que je sois vraiment débile pour me sentir à l'aise. Aussi je me ramasse sur moi-même, afin qu'elle ne distingue plus qu'une masse confuse de muscles et de chair tendre, je roule en quelque sorte sur le lit, puis me dénoue et m'allonge. Elle sourit avec indulgence. Qu'est-ce qui me prend ? C'est une fille, non ?

Il faut que je me dénoue davantage. Physiquement, je suis bien dénoué, là. C'est mentalement, surtout. Allez, je me dénoue, je me dénoue.

Alors que je m'apprête, malgré ma sournoise promesse de chasteté, à entamer sans tarder les merveilleux préliminaires (tu es tombée dans la gueule du loup, petit chaperon rouge (le temps que je me dénoue, et tu vas voir)), elle se tourne vers moi, m'embrasse sur la joue et me prend la bite à pleine main.

En une seconde, je comprends tout. Je deviens génial, j'analyse aussi vite qu'un puissant ordinateur. C'est elle qui a mené la soirée comme elle le désirait, c'est elle qui m'a engourdi au restaurant, qui m'a fait monter ici, qui m'a conduit jusqu'au lit en bâillant. Ah la garce !

Enfin non, c'est bien, au contraire. Sauf que… Saperlipopette, malgré mon cerveau très rapide je n'ai plus le temps de réfléchir car elle m'a pris la bite à pleine main et je bande aussitôt comme un jeune homme, c'est toujours ça de gagné mais je ne peux plus penser à rien d'autre. C'est parti pour les préliminaires !

En guise de préliminaires, elle me chevauche, s'écarte la chatte d'une main, oriente fermement ma bite émue de l'autre et s'empale dessus d'un bon coup avant que j'aie pu comprendre ce qu'elle avait l'intention de faire. Je suis plongé dans un tourbillon de miel chaud, instantanément englouti dans un bain de lave bouillante, je me pétrifie et fonds à la fois, pris dans le miel lave, je vois des éclairs multicolores, des flashes, des taches noires, et au loin la silhouette floue d'une femme qui monte et descend au-dessus de moi avec une ardeur animale. Il me semble l'entendre gémir. Elle s'enfonce violemment sur moi, elle m'avale et me brûle (j'ai cette sensation quelque part vers le milieu de mon corps).

Je tente de reprendre mes esprits. Bon, tant pis pour les préliminaires, je crois que nous sommes déjà passés à l'étape suivante. J'y vois plus clair. Elle est à califourchon sur moi, ses deux mains sont posées à plat sur mon torse, elle me griffe, elle s'appuie sur moi, fort, elle se mord les lèvres, elle se cambre légèrement lorsqu'elle monte et arrondit le bas du dos lorsqu'elle redescend pour s'empaler le plus loin possible, ses seins devant moi suivent le mouvement, plutôt petits, fermes et fragiles, de l'ivoire souple. Ses cheveux les caressent. Elle ouvre grands les yeux et les plante dans les miens comme si elle s'en servait pour me maintenir paralysé.

— Tu aimes ça ? me demande-t-elle.

— Oui.

Il va bientôt falloir que j'essaie différentes positions pour déterminer habilement celle qu'elle préfère. Le temps que je me ressaisisse. Il ne faudra pas non plus que j'oublie de moduler la vitesse et la puissance de mes coups de reins en fonction de ce qu'elle aime. Quant aux gestes accessoires, je verrai un peu plus tard. Pour l'instant, je ne trouve rien de très utile à faire, je me contente de mettre mes mains sur ses hanches et de laisser mes bras le plus détendus possible afin de ne pas la gêner dans son action. Je commence à songer à ce que je pourrais lui dire comme cochonneries pour ne pas paraître complètement inactif, quand, d'une main experte, elle ôte mon sexe du sien, descend de moi comme d'un cheval et me dit :

— J'adore ce que tu me fais. Viens.

Elle se couche à côté de moi sur le dos, écarte largement les cuisses et se touche distraitement en m'attendant (je ne suis pas très prompt à réagir car, étant donné qu'elle a adoré ce que je lui faisais, je cherche ce que j'ai bien pu lui faire). Je finis par me mettre à genoux entre ses jambes (sans avoir résolu l'énigme) et contemple d'un œil ému l'écrin de soie chaude et humide où je vais venir loger le rubis de mon amour (beurk). Par quoi vais-je débuter, va-et-vient doux et romantiques, comme les vaguelettes sur une plage de l'île Maurice, ou bien puissants coups de boutoir, comme les béliers de la légion romaine contre les portes de Carthage ? Je contemple d'un œil ému cette antichambre du bonheur, cette Vallée de la Joie dont parlait Lamartine.

— Viens. Baise-moi. Fort.

Je vais arrêter de réfléchir et d'anticiper, c'est superflu. Si je peux éviter les calculs et les tâtonnements, si elle préfère s'en charger, autant que je me laisse faire (même si ce n'est pas mon habitude), je pourrai ainsi concentrer toute mon énergie, toute mon attention sur ce moment précieux — je ne dois pas oublier que je couche pour la première fois avec Olive Sohn. Moi, celui qu'on appelait Miette. Donc je viens et je la baise, fort.

Elle se met aussitôt à gémir, plus fiévreusement que

lorsqu'elle était sur moi, ouvre les jambes presque en grand écart, empoigne le drap de part et d'autre de sa tête, ses doigts se crispent, je lui défonce la chatte, elle serre les dents, ses yeux paraissent affolés, regardent de tous côtés comme si elle cherchait quelque chose, s'écarquillent encore, elle frappe le matelas, elle gronde, elle crie. De toute évidence, Olive Sohn a envie de jouir. Moi aussi, mais pas tout de suite. Sinon elle va m'en vouloir — elle a l'air très déterminée — et c'est la dernière chose au monde que je souhaiterais. Qu'elle m'en veuille. J'essaie de l'imaginer en thermos plein de pâtes, mais je m'en veux illico (comment puis-je songer à traiter ainsi la fille la plus inattendue que j'aie jamais rencontrée, la seule qui ne ressemble à personne — un thermos plein de pâtes...) et ça calme presto mes pulsions précoces. Je manque même d'en débander de honte (je voudrais me cacher dans un trou de souris). Heureusement, elle ne me laisse pas le temps de me recroqueviller :

— Je veux que tu me prennes à quatre pattes.

Encore une fois, elle est prête avant moi (elle est d'une rapidité stupéfiante, elle se téléporte d'un point à un autre, c'est peut-être un fantôme, elle est partout et dans toutes les positions à la fois). Je me redresse péniblement. Par chance, la vue qu'elle m'offre en position de chienne est des plus érectogènes et j'oublie vite le thermos — il faut dire que ça n'a rien à voir. Allez, enchaînons, enchaînons, suivons le guide, je sens qu'elle s'impatiente. Je prends une profonde inspiration, lui saute dessus, lui rentre dedans et « tape au fond », comme elle me le demande avec insistance. S'ensuivent quelques minutes de grande émotion, durant lesquelles je dois m'efforcer de ne pas perdre la cadence qu'elle impose par ses encouragements sataniques (« Baise-moi, baise-moi, défonce-moi, plus fort, plus fort, défonce-moi ») et me borne, en ce qui concerne les fantaisies annexes, à respecter de mon mieux ses désirs (« Frappe-moi les fesses », « Griffe-moi », « Mords-moi », « Tiens-moi par les cheveux, plus fort, tire-moi les cheveux ! »). Je ressemble à une marionnette manipulée par un parkinsonien fou, je ressemble à un ouvrier débordé par le rythme effréné de sa machine, je me mélange les pinceaux (je lui tape une fois la tête au lieu des fesses), mais c'est si intense que je ne pense plus à rien et, malgré les apparences peut-être, je prends beaucoup de plaisir. Je n'ai jamais pris autant de plaisir avec une fille — la question ne se pose même pas. Je suis dépassé, submergé. Je suis dans le plaisir.

(À New York, cette fureur charnelle monte d'un cran, à Veules-les-Roses elle se transforme en bain de sang.)

Profitant d'un moment d'accalmie qui m'est absolument indispensable pour éviter la syncope ou la pulvérisation atomique, elle me dit d'une voix haletante mais sur un ton aussi tranquille que si nous discutions à la terrasse d'un bistrot :

— J'aimerais voir ce que tu es en train de me faire. J'aimerais voir ta bite qui entre dans ma chatte. C'est pas juste : vous, vous pouvez. Nous, les filles, jamais vraiment, dans aucune position. Ça m'exciterait, pourtant.

Tant pis pour la syncope probable, je me sens de nouveau d'humeur cavalière. C'est vrai que tu rates quelque chose, Olive. Physiquement je commence à flancher un peu, même si je fais encore illusion, mais moralement ça ne peut pas aller mieux.

Depuis quelques instants, je suis fasciné par son trou du cul. Je n'entends même plus Olive crier, je ne la vois plus se tordre sur le lit, j'oublie de lui donner des claques sur les fesses et de lui tirer la tête en arrière, je plante mes ongles dans ses hanches et continue à la secouer comme un démon, en fixant son trou du cul avec des yeux qui feraient peur à un hibou.

À cause de l'absence de préliminaires — je ne sais même plus ce que le mot veut dire —, je n'ai pas pu envoyer un doigt en éclaireur, comme disent ces butors de techniciens. Mais il n'est jamais trop tard… Et au point où nous en sommes, si passionnément emboîtés l'un dans l'autre, je ne vois pas comment une sensation de malaise pourrait encore se glisser entre nous. (De plus, elle a eu l'amabilité de me confier au restaurant qu'elle aimait se faire sodomiser. Avec tout ça, il y a peu de risques que je la froisse.) Je plonge mon index dans ma bouche pour l'enduire du peu de salive qu'il me reste et lui préparer une bonne surprise. Je vais enfin prendre une initiative.

— Viens dans mes fesses.

Avec mon index dans la bouche et mes yeux immédiatement changés en boules de billard, je dois ressembler à un très mauvais acteur qui joue la stupéfaction. Mais je ne joue rien du tout. Cette fille a dix ans de moins que moi. J'ai passé dix ans de plus qu'elle à baiser, ce n'est quand même pas rien. Pourquoi ai-je l'impression persistante d'être un adolescent pataud qu'une dame de luxe déniaise gentiment ? Je ne comprends pas. Est-ce la même personne, cette panthère vicieuse qui grogne « Viens dans mes fesses », que la jeune femme du restaurant, celle dont l'un des principaux problèmes est de ne jamais pouvoir prendre la moindre décision ?

Je ne comprends plus rien à rien mais je laisse mon index de côté et la sodomise à sec. Ça rentre tout seul, d'un coup. Ah ! Autruche Sans Mesure, tu me rends fou.

Là, elle réagit très vivement. Elle pousse des cris encore plus déchirants, entre deux elle mord le drap en secouant la tête, elle frappe le matelas avec le tibia et le dessus du pied, violemment. Je la baise dans le cul, ça rentre tout seul, ça glisse. Elle met deux doigts dans sa chatte. Je les sens contre ma queue, à travers la membrane si fine. Elle les écarte pour mieux me toucher, c'est comme si elle me branlait en même temps. Je dérive. Je lui tiens toujours les hanches, elle me demande de l'empoigner plus fort. De serrer de toutes mes forces. De lui faire mal. Je crispe les doigts, fort, ils s'enfoncent profondément dans sa chair, j'écarte ses fesses pour lui ouvrir le cul, je m'enfonce tout entier, je tape au fond d'elle, comme elle me le demande, je tape fort, j'écarte encore ses fesses, je l'éclate par-derrière, elle rugit, ça rentre tout seul, je la défonce et je la griffe en même temps — je ne parviens à maîtriser mes ongles que lorsqu'ils sont sur le point de lui déchiqueter la peau.

— Serre-moi plus fort ! Serre-moi !

Je perds la tête, je lui arrache la chair, je lui triture les hanches comme de la pâte à modeler.

— Plus fort !

Je ne peux pas. Je ne peux pas, je vais la massacrer. (Dans le Luberon, couchée sur le ventre dans la chambre d'amis de son frère, le bas du dos rouge vif, elle me dit : « C'était drôle, la première fois tu étais très timide. Je ne sentais rien. ») Pour donner le change, je redouble de violence dans son cul, je lui saccage le cul, je le démolis. Calme-toi, Miette, on n'est pas dans un film.

— Comme ça, oui ! Fais ce que tu veux ! FORT !

Je ne sais pas vraiment ce qui se passe ensuite. Disons que je fais ce que je veux, comme elle me le demande. Et fort, je crois. Je ne m'en souviens plus. Ces instants de furie inconsciente, de liberté absolue, sont perdus à jamais. Tout ce que je sais, c'est qu'au bout d'un moment elle se met à hurler en frappant le matelas. Elle bouge comme si on la torturait, elle m'appelle :

— Viens ! Viens ! Jouis, maintenant !

Aussitôt je jouis.

Je jouis.

Le mot est faible.

Je jouis.

J'explose comme une petite planète frappée par un missile nucléaire.

Elle a joui.

Elle a joui aussi.

Pour un début, c'est encourageant.

(Eh bien non, en fait elle n'a pas joui, comme elle me le dit deux minutes plus tard. Dommage, mais tant pis. Ses hurlements n'étaient pas feints mais n'exprimaient qu'un plaisir intense. Quand elle jouit, j'en ai un aperçu le lendemain mais ne m'en rends réellement compte que plusieurs jours plus tard (lorsque nous commençons à nous connaître et à mieux nous accorder), quand elle jouit c'est autre chose. Je n'ai jamais rien vu ni entendu de pareil. Pour se faire une idée, il faudrait « injecter » l'intensité de la jouissance d'une femme de un mètre soixante-quinze dans le corps d'une souris et regarder ce que ça donne, en imaginant ses réactions et la puissance de ses cris de souris à l'échelle humaine. C'est ahurissant, on en reste figé. Olive est littéralement débordée par ses orgasmes.)

Je la prends dans mes bras. Nous restons ainsi longtemps, sans bouger. Je ne me force pas. Les techniciens et mon oncle n'y connaissent rien. Il faudrait plusieurs déménageurs ukrainiens équipés de sangles, de leviers, voire d'un treuil, pour me déloger de là. On parle à voix basse. Cela peut paraître singulier après une séance aussi bestiale, immorale et visqueuse, mais je suis incroyablement ému contre elle. Plus que lorsque j'ai fumé ma première cigarette, plus que lorsque j'ai vu Paris pour la première fois. Cette salope fabuleuse, cette folle imprévisible, cette jeune femme égarée me bouleverse.

Sa respiration, dans mon cou, devient plus lente et régulière. Elle dort.

Elle s'endort n'importe où, dans n'importe quelles conditions. Et pour la réveiller, bonjour. (Dans le métro new-yorkais, un soir au nord de Harlem, alors que je suis, bêtement, aussi décontracté qu'un mulot cerné par cent chats, à peine assise elle pose la tête sur mon épaule et se met à ronfler doucement, me laissant seul dans la bagarre potentielle. En revenant du Caire, l'avion d'Egypt Air (dans lequel elle dort, comme toujours) évite la catastrophe de justesse à l'atterrissage. Il rebondit trois fois, freine sans doute trop violemment, zigzague sur la piste, part presque en tête-à-queue, tous les passagers hurlent — je la secoue énergiquement dix minutes plus tard, quand il est temps de sortir de l'appareil. Mais elle est variable. Elle peut aussi passer deux nuits blanches de suite et rester fraîche comme une gamine des Vosges, ou ne dormir qu'une ou deux heures par nuit pendant un mois. Et dans ces cas-là, toujours, je me demande : est-ce bien la même personne ?)

Je me détache délicatement d'elle, car je ne sais pas encore que son sommeil résiste aux chocs, je me lève et vais me faire un café dans la cuisine. Dehors, les lampadaires éclairent la rue Gauthey silencieuse, noire et orange. Mon chat Spouque vient se frotter contre ma jambe : j'ai oublié de lui donner son jambon, ce soir. J'ouvre le frigo, sors une tranche et la coupe en petits morceaux pour la déposer dans sa gamelle bleue. J'aime déchirer la chair rose.

Je bois trois ou quatre gorgées d'Oban. Dehors, une fille bourrée gueule : « J'en ai rien à branler, de tes cochons d'Inde ! » Une voix sourde et lasse lui répond : « Dis pas ça, Samira… » Je verse le café dans un bol. Ça fume. Assis devant sa gamelle, concentré, le chat mâche le jambon. J'ouvre le frigo, je prends le dernier morceau de camembert. C'est froid et sec. Immobile sur le grille-pain, un cafard me regarde fixement, comme s'il reconnaissait quelqu'un, ou plutôt comme s'il n'arrivait pas à remettre un nom sur mon visage. La bouche pleine, je dis :

— Colas. Titus Colas. Lycée Jules-Ferry, à Strasbourg. Miette.

Il fronce les sourcils. Sur la cuisinière, une poêle est encore à moitié pleine, depuis quatre ou cinq jours, de riz cantonais Findus pour célibataire. Ça commence à moisir. Je souris, je me rends compte que je souris en voyant mon reflet sur la fenêtre, j'ai l'air un peu demeuré. Il faudrait que je me calme : à l'indien, elle m'a dit qu'elle baisait avec tous ceux et toutes celles qui lui plaisaient. Le bonheur conjugal, ce n'est pas encore gagné. Cent ou deux cents braves types comme moi ont dû se voir sourire dans la fenêtre de leur cuisine pendant qu'elle dormait nue sur leur lit. Mais moi, je l'aime. Eux aussi peut-être, il faudrait faire un sondage, mais ce n'est pas pareil. Ces deux cents braves types se sont probablement consolés vite fait, car c'est le genre de types à tomber amoureux tous les jours impairs, je t'en fiche mon billet. Tandis que moi, je ne peux pas me permettre de me séparer d'elle maintenant — pas plus que la porte ne peut se permettre de se séparer de la poignée, ou l'appareil photo de l'objectif, sinon c'est foutu. Sinon je vais devenir fou, souffrant, à me répéter sans cesse que quelque chose cloche (rien n'est pire). Je prends mon bol de café et retourne vers la chambre, pour me rassurer. Dehors, une alarme de voiture sonne.

Autruche Sans Mesure n'a pas changé de position, couchée sur le flanc en travers du lit, mon corps en vide entre ses bras. Je pose mon bol sur la table de nuit, je m'agenouille sur le matelas, je veux l'embrasser mais dès que je la touche elle bascule et se retrouve sur le ventre, comme si elle tenait en équilibre sur le côté. Elle dort.

Elle mesure un mètre soixante-quinze et pèse cinquante-six kilos (je l'apprends plus tard — j'ai l'œil précis, mais pas à ce point). Ses cheveux sont fins et très blonds, or clair. Ils touchent ses épaules et ne sont pas coupés de manière régulière. Elle a trois grains de beauté dans le dos, un entre les omoplates, saillantes, et deux autres juste au-dessus des reins, cambrés. Elle a la taille étroite, les hanches rondes et laiteuses (pas une trace de mes sévices…) et les plus belles fesses qu'on m'ait jamais montrées (l'amour ne m'aveugle pas : je suis l'un des plus grands spécialistes européens des fesses, c'était quasiment ma seule passion jusqu'à présent), des fesses rebondies mais légères, pleines et douces, ni musclées ni grasses, des fesses modèles. Les fesses que devait avoir Ève, je pense, ou Mata Hari. Des fesses qui incarnent toute la grâce de la vie sur terre. Les cuisses, qui prolongent harmonieusement les fesses, sont longues, blanches, tendres, élastiques sous les doigts. Les genoux, vus de dos, semblent fragiles — quelques veines bleues sont très apparentes, du bleu des gommes à encre. Les mollets sont fermes et bien galbés, comme on dit dans les journaux. Elle a un peu de corne sous les pieds.

Sans vraiment réaliser ce que je fais, je la retourne. Elle ne proteste pas plus qu'un cadavre.

Son front est haut, clair, on distingue une cicatrice presque invisible au-dessus du sourcil gauche, ses sourcils sont assez épais, marqués, ses yeux plus écartés que chez la plupart des gens — entre eux, la taroupe paraît plus large et plus plate que chez la plupart des gens. Ses oreilles sont plutôt petites et parfaitement propres (elle utilise des Cotons-Tiges deux fois par jour). Son nez est… normal, ni grand ni petit, ni rond ni pointu. Sa bouche est charnue, rouge. Elle a une tache de nicotine sur une incisive inférieure. Et un petit bouton sur le menton. Un autre à côté du nez. Son cou est long, fin, diaphane (comme dit ma tante), on s'imagine pouvoir le casser d'une seule main ou le déchirer d'un coup d'ongle. Ses épaules sont étroites et doucement arrondies, ses bras déliés et délicats, ses poignets frêles, ses mains menues, ses doigts enfantins, mal dégrossis (mais à la fois osseux : ils ressemblent à des morceaux de bois), ses ongles coupés court — sauf celui de l'annulaire de chaque main (« Je les laisse pousser à tout hasard, pour donner du plaisir ou pour faire mal », me dit-elle le lendemain). J'ai déjà parlé de ses seins, peu volumineux (« des seins défavorisés », dit-elle), troublants. Les bouts durcissent vite lorsqu'on les touche. Elle a un grain de beauté sous le sein gauche, un autre au niveau de l'estomac et un troisième à droite du nombril. Son ventre est plat, mais pas creux. On le devine bombé lorsqu'elle est debout. Son nombril est rond et profond (quand on tente d'y poser un doigt, elle hurle comme si elle craignait que la membrane trop fragile ne cède). Les poils de sa chatte, peu nombreux (son mec Bruno lui a demandé de s'épiler), sont châtains et soyeux. Son mont de Vénus est nettement convexe. Ses genoux, vus de face, ne sont ni gros ni noueux, au contraire, mais semblent solides. Indestructibles. Ses jambes sont lisses, douces et pâles. Elle a une tache de naissance sous le genou droit. Ses chevilles sont aussi frêles que ses poignets. Je passe une main sur ses mollets, ses cuisses, son ventre, ses seins, son cou. Je soulève une paupière, persuadé qu'elle va se réveiller. Son œil, gris-bleu, ou vert, est éteint — ou regarde l'infini. Je l'observe longtemps. Il ne me voit pas et je ne parviens pas non plus à le fixer, à saisir l'image concrète de cet œil fantôme. Son œil est mystérieux. Je relâche la paupière. J'écarte ses jambes. Sa chatte est sombre et close. Une allumette ne pourrait pas y entrer. Ses grandes lèvres sont gonflées. Je les entrouvre. À l'intérieur, c'est écarlate. Je referme. J'observe cette fente de chair close, éteinte, cette faille sensible que convoitent tous les hommes de la terre, et qu'ils savent inaccessible lorsqu'ils croisent une femme dans la rue. Je l'observe longtemps. Sa chatte est mystérieuse. Comme son œil. Tout à l'heure, quand on baisait fort, je touchais le col de son utérus.

Je vais mettre de la musique dans le salon (un disque de Malher parce que c'est ce que j'écoutais à vingt ans quand je rêvassais à la célèbre femme idéale, à la compagne « naturelle » qui, j'en étais convaincu, partagerait bientôt ma vie (espoir rangé depuis belle lurette dans un tiroir de ma cuisine sale de célibataire)) et je m'installe sur le canapé, car le corps nu qui repose dans ma chambre me semble, même endormi (peut-être justement parce qu'il est endormi), une présence trop intense, une source de vie trop dense et irradiante pour que je puisse passer plus de quelques minutes à côté sans me mettre à vibrer comme un atome dans un champ magnétique. Je termine lentement mon café, en regardant tantôt la fenêtre encore éclairée de ma voisine d'en face (une jeune femme brune, corpulente, qui passe ses nuits à taper sur son Minitel en fumant clope sur clope), tantôt la photo de Greta Garbo que j'ai punaisée sur le mur entre deux fenêtres (elle a dix-huit ans, elle est en maillot de bain, flanquée de deux grands gaillards, et ne fixe pas l'objectif mais juste à côté, comme si elle s'intéressait à quelque chose au-delà, comme si elle considérait le monde en face d'elle, la vie qui l'attend, avec un demi-sourire et un regard de défi amusé et confiant).

Qu'est-ce que j'ai fait jusqu'à maintenant ? Qu'est-ce que j'ai vu, qu'est-ce que j'ai entendu, qu'est-ce que j'ai dit, qu'est-ce que j'ai pensé, qu'est-ce qui m'a fait sourire, qu'est-ce qui m'a étonné, qu'est-ce qui m'a ému, qu'est-ce que j'ai acquis, qu'est-ce que j'ai vécu, de ma naissance à nos jours ?

On m'a appelé Titus Colas, j'ai vu ma mère percuter des murs et renverser des chaises jusqu'à sa mort, j'ai essayé d'éviter les claques de mon père qui fusaient comme des éclairs une nuit de tempête, j'ai pleuré quand ma sœur est partie, j'ai suivi des cours qui m'ennuyaient, obéi à des profs qui me jugeaient sans cesse, j'ai fait quelques parties de billes dans la cour, puis j'ai pris quelques cuites (sans jamais oublier, en buvant le premier verre, de trinquer mentalement avec ma mère), j'ai couché avec quelques filles de la campagne, je me suis sauvé de Strasbourg avec la chaude-pisse, j'ai vendu des hamburgers chez Quick (on m'appelait Titi), des sets de table en porte-à-porte (je m'appelais Laurent Legallec), des bijoux fantaisie sur la Croisette pendant le festival de Cannes (on m'appelait la Perle), j'ai vendu des kebabs à Laval (on m'appelait le Grec), j'ai été animatrice de Minitel rose (je m'appelais Sophie, Claire, Anne ou CHIENNE À SALIR), j'ai écrit des horoscopes dans un grand quotidien (je m'appelais Cécile Marty), j'ai testé des centaines de jeux vidéo, j'ai travaillé dans une boîte de pub infestée de squales arrogants et cons comme des bœufs, j'ai trouvé quelques slogans minables, quelques slogans efficaces, j'ai passé mon permis de conduire, j'ai lu cinq ou six livres, j'ai mangé beaucoup de pommes de terre à l'eau et beaucoup de bonnes choses, j'ai baisé beaucoup de filles dont je ne me souviens plus du prénom, j'ai glissé mes doigts, ma langue et ma bite dans toutes sortes de chattes — quand je pense aujourd'hui à ces chattes, je les vois comme des photos en gros plan, rangées dans un album —, dans pas mal de trous du cul aussi, j'ai voyagé en train, en avion, en bateau, j'ai passé quelques jours dans quelques pays d'Europe, j'ai descendu le Nil en bateau, j'ai marché dans les rues de New York, de Pointe-à-Pitre, de Tokyo, de Saint-Pétersbourg, j'ai gagné de l'argent aux courses, j'ai perdu de l'argent aux courses, j'ai acheté des chaussures, des pantalons, des plats surgelés, des paquets de café, des disques, des draps, des briquets, des verres, des piles, des appareils et des machines, d'innombrables tubes de dentifrice et autant de savons et de shampooings, j'ai essayé brièvement l'herbe, le shit, la colle, le trichlo, les acides, les amphés, la coke, j'ai testé plus de vingt marques de whisky, ingurgité un nombre incalculable de litres de bière et de vin, j'ai donné des milliers de coups de téléphone, je me suis fait des dizaines d'amis que je ne voyais que tous les trois ou quatre mois, j'ai eu deux hamsters, dont un qui s'appelait comme moi, deux cochons d'Inde, une souris, un lapin nain, deux ou trois tortues, deux ou trois poissons rouges, un bernard-l'ermite, deux chiens, un chat, des cafards, des pous, des morpions, des gonocoques, des *chlamydiae*, j'ai eu des angines, des bronchites, des grippes, des gastro-entérites, la scarlatine, la rougeole, les oreillons, des coliques néphrétiques, une torsion de testicule, j'ai eu quatre accidents de voiture, rien de grave, je me suis cassé le bras en faisant du cheval, un bouledogue m'a laissé une cicatrice au mollet gauche, un poissonnier ivre mort m'a donné un puissant coup de tête une nuit dans un bar de Pigalle, j'ai couru de Bastille à la Concorde pour échapper à quatre Noirs chauves et agressifs, j'ai fait du basket, de la natation, du ski, du ping-pong, j'ai vu un Anglais mâcher et avaler des coupes de champagne, j'ai vu une jeune femme décapitée sur le bord de l'autoroute du Sud, dans un carambolage, j'ai vu un clochard se branler dans les couloirs du métro, j'ai vu une fille courir nue rue de Vaugirard, à quatre heures du matin, j'ai vu un jeune type à l'air bizarre faire un clin d'œil à un chameau à Assouan, j'ai vu plus de quarante mille fois ma tête dans la glace, j'ai vécu dans une maison et deux appartements, j'ai passé près de sept cents fois l'aspirateur, je me suis fait couper les cheveux plus de cent cinquante fois, j'ai coupé environ six cents fois mes ongles et j'ai jeté cinq mille sacs-poubelle.

Tout ça, c'est presque rien. En plus de trente ans, je n'ai pas vu grand-chose, je n'ai pas fait grand-chose. Quelques parties de billes dans la cour.

Olive Sohn va peut-être repartir demain matin et ne plus jamais revenir, c'est même probable, après son passage la vie de Titus Colas, dit Miette, ne va peut-être pas devenir plus intéressante, je ne vais peut-être rien voir de particulièrement sensationnel à partir d'aujourd'hui, rien faire de mémorable, mais je sais que je viens de changer. Que plusieurs paramètres viennent de changer en moi, ou autour de moi. Lesquels ? Mystère. Ça se verra ou ça ne se verra pas de l'extérieur, moi-même j'en sentirai ou non les conséquences, je n'en sais rien. Mais ce soir, ou plutôt depuis que je l'ai vue pour la première fois (dimanche dernier, il y a une semaine exactement), j'ai la sensation d'être passé dans un univers différent, dont je ne soupçonnais pas l'existence. Je n'ai pas la moindre idée de ce qui va m'arriver dans ce monde que je ne connais pas. A priori, il ressemble à l'autre. Ça peut d'ailleurs être le même. Est-ce plutôt moi qui me suis subitement métamorphosé au contact d'une extraterrestre radioactive ? Ou au contraire (je m'embrouille mais c'est pas de la tarte, cette histoire de mutation si soudaine, indéfinissable et vaguement inquiétante), suis-je enfin devenu vraiment… humain ? Qui sait si je n'ai pas davantage de matériel biologique, maintenant ?

Je devrais peut-être aller faire une nouvelle analyse d'urine.

En tout cas, quelque chose a changé. Très bientôt, j'en saurai plus.

Je vais poser mon bol vide dans l'évier déjà surchargé et, avant d'aller rejoindre Olive dans le lit, je colle mon nez contre l'une des fenêtres du salon. Popeye the Sailorman se dresse à la proue de son beau navire, qui fend triomphalement les flots. La voisine d'en face, en peignoir bleu, est toujours assise devant son Minitel mais tourne la tête vers la télé allumée dans un autre coin de la pièce. Distraitement, elle mange un truc dans un bol, à la cuillère, sûrement une soupe. Une soupe chinoise, peut-être, c'est facile, c'est rapide, c'est mangeable, et c'est pour une personne. De temps en temps, elle jette un coup d'œil vers l'écran du Minitel, probablement pour voir si on lui a envoyé un message.

L'immeuble qui se trouvait sur la gauche en face a été détruit l'année dernière. C'était une sorte d'école abandonnée, ou de petit gymnase, un bâtiment très haut de plafond avec de grandes baies vitrées, investi par une quinzaine de squatters depuis deux ou trois ans. Ils y organisaient toutes sortes de choses, on pouvait aller y manger pour trente francs. Depuis que les engins de démolition sont passés, rien n'annonce une nouvelle construction. Il ne reste qu'un grand vide à peu près carré, un vide fermé sur trois côtés par les deux immeubles voisins et le dos de celui qui donne sur la rue parallèle, et le long du trottoir par une haute palissade vert et blanc. De toute évidence, personne ne peut y pénétrer. Des touffes d'herbe poussent sur la terre apportée l'an passé par les bennes pour combler le trou des fondations du squat. D'où a bien pu venir cette herbe ? Des graines transportées par le vent ? Il n'y a pas tellement de graines disponibles, dans le quartier… De l'herbe tombée de nulle part.

Le plus surprenant, cependant, ce n'est pas l'herbe.

C'est ce que je viens d'apercevoir. Deux formes qui bougent très vite à l'intérieur de ce carré plongé dans l'ombre. Une forme blanche, une forme noire. J'ouvre la fenêtre pour essayer de mieux les distinguer.

Entendant du bruit, la voisine tourne la tête vers moi. J'ai l'impression qu'elle veut me sourire pour me dire bonjour, mais elle ne le fait pas. Elle se replonge dans son Minitel.

Les lampadaires orange m'aident à reconnaître deux animaux. Je crois d'abord que ce sont de gros rats, mais à la manière dont ils se déplacent, je me rends vite compte qu'il s'agit de deux lapins. Même si je n'y vois pas grand-chose, et bien que ce soit déconcertant, j'en ai la quasi-certitude : il s'agit de deux lapins. Ou de deux kangourous minuscules, mais je préfère ne pas y penser. Ce ne sont pas des lapins nains — j'en ai eu un, Choupette, je sais ce que c'est. Pour quelqu'un qui vit en milieu rural, la présence de deux gros lapins en face de chez lui n'a rien de réellement étonnant. Mais dans Paris, les gros lapins en liberté se comptent sur les doigts d'une main (et encore, je suis optimiste). Alors les gros lapins qui étaient en liberté dans Paris et qui ont réussi à bondir par-dessus une palissade de trois mètres pour aller s'enfermer dans un enclos où ils pourront trouver un peu d'herbe, n'en parlons pas — même si on suppose qu'ils ont fini par s'adapter à la vie en milieu urbain (comme les cafards), en développant des pattes arrière superpuissantes pour leur permettre de sauter les murs. Non. La seule hypothèse plausible, c'est que leur maître les ait jetés là. Ce serait assez barbare, mais la vie moderne dans les grandes métropoles trouble dangereusement certains esprits. Je repense à ce que disait la jeune Samira, tout à l'heure : « J'en ai rien à branler, de tes cochons d'Inde ! » Ça pourrait coller… Elle s'énerve, elle ne peut plus voir ces cochons d'Inde en peinture (elle en est jalouse, Farid leur accorde toute son attention), elle les lance. Oui mais non. Si ces trucs-là sont des gros cochons d'Inde bondissants, c'est comme pour les kangourous, je préfère ne pas le savoir. Je ne sais plus quoi penser. Car franchement, le coup des deux pauvres bêtes abandonnées là par leur maître sans foi ni loi, j'ai du mal à imaginer la scène : le type louche qui avance sur le trottoir avec un gros sac, jette des regards inquiets de tous côtés, s'arrête et balance ses deux gros lapins de toutes ses forces au-dessus de la palissade avant de s'enfuir à toutes jambes, ça me semble peu crédible. D'un autre côté, portés par le vent comme des graines, même bébés, ça m'étonnerait. Ils vivaient peut-être dans l'un des immeubles voisins et ont sauté d'une fenêtre, irrésistiblement attirés par l'herbe ? Ou bien... Oui, pourquoi pas, deux gros lapins tombés du ciel.

L'autre possibilité, c'est que je sois victime d'une hallucination. Il faut toujours envisager ce genre d'éventualité. L'afflux récent d'une grande quantité de matériel biologique dans mon corps m'affolerait-il les sens ? Possible.

Quoi qu'il en soit, je vois deux gros lapins, un noir et un blanc, en face de chez moi. Je vais aller m'allonger près d'Olive.

Je me dirige vers la chambre. J'ai mal à une dent.

Le lendemain, quand j'ouvre les yeux, le visage de Néfertiti est à quelques centimètres du mien. Elle me regarde fixement. Je parviens à ne sursauter que dans mon for intérieur, je tente de sourire, et comme mes lèvres engourdies, encore prisonnières du sommeil qui ne s'effiloche que lentement, me donnent l'air encore plus niais que d'habitude lorsque je m'essaie à ce genre d'aménités faciales, je me dérobe en l'embrassant — je prends soin de garder la bouche bien fermée pour lui épargner mon haleine de phoque hépathique. (Je ne connais pas encore son goût pour les odeurs corporelles les plus entêtantes.) Elle n'est pas partie, c'est la première bonne nouvelle de la journée. Elle se serre contre moi, me prend dans ses bras et me lèche l'oreille. C'est la deuxième bonne nouvelle de la journée. Ce lundi s'annonce bien. Cette semaine s'annonce bien. Ce... Non.

Un quart d'heure plus tard, elle se lève et me déclare qu'elle descend boire un café au Saxo Bar. Encore englué dans le lit, je demande :

— Tu ne préfères pas que je t'en fasse un ici ? J'ai du jus d'orange et des pépitos, si tu veux.

— Non, les cafetières électriques font du café dégueulasse.

— Ah...

— Oui. Et puis j'aime sortir le matin à peine réveillée. Me sentir étourdie dans la lumière.

Elle revient du salon en tenant dans les bras son manteau de cuir rouge, sa culotte, ses mi-bas bleu marine immondes, ses Kickers, son sac, son bonnet de lapin (non, je ne lui parle pas des lapins, je vais d'abord aller vérifier) et se rhabille devant moi. La culotte est une sorte de Petit Bateau version années 50, une grande culotte en coton blanc épais qui ressemble plus à un maillot de catcheur qu'à un sous-vêtement féminin. Jusqu'à présent, ce n'est pas ce qui me rendait fou de désir. Elle s'assied sur le lit pour enfiler ses mi-bas. Je commence à me demander si tout ça est bien raisonnable.

Mais en la regardant se relever, avec cette grande culotte et ces mi-bas translucides qui dégoûteraient un militaire priapique en manque, je réalise avec stupéfaction — mais c'est indéniable — que je n'ai jamais rien vu de plus excitant. Ce matériel biologique me jouera des tours. (Depuis, je jure que c'est vrai même si ça paraît inconcevable, les grandes culottes et les mi-bas me mettent dans des états proches de l'hypnose.)

— Tu… Tu ne veux pas prendre une douche ?

— Non, je préfère descendre comme ça. Ça m'excite.

(Elle n'aime pas se laver, elle a l'impression de perdre quelque chose, de s'enlever de la vie. (Mais lorsqu'elle entre dans une douche, je me demande : est-ce bien la même personne ? — elle y passe vingt minutes, voire une demi-heure, et je ne comprendrai pourquoi que le jour où elle m'invitera à assister à ce spectacle saisissant : elle lave et rince deux ou trois fois chaque centimètre carré de son corps.) Quand elle avait douze ou treize ans, elle gardait parfois la même culotte pendant quatre jours pour pouvoir la sentir ensuite.)

— Tu ne veux pas venir avec moi ?

Je décide en une seconde, grâce à mon esprit informatique : de toute évidence, cette fille ne pense, n'agit pas comme nous les normaux, et ne s'embarrasse pas de principes. D'une part elle risque de me trouver collant si je saute du lit pour la suivre en jappant comme un teckel (elle ne doit pas avoir très envie de s'embarrasser d'un type comme moi), d'autre part elle ne s'offusquera certainement pas si je lui demande de repartir seule. Je sais bien que ce n'est pas malin de la laisser filer, mais je me sens si vaseux dans le lit, si poisseux de sommeil et du limon de la nuit, que je n'ai ni le courage de me lever comme un sportif et de m'habiller sale, ni l'envie de lui montrer mon vrai visage (un ahuri blafard, groggy, pâteux) sous les néons du café-tabac. Enfin, quelque chose dans le ton de sa voix, cette question sur le mode négatif qui appelle un « Non, non, ça va… », me laisse entendre qu'elle demande ça par politesse mais se verrait plutôt aller faire un petit tour seule. (Le lendemain, elle m'explique qu'elle a posé sa question de cette manière par timidité, par crainte de paraître envahissante. Les ordinateurs les plus perfectionnés se trompent parfois.)

— Non, je suis assez fatigué, je crois que je vais dormir encore un peu. Tu ne m'en veux pas ?

— Non, bien sûr.

— On se voit tout à l'heure au Saxo ?

— Si tu veux. Ce soir, plutôt ?

— D'accord. Ce soir.

— Tu m'excuses, j'y vais vite mais j'ai envie de chier. Et chez toi, ça me gênerait. C'est bête, hein ? C'est comme ça, je préfère aller aux chiottes dans les bars.

Je la regarde enfiler son manteau, elle est très belle. J'ai du mal à m'y faire, mais vraiment, elle est belle.

Elle coiffe son bonnet de lapin, me sourit et s'en va.

C'est amusant, ce qui m'arrive.

J'essaie de ne pas réfléchir. Pour me distraire, je vais voir si les lapins sont toujours là. Non. Ça ne m'étonne pas. J'ouvre la fenêtre et me penche sur la rambarde de fer forgé noir. La haute et fine silhouette d'Olive en cuir rouge s'éloigne sur le trottoir. De sa démarche de princesse volage, de sa démarche de danseuse en apesanteur qui fait tourner la tête de tous les passants courtauds et balourds qui la croisent, Olive Sohn va chier dans un bar.

Je décide de ne pas aller au Saxo Bar cet après-midi. J'aurais l'air de l'attendre. Je l'attendrais, et ça me rendrait nerveux et honteux. Je boirais : quand elle arriverait enfin, je serais en train de vagir des âneries, allongé sur une banquette. Et tant pis si elle s'y rend plus tôt. Selon les techniciens (je m'accroche), il est toujours utile de faire languir une femme. Plus elle attend, plus elle veut ce qu'elle attend. (Par malchance, il se trouve qu'elle n'attend pas tellement, passe la journée chez Bruno, jusqu'à dix-neuf heures. Il la photographie sous tous les angles. Quelque temps plus tard, en aidant Olive à emménager chez moi, je tombe même sur une planche-contact des photos prises ce jour-là : allongée sur le carrelage de la cuisine, les jambes largement écartées, elle se met un doigt dans la chatte ; penchée au-dessus des chiottes, en robe très courte et sans culotte, elle montre ses fesses à l'objectif ; à genoux, vue en plongée, elle prend presque toute la bite de Bruno dans sa bouche (bravo), deux ou trois heures après m'avoir quitté ; à quatre pattes sur le grand lit de Bruno, elle tourne la tête vers l'objectif, l'air sombre, en s'enfonçant deux doigts dans le cul. Je m'abîme dans ces photos qui m'écœurent. Ces doigts que je ne vois pas baignent dans mon sperme — sur ordre de Bruno, pauvre nouille, qui n'en sait évidemment rien. Ce cul qu'elle ouvre à son objectif pendant que je marche dans le quartier en pensant à elle, elle me l'offrait sans retenue il y a quelques heures à peine. C'est dur à admettre. Irréel, douloureux.)

Après un long bain, je me lève, je vais boire quelques bières dans une brasserie de l'avenue de Clichy, puis je traîne dans les rues jusqu'à vingt heures. J'ai encore très mal aux dents. D'une cabine, je téléphone au dentiste pour prendre rendez-vous.

J'arrive au Saxo Bar à vingt heures précises. Autruche Sans Mesure est déjà là, assise à la même place que d'habitude. Elle porte une longue robe noire, en tissu épais et visiblement lourd (sans doute du velours, mais je n'y connais rien), couverte de plumes et de perles multicolores. Ses cheveux sont relevés en chignon. Devant elle sont disposés un café, un verre d'eau, son paquet de Gitanes et un briquet clinquant chinois, un encrier et un grand cahier de comptes qui paraît dater du siècle dernier — il ressemble à un vieux livre —, sur lequel elle écrit à la plume. À côté, le dernier Houellebecq. Je vais chercher un whisky au comptoir et m'assieds près d'elle.

— Tu as fini le Despentes ?

Elle lève les yeux vers moi et m'éclaire aussitôt d'un sourire de gamine surprise, comme si elle ne s'attendait pas à me voir là.

— Oui, au tabac, tout à l'heure. Je suis contente de te voir.

— Moi aussi. Je ne te dérange pas ?

— Non, pas du tout, au contraire.

Elle sèche sa plume avec un Kleenex et la range dans un étui à cigare, qu'elle glisse dans un sac noir de docteur (l'un de ces vieux sacs-mallettes qui rappellent de mauvais souvenirs) posé à ses pieds. Il semble plein à craquer. (Lorsque je lui demande ce qu'il y a dedans, elle me répond : « Ça ? C'est ma vie. »)

— Et le Houellebecq, c'est bien ?

— Je viens à peine de commencer, mais ça me plaît assez.

— Tu as passé un bon après-midi ?

— Oui, rien de spécial.

Menteuse.

Pendant qu'elle est aux toilettes, je jette un coup d'œil presque malgré moi sur le cahier qu'elle a laissé ouvert pour que l'encre sèche. Son écriture penchée, rapide, comme poussée par le vent, est presque illisible. Je parviens tout de même à déchiffrer une phrase : « Il me paie et me ramène à l'aéroport. » Je lève la tête. Thierry le barman joue à la belote sur un coin du comptoir avec le patron Nenad. De temps en temps, celui-ci se frotte distraitement la paume de la main gauche. Ça le démange depuis plusieurs jours. C'est mauvais pour Thierry. Quand sa main gauche le gratte de manière persistante, c'est que de l'argent va rentrer sous peu. Quand c'est la main droite, c'est que de l'argent va sortir. Sans se douter de ce qui l'attend, Thierry, qui m'a vu penché sur le cahier d'Olive, m'interpelle.

— Eh ben Titus, mon pote, t'as pas honte ? T'es amoureux, hein ? Vas-y Wasa !

De toute façon, je ne comptais pas en lire davantage. C'est sa vie privée, son intimité, je n'ai pas à fouiller là-dedans comme un tapir dans un coffret à bijoux. Et puis je n'arrive pas à lire ce qu'elle écrit, alors comme ça c'est réglé. Si, la dernière phrase, tout de même : « Le mouvement dans mon ventre persiste, alimente mes journées soumises. » (Deux mois plus tard, j'apprends avec joie que j'étais à l'origine de ce mouvement dans son ventre.)

Craignant qu'elle ne sorte des chiottes et me surprenne penché sur son cahier, je feuillette *Les particules élémentaires*. Je parcours la première phrase, « Ce livre est avant tout l'histoire d'un homme, qui vécut la plus grande partie de sa vie en Europe occidentale, durant la seconde moitié du XXe siècle. » Puis je l'ouvre au hasard. Je lis : « Sur l'écran, un chat sauvage tenait le cadavre d'un lapin dans sa gueule. » Tiens, c'est marrant.

Je commande à Thierry un café pour Olive, et un whisky pour moi.

Nous allons dîner avec Lenda dans un restaurant kabyle tout proche. Olive ne boit qu'une gorgée de vin mais mange comme toute une famille kabyle (une famille qui n'aurait pas vu de couscous depuis cinq ans), sous les yeux éberlués de Lenda, qui ne la connaît pas. Pendant le repas, alors que nous parlons de cul (Olive parle principalement de deux choses, le cul et la littérature, d'ailleurs à peu près sur le même ton — or, contrairement à Lenda, je ne suis pas très calé en littérature), elle demande : « Tu aimes les gods, Lenda ? Moi j'en ai un petit, un god anal, c'est génial. » Elle lui dit cela sans volonté de la choquer ni même de la surprendre, comme si elle lui disait : « Tu aimes les fours à micro-ondes, Lenda ? Moi j'en ai un petit, un Brandt, c'est génial. » Notre invitée sourit, incrédule. Ses yeux brillent.

Au moment du café, Olive lui fait cadeau de son éventail hispano-sino-médiéval, simplement parce qu'il lui plaît. À New York, à Veules-les-Roses ou à Paris, je l'ai vue ainsi donner des bagues, des colliers, des briquets, des livres, des foulards, même des chaussures ou des sacs, des objets auxquels elle tient, dans le seul but de faire plaisir à quelqu'un qui les a remarqués, parfois un inconnu, un client dans un bistrot ou une vendeuse dans un magasin. (Dans un bar de l'East Village où elle vient de faire cadeau d'un petit sac de cuir noir, après en avoir vidé le contenu sur le comptoir, à une femme qui reste tétanisée de surprise et finit par la serrer longuement dans ses bras comme font les Américains, elle me dit : « Ce n'est pas pour me donner des airs de Père Noël. J'aime bien que les objets passent d'une main à l'autre, ça leur injecte des souvenirs, ils s'imprègnent, ils changent, ils voyagent, c'est comme des moments de vie qui se transmettent. Je n'achète que des trucs d'occasion, toujours, que ce soit des bijoux ou des vêtements, et je garde tout ce qu'on me donne. Cette grosse bague dorée que m'a offerte mon amie Tatiana a sans doute accompagné les gestes de quatre, cinq ou six personnes, dans plusieurs pays différents. Elle a peut-être giflé un étudiant roumain qui venait d'injurier sa fiancée, caressé le dos d'un homme d'affaires australien, elle est passée des centaines de fois dans les longs cheveux d'une Canadienne morte depuis trente ans. Cette bague a peut-être connu tout ça. » Et sur ces mots, elle effleure ma joue de sa grosse bague dorée, devant un Glenlivet et un expresso au comptoir du Life Cafe, au croisement de la 10e Rue et de l'Avenue B à New York, le 16 août 1998.) Trois ou quatre jours plus tard, Lenda lui offre une bague, justement, ornée d'une pierre blanche, et un marque-page en bois, accompagnés d'un petit mot : « À celle qui m'a redonné la flamme des femmes. » Tout le monde aime Olive. C'est une chose marquante : elle s'attire immédiatement la sympathie des gens qu'elle rencontre. En quelques instants, la plupart sont conquis comme par un pouvoir surnaturel — pourtant, en dépit de certains écarts imprévisibles, elle se comporte en général de manière sobre et réservée. Toujours à New York, dans une boutique de vêtements et d'accessoires d'occasion, où elle ne reste que trois ou quatre minutes pour acheter des boucles d'oreilles en forme de toile d'araignée tandis que je l'attends dehors, la patronne lui demande en lui rendant la monnaie : « Vous ne voulez pas être la baby-sitter de ma fille ? »

Partout où nous allons, elle est accueillie avec un mélange d'étonnement et d'amabilité inhabituelle. Inconsciente, elle me dit souvent :

— C'est drôle, tout le monde nous aime bien.

Le brave Rocco, toujours sur le qui-vive mais le poil plus terne que d'habitude, nous a rejoints à table. Il me jette de temps à autre des regards venimeux, ne manque pas d'indiquer à Olive que sa robe est « de mauvais goût, beaucoup trop voyante », s'indigne quand elle rote (« Comment tu peux la laisser faire ça, Titousse ? ») (elle rote assez souvent, bruyamment, je comprendrai pourquoi plus tard) et, entre deux coups de fil sur son portable (« Oui, chérie, oui, je passerai te voir mardi » — « Je te dis que tu peux acheter, John, fais-moi confiance »), entreprend Lenda en lui posant la patte sur l'avant-bras. En Italie, son père est plus important que le président de la République, il ne se déplace qu'en hélicoptère, Lenda est une femme absolument magnifique, c'est exactement comme ça qu'il conçoit la femme, il suffirait d'ailleurs qu'elle dise un mot pour qu'il la rende heureuse, il serait prêt à tout pour elle — même s'il préfère sa sœur Nassima, dit-il, mais étant donné que Nassima est la petite amie de Thierry, il ne se permettrait jamais d'y toucher.

Pour délivrer Lenda de son emprise gluante, je propose de retourner sans tarder au Saxo. Il nous suit, langue pendante.

Après un tour dans le bar bondé pour lui faire perdre sa trace et son odeur (comme les fuyards qui traversaient une rivière, au Far West), Lenda rentre chez elle. Je demande un double whisky au comptoir (je bois pour anesthésier ma dent lâcheuse) pendant qu'Olive, qui a défait ses cheveux, se met à danser à peine arrivée : elle aime la musique tzigane qui passe sur le juke-box. Tout le monde se retourne vers elle. D'une part parce que le Saxo est un petit bistrot dans lequel il ne viendrait à l'esprit de personne de se mettre à danser ; d'autre part parce qu'on y croise à peu près autant de grandes blondes en robe de bal à perles et plumes que de patineuses artistiques à Ouarzazat ; enfin parce qu'elle danse extraordinairement bien, comme quelqu'un qui n'a jamais appris à danser, qui n'a peut-être même jamais dansé : certains ont naturellement le don du dessin ou du bricolage, elle a celui de la grâce, de la souplesse, de l'équilibre, elle danse sans toucher terre, son corps ne pèse que quelques grammes, ses bras et ses jambes semblent aussi légers que ses cheveux, elle flotte en musique — elle n'est plus un être humain mais un mouvement, elle tourne, elle ondule, elle glisse, elle s'élève, elle vacille, elle chavire, elle bascule, frappe du pied et secoue la tête. Elle ne danse pas sur quelques mètres carrés de moquette, elle occupe tout le bar, de la porte d'entrée au mur du fond, du sol au plafond. Près du juke-box, sa silhouette instable rayonne, diffuse du mouvement dans l'espace, se propage comme la musique dans la salle tout entière, la salle qui semble emplie de sa légèreté, de son énergie et de sa faiblesse.

(Depuis ce soir-là, elle danse au Saxo Bar dès qu'une chanson lui plaît, quelle que soit l'heure, même en plein jour. Les clients connaissent les titres qu'il faut programmer sur le juke-box.)

En moins d'une minute, elle a changé l'atmosphère du bistrot. Les habitués sont restés au comptoir, les cadors serbes au billard, les poivrots au bord du gouffre, le solitaire devant le jeu vidéo, les joueurs de cartes à leur table et les couples enlacés sur leur banquette, mais tous viennent d'entrer dans la quatrième dimension. Tous ces personnages ordinaires et paisibles ont disparu dans une faille spatio-temporelle. Ils sont à présent sous l'influence d'Olive. Contaminés jusqu'en leurs plus intimes molécules, ils baignent dans le flot de vibrations qu'elle émet.

Bien sûr, personne n'ose se lever pour aller danser avec elle. Ils se sentiraient trop pesants, trop pataudes. Je serais d'ailleurs le dernier à m'y aventurer — même si elle m'y invite, ce qui ne paraît pas être dans ses intentions au vu de son visage absent, hermétique, isolé. Un coude sur le comptoir, je me sens aérien comme un hippopotame. Je ne la quitte pas des yeux.

Quand Thierry lui demande de montrer ses jambes, elle remonte sa jupe jusqu'à mi-cuisses. Quand Messaoud la supplie de ne pas s'arrêter en si bon chemin, elle la soulève jusqu'à la taille. Elle porte une culotte de soie noire (Marité et François Girbaud, me dit-elle chez moi), genre sagement SM, fermée devant par de petits boutons de nacre. Dans le bar, on s'affole. Quand Jacky lui suggère de montrer ses seins, elle dégrafe une attache de sa robe et montre ses seins.

On baise sur le canapé du salon. J'ai encore une fois trop bu et trop mangé, je me demande de temps en temps si elle s'est lavée, je me le reproche aussitôt (car après tout qu'importe), le manque de sommeil de la nuit précédente se fait lamentablement ressentir (je ne suis plus fougueux et tenace comme à dix-huit ans — ni même comme la veille), mais je parviens tout de même à tenir la cadence infernale qu'elle impose pendant un petit quart d'heure, puis, après un entracte principalement consacré à l'absorption d'un camembert (qu'elle couronne, sans moi, de quelques Pépitos), nous nous mélangeons de nouveau pendant une vingtaine de minutes. Je suis épuisé mais c'est un plaisir. Alors qu'elle est assise sur moi et que je vois avec béatitude mon fourbu mais valeureux porte-parole aller et venir « dans ses fesses », comme elle dit, au-delà de sa chatte momentanément innocente, elle murmure :

— Je veux jouir.

Ça ne me dérange pas, je pensais même que c'était convenu dès le départ. J'ai d'ailleurs fait ce que je pouvais mais elle n'a pas dû s'en rendre compte — je ne lui en veux nullement, je ne suis pas très doué pour communiquer. Je lui dis, assez stupidement :

— Oui, moi aussi je veux que tu jouisses.

Du coup, on dirait que je n'attends que ça depuis le début mais que je ne sais pas comment m'y prendre pour atteindre mon objectif (et c'est vrai). Rassurée par ma bonne volonté manifeste, elle se dégage en douceur, s'allonge sur le dos et écarte les jambes en pliant les genoux.

— Viens.

De toute façon peu enclin à partir juste à ce moment-là, je viens. Je me glisse en elle non pas comme dans du beurre (ceux qui ont essayé savent que c'est très difficile) mais comme dans de la crème. Je commence à l'assister dans son entreprise, lentement, délicatement, car si je vois où elle veut en venir, je ne connais pas le moyen de transport.

Elle m'en donne vite les clés.

— Fort. Fort. Fort. Fort ! FORT !

Tandis que je rassemble toutes mes forces pour lui faire croire que je suis un titan coriace et plein de ressources, elle serre les cuisses sur ma taille, me coince dans un étau qui m'étrangle et ne cesse de répéter :

— Fort !

Malheureusement, coincé dans un étau qui m'étrangle, je ne peux plus bouger. Je pose mes mains sur ses genoux et tente de les écarter un peu. Ce n'est pas facile. Elle résiste comme une damnée, mais me crie néanmoins :

— Baise-moi fort !

Interloqué, je ne sais plus que penser. Me fiant à ses paroles plutôt qu'aux apparences, je décide de continuer à essayer de la baiser — c'est le plus logique. J'utilise donc toute mon énergie musculaire pour lui écarter les genoux (c'est inquiétant, je m'attends à entendre un tendon claquer), et je la défonce à la rustre.

— Vas-y, fort ! Baise-moi !

Je redouble de sauvagerie. Elle commence à se masturber. Elle me dévisage avec de grands yeux effarés, je perds peu à peu le sens de la réalité.

— Fort !

Elle plaque ses deux mains sur mes épaules comme pour me repousser. Elle ouvre la bouche, semblant réellement apeurée, j'ai l'impression qu'elle va se mettre à pleurer.

— Non ! Non !

Je reviens sur terre à la vitesse de l'éclair et j'm'arrête.

— Je te fais mal ?

— Non, pas du tout, dit-elle, l'air égaré, le visage encore assombri par des traces d'inquiétude. Continue. S'il te plaît. Baise-moi.

Je me remets volontiers en action, plus excité et plus

brutal. Elle se branle de nouveau, de plus en plus vite. Ses yeux s'écarquillent.

— Tu vas me faire jouir…

Parfait.

Elle se mord les lèvres et secoue la tête, sans pour autant me quitter du regard. Elle semble en proie à une véritable épouvante. Je suis son bourreau.

— Je vais jouir…

Je n'ai jamais vu une telle expression sur le visage de quelqu'un. Elle a la tête que doit avoir une femme dont on perfore le ventre à la perceuse.

— Ça y est…

Elle ne bouge plus. Ses lèvres tremblent, ses yeux sont immenses, ronds, horrifiés. Elle crie :

— Tu sens ?

Pendant une fraction de seconde, je me dis qu'elle dégage peut-être une odeur particulière quand elle jouit, comme les putois quand on les attaque. Mais je n'ai pas le temps d'en sourire car elle répète, beaucoup plus fort cette fois :

— TU SENS ?

Oui, je sens, je sens sa chatte se dilater, puis se contracter très fort. Défigurée par le plaisir si proche de la douleur mais belle à en tomber dans les pommes (bien que je sois en train de déjanter complètement, de me laisser emporter par un accès de fièvre foudroyant, je trouve assez de lucidité pour me faire cette réflexion : à cet instant, elle parvient à dépasser sa condition d'être humain, elle est plus qu'humaine, plus que vivante), elle se met à hurler. Ce mot ne suffit pas à décrire la puissance de ses cris — mais dans la langue française, il n'existe pas de verbe qui puisse en donner une idée correcte (vagir, c'est moche). Je n'ai jamais entendu qui que ce soit produire un tel son. (Pour imaginer, la métaphore de la souris jouisseuse n'étant pas des plus parlantes, on peut tenter de ramener à des proportions presque humaines le bruit d'un avion au décollage ou le barrissement d'un éléphant quand on se tient debout sous sa trompe.) Je ne peux m'empêcher de faire une grimace en plissant les yeux, comme si je redoutais que mes tympans n'éclatent. Pendant une vingtaine de secondes, ses hurlements déchirent l'air du salon. Emporté sur un radeau en pleine tempête, je perds tout contact avec le monde, je jouis à m'en anéantir le corps, je crie aussi, comme un animal — ce que je ne fais jamais —, je finis par m'effondrer sur elle et nous restons plusieurs minutes abattus sur le canapé, immobiles, emmêlés et haletants.

Je reprends peu à peu conscience de ce qui nous entoure. Olive paraît triste — comme toujours après avoir joui. Je vois mon caleçon sur le parquet, du courrier entassé sur la table basse, plus haut la photo de Greta Garbo qui nous regarde. Dans la rue, j'entends des garçons qui pouffent. Ce sont probablement les quatre jeunes qui traînent toutes les nuits devant la porte de l'immeuble voisin. L'un d'eux crie :

— T'aimes ça, hein, salope ?

Ensuite, nous baisons souvent comme ça : je suis sur elle et j'écarte ses genoux malgré sa résistance. Elle jouit plus facilement dans cette position. En levrette, aussi, quand j'enfonce mes ongles dans ses hanches pour l'obliger à rester en place. Elle aime que je lui tire les cheveux pour lui relever la tête, que je plaque une main sur son cou et que je serre jusqu'à la limite, jusqu'à ce qu'elle se sente partir. Elle aime qu'on la force. (Un soir, elle se débat comme d'habitude, avec ce visage contracté par la terreur et la souffrance, je m'emploie énergiquement à la maintenir en place pour la clouer au matelas comme un paysan qui viole sa jeune bonne : plus elle me repousse, plus elle gémit « Non, non, arrête », plus je m'acharne sur elle. En fait, elle avait réellement mal (le lendemain, nous sommes aux urgences gynécologiques de Bichat), elle me suppliait sincèrement d'arrêter. Et moi je la tringlais comme un âne.) Elle aime avoir la sensation qu'on la contraint, qu'on la domine, qu'on peut faire ce qu'on veut d'elle. Elle se méprise, se trouve sans aucun intérêt, sans personnalité ni intelligence, elle estime qu'elle n'a que son corps de valable et désire qu'on pense la même chose. Ça la dégoûte et ça l'excite. Un jour, je lui demande :

— À quoi tu penses quand on baise ?

— Je pense que tu ne me connais pas, que tu t'en fous. Que tu m'as abordée dans la rue ou dans un bar, sans me connaître, que tu m'as dit que tu voulais me sauter et que je t'ai suivi sans hésiter, comme une bonne petite salope. Que tu peux te servir de moi pour ton plaisir, faire tout ce dont tu as envie, que tu peux me faire mal si tu veux.

— Mais pourquoi tu fais semblant de résister, alors ?

— Oh, je ne sais pas. Pour avoir l'impression que je suis à ta merci, j'imagine.

En réalité, il y a une autre raison. Elle ne me l'avoue que longtemps après, une nuit à Veules-les-Roses : quand elle s'est fait violer à quinze ans par un médecin qui avait proposé de les héberger, sa cofugueuse et elle, il l'a giflée, l'a traînée par les cheveux jusqu'à la chambre, a fermé derrière eux, l'a giflée de nouveau pour la jeter sur le lit, lui a sauté dessus, a relevé sa jupe et ôté sa culotte, lui a fait plier les jambes, les a écartées et s'est mis à la besogner comme un porc. Elle n'a pas eu la moindre réaction de défense. Elle a attendu que ça passe. Depuis, elle n'a jamais compris pourquoi elle s'était laissé violer si docilement. J'ai essayé de lui expliquer qu'elle ne s'était fait baiser que par son frère jusqu'alors, qu'elle n'avait sans doute pas eu le temps de comprendre ce qui lui arrivait, que ça devait lui paraître trop irréel pour être vrai, etc. Elle dit que non, que c'était simplement de la lâcheté. Et au fond d'elle-même, elle n'est pas convaincue que ce soit la seule explication de sa passivité. Elle se déteste à un tel point qu'elle se demande si, en petite garce, elle n'y a pas « inconsciemment » pris du plaisir. Elle est si peu sûre d'elle qu'elle se soupçonne presque d'avoir été excitée par cette situation infâme. « Je suis une telle merde, dit-elle, que ça ne m'étonnerait pas. » En tout cas, une chose est sûre, revivre cette scène la fait jouir. C'est exactement la même position, les genoux relevés et pliés, mes mains dessus. (De mon côté, depuis qu'elle m'a confié cela, j'ai du mal à participer : dans le rôle de ce médecin immonde, dont elle voit sûrement le visage quand elle me regarde, je me répugne. Je fais tout pour éviter cette position.) Si elle se débat, si elle tente de résister, c'est non seulement parce qu'elle se reprochera toute sa vie de ne l'avoir pas fait, mais aussi pour pouvoir humilier la salope de quinze ans qui s'est laissé faire. Elle sait que ce n'est qu'un jeu, mais justement : dans la vraie vie, elle a écarté les jambes. Ça la dégoûte. Et ce qui la dégoûte l'excite. Elle n'est qu'un corps, des seins, des jambes, une chatte, une bouche, un cul, elle ne mérite que de se faire cracher dessus (elle me le demande d'ailleurs souvent quand on baise), de se faire imbiber de sperme, et elle prend plaisir à s'enfoncer dans cette fange — c'est pour cela qu'elle est toujours triste après avoir joui. Comme quelqu'un qui a le vice du jeu, qui se sait faible et méprisable, qui jouit quand il est en train de perdre et que la peur et la honte lui ravagent les entrailles — et qui se déteste ensuite. Elle m'en parle sans la moindre pudeur. Lorsqu'elle montrait sa chatte à de vieux vicieux qui se branlaient, ça la dégoûtait et ça l'excitait. Elle le faisait pour l'argent, c'était encore plus dégradant, donc plus excitant. Toujours pour quelques billets, lorsqu'un gros type qui puait l'eau de Cologne la filmait en vidéo en train de se faire tirer par son ami de l'époque, ça la dégoûtait et ça l'excitait — « J'ai ouvert les yeux, il était debout au-dessus de moi, je voyais ses couilles molles et poilues qui pendaient, j'ai eu un haut-le-cœur. Mais je mentirais si je disais que c'est tout ce que ça m'a fait. » Lorsque Pascal, son premier amoureux, invitait un inconnu à prendre le thé chez eux, la baisait devant lui puis la lui prêtait pour qu'il s'amuse à son tour, ça l'excitait — elle avait seize ans et le faisait avant tout pour Pascal (du moins pour lui montrer qu'elle en était capable, qu'elle faisait quelque chose de plus que les autres filles), c'était encore plus dégradant. Lorsqu'il a amené un ami qui avait envie de tirer un coup (« J'ai accepté parce que j'étais vraiment en chaleur, ce jour-là, j'avais besoin de me faire mettre ») et qu'ils l'ont baisée ensemble, un devant un derrière, ça la dégoûtait de se voir ainsi prise en sandwich entre deux mecs qui se soulageaient en elle, mais ça l'excitait de leur servir à ça, de jouer la pute qu'on souille. « Et puis de toute façon, me dit-elle, tu n'imagines pas à quel point c'est bon, de se faire prendre des deux côtés en même temps. » J'imagine mal, en effet.

Mais il m'est impossible de prétendre que je ne comprends pas cette combinaison de désir et de répulsion. Je me représente clairement la scène : Olive est couchée sur Pascal, son fiancé ; il lui glisse sa bite énorme dans la chatte ; pendant ce temps, un type qu'elle n'a jamais vu et qui a envie de se vider les couilles est derrière elle et lui ramone le cul ; la femme que j'aime, la seule femme dont j'aie jamais été amoureux, celle que je considère comme l'incarnation de la grâce, de la douceur et de la finesse d'esprit, est presque immobile (car c'est compliqué, il ne faut pas que les queues sortent) entre deux garçons qui la remplissent, la malmènent, l'astiquent en soufflant bruyamment et vont la gorger de sperme. Ça me retourne le cœur.

Mais je mentirais si je disais que c'est tout ce que ça me fait.

Le lendemain, je me réveille avant elle. Je ne sais pas ce qu'est en train de faire le voisin du dessus, il détruit probablement tous ses meubles avec une batte de base-ball. Pourtant, Olive dort comme un bébé. Je me lève dans l'intention d'aller boire un peu d'eau, en prenant bien soin de ne pas faire bouger le matelas ni même la couette (je suis très mince, au réveil), mais à peine ai-je posé un pied par terre qu'elle ouvre les yeux et s'assied aussitôt dans le lit. Je n'ai pas fait un bruit, je n'ai pas remué un centimètre cube d'air.

— Où tu vas ?

Elle a peur qu'on l'abandonne. Elle le sent dans son sommeil. Elle ne supporte pas la moindre sensation d'éloignement, de séparation. Cette angoisse, elle, ne la quitte jamais.

— Je vais chercher de l'eau.

Je vais boire longuement au robinet de la salle de bains, puis en profite pour me laver les dents. Elle entre nue derrière moi pendant que je suis penché au-dessus du lavabo, elle me caresse les fesses et les reins, lève le couvercle des chiottes, s'assied sur la lunette et se met à pisser. Ah non.

— Excuse-moi, dit-elle simplement.

Depuis toujours, je me pose la question : comment font les COUPLES ? Même après cinq ans de vie commune, disons, comment font-ils pour oser chier alors que l'autre est dans la pièce voisine ? (Alors devant l'autre, inutile d'aborder le sujet.) Autrefois je me disais : c'est bien la preuve que ce n'est pas pour moi, ce truc de COUPLE. Primo je n'arrive pas à tomber amoureux d'une fille ; secundo, même si c'était le cas (miracles, prodiges, mystères, intéressez-vous à moi), je serais incapable, comme je l'ai déjà dit, de trouver les manettes, les rouages, les connexions et les réglages qui me permettraient de vivre normalement avec elle (où est passée cette satanée notice ?) ; tertio, même si j'y parviens après de longues études et un coup de pouce de mon intuition, je ne pourrai jamais faire cette chose quand elle sera dans l'appartement (ce qui n'est pas commode, du point de vue de l'aisance intestinale, surtout si elle passe ses journées à traîner dans la cuisine en peignoir) ni supporter la réciproque (il faudra que je me précipite dans l'escalier dès que je la verrai s'approcher des toilettes, elle va me prendre pour un aliéné (car bien entendu, je n'aurai jamais le courage de lui en parler)). C'est bien dommage, si près du but, une broutille pareille, le grain de sable qui détruit le mécanisme admirable, élaboré pièce à pièce durant des années.

Olive, que je connais à peine, est en train de faire cette chose à moins d'un mètre de moi, en toute simplicité. Elle regarde droit devant elle ou tourne la tête vers moi pour me sourire, comme si je n'étais pas là, ou plutôt comme si c'était moi qui faisais cette chose. Bien que je lui voue un amour immense et clair et pur (je n'ai déjà plus aucun doute quant à la nature et à l'ampleur de mon sentiment pour elle — je ne traîne pas, c'est ma particularité (il faut dire qu'à force d'être rapide, justement, j'ai perdu beaucoup de temps depuis ma naissance)), bien qu'elle soit à mes yeux aussi terrestre qu'une chèvre est cosmique, la voir chier ne me choque pas. Ça ne me procure pas non plus une érection immédiate et douloureuse, mais enfin ça ne me trouble pas plus que si elle se mouchait ou se lavait les dents, comme moi en ce moment. Si, d'ailleurs. Elle est assise nue et cristalline sur la cuvette : ce mélange de saleté et de beauté me fascine.

Elle refuse le café que je lui tends cinq minutes plus tard, mais ne se sauve pas tout de suite au bar. Elle veut savoir si elle peut prendre une douche d'abord.

— Oh mais oui, bien sûr.

Depuis notre réveil, je me posais la question inconsciemment (du moins sans vraiment oser me l'avouer). La réponse, en revanche, je me la répète plusieurs fois : oui, oui, elle se lave, oui, elle se lave, elle se lave, c'est une bonne chose, ouf. Et elle ne se lave pas à moitié : j'entends couler la douche pendant plus d'une demi-heure.

Le téléphone sonne. C'est mon amie Puppinck, qui écrit des livres. Une timbrée intelligente et drôle, dont j'ai le plus grand mal à me convaincre qu'elle a plus de dix ou onze ans. Elle me demande de mes nouvelles, m'en donne d'elle et de ses enfants, et veut savoir si je peux venir dîner dimanche soir dans son jardin à Joinville, avec quelques amis à elle. Je lui réponds que je ne sais pas, qu'il faut que j'en parle à ma fiancée. Elle reste muette durant plusieurs secondes, n'en croyant pas son oreille, puis :

— QUOI ?

Je lui explique que tout arrive (ce qu'elle comprend facilement, car ce n'est pas une découverte), même aux plus engourdis d'entre nous, et que je suis soudain pris d'un bel amour pour une jeune et grande blonde qui lit beaucoup, mange beaucoup, voyage beaucoup, danse beaucoup, dort beaucoup et baise beaucoup (Olive vient d'entrer dans le salon mais, curieusement, je ne suis pas gêné d'avouer devant elle l'état d'euphorie romantique dans lequel elle me propulse — je ne dis pourtant jamais ce que je pense face aux personnes concernées (je ne pourrais dire exactement dans quelle mesure, et cela paraît sans doute assez simpliste, mais depuis la scène « Amour et Nature » dans la salle de bains, tout à l'heure, il me semble que quelque chose s'est débloqué entre nous — la trivialité de la cause n'ayant pas d'incidence sur la valeur de l'effet —, qu'une mince paroi vitrée s'est désintégrée et que nous pouvons désormais tout dire et tout faire sans aucune crainte, sans aucune réserve — ce n'était qu'une histoire de chiottes, mais voilà)).

Après s'être longuement étonnée et même émerveillée de ma nouvelle situation sentimentale (pourquoi, sur le formulaire des impôts par exemple, ne nous demande-t-on que si l'on est marié, divorcé, célibataire ou veuf ? — je serais tellement fier de pouvoir enfin cocher la case « Amoureux »), Puppinck m'apprend qu'elle vient de commencer un nouveau roman. Depuis de nombreux mois, elle errait dans les plaines brumeuses de l'indolence, de l'inertie, de l'indécision. À mon tour, je me réjouis pour elle.

Tandis qu'elle me parle d'innombrables projets avortés, je vois Olive qui prend des cachets, de deux sortes différentes, ainsi que des gouttes qu'elle dilue dans un verre d'eau. Malgré moi, je fronce les sourcils.

Qu'est-ce que c'est ? Je lui poserai la question dès que j'aurai raccroché. Elle est fatiguée ? Anémique ? Fiévreuse ? Elle me répond que ce sont des médicaments qu'elle prenait lors de son long séjour en psychiatrie, au début de l'année. Elle ne sait même pas vraiment de quoi il s'agit, des antidépresseurs, des anxyolitiques ou des antidélirants, mais elle ne doit pas arrêter le traitement. « Sinon je déraille et je pète les plombs. »

Je la regarde avaler le verre d'eau à petites gorgées, cette histoire finira mal, et je demande à Puppinck quel est le sujet de son livre. Elle m'explique qu'elle vient à peine de commencer, qu'elle sent que cette fois elle va poursuivre mais qu'elle ne sait pas vraiment dans quelle voie ni ce que ça donnera. Elle me raconte la première scène : c'est une jeune femme qui roule sur une nationale en pleine campagne, seule dans sa voiture. Elle écoute de la musique classique et fume une cigarette. Elle aperçoit quelque chose qui bouge à gauche de la route, elle va trop vite pour se risquer à freiner, elle écrase un lapin.

L'après-midi, je me rends chez le dentiste. Je suis déjà allé quelques fois chez lui (quand j'ai emménagé dans le quartier, je l'ai choisi comme le médecin à qui j'ai montré ma bite douteuse : c'est la première plaque de dentiste que j'ai trouvée sur mon chemin) mais je n'y suis pas retourné depuis des lustres. C'est un dingue. Un jour, je suais de panique dans la salle d'attente (aller chez le dentiste n'est pas mon hobby — je suis un marginal) quand j'ai entendu des hurlements de femme qui provenaient de son cabinet. Aussitôt, il s'est mis à réciter, d'une voix puissante et incantatoire, une voix de possédé : « Notre Père qui es aux cieux, que ton nom soit sanctifé, que ton règne vienne, QUE TA VOLONTÉ SOIT FAITE SUR LA TERRE COMME AU CIEL !!! » Il déclamait la prière de plus en plus fort pour couvrir les cris épouvantés de la malheureuse, qu'il devait fermement maintenir clouée sur le siège. Quelques minutes plus tard, par la porte entrebâillée, je l'ai vue passer dans le couloir, voûtée et cacochyme. C'était une bonne sœur. Une autre fois, il a commencé à me dévitaliser une dent (le genre de travail au cours duquel on peut difficilement faire machine arrière) parfaitement saine. Une dent qui ne m'avait jamais rien fait — mais voisine immédiate, je dois à l'honnêteté de le reconnaître, de celle qui me tourmentait. Il a tout de même eu la lucidité de s'excuser : « Oh je suis désolé… Mais vous savez, une dent dévitalisée, c'est toujours une dent de moins qui risque de vous faire souffrir. Mieux vaut prévenir que guérir, comme on dit. Je ne vous facturerai pas cette petite erreur, allez. Il ne faut pas trop m'en vouloir si je n'ai pas vraiment la tête à ce que je fais, je pars en vacances ce soir. »

J'entre dans la salle d'attente aussi détendu que

d'habitude — je tremble, je suis vide, tous mes nerfs sont regroupés au fond de moi en petite pelote peureuse, sur la défensive. Je bredouille un bonjour général (les gens passent leur vie à se croiser sans se voir, à se lancer des œillades méfiantes dans le meilleur des cas, mais si on ne salue pas en entrant chez un médecin ou un dentiste, si on ne salue pas ses compagnons d'infortune, on passe immédiatement pour asocial et haineux) et je me glisse comme un lépreux jusqu'à une petite chaise en bois peint, avec cet agaçant sentiment de honte et de décalage que j'ai toujours en pénétrant dans ces endroits-là.

Trois personnes passeront avant moi : un vieux Chinois bourré de tics qui lit fort consciencieusement *Cuisine actuelle* ; une femme dramatiquement abattue, qui doit avoir trente ans mais en paraît quarante-cinq (les cheveux ternes et secs, les yeux dévastés, les seins pendants et les jambes lourdes, elle fixe hypnotiquement le lino à deux pas devant elle) et dont les deux gosses depuis longtemps livrés à eux-mêmes, sales, braillards, psychopathes, déchirent rageusement les pages des albums pour enfants posés sur la petite table de plastique rose qu'on trouve, sinistre et patiente, dans toutes les salles d'attente ; enfin une Antillaise à peu près bicentenaire, antiquement triste, qui ne bouge pas plus qu'une statue de Mathusalem et qui, au vu de sa bouche fossile entrouverte, semble avoir autant besoin d'un dentiste qu'un squelette d'un dermatologue.

Je ne les observe qu'à la dérobée. Comme dans tous ces lieux où le temps est suspendu avant l'horreur, je n'ose pas bouger d'un poil, pas même tendre un bras pour attraper un *Elle* ou un *Paris-Match* (je fais mine de réfléchir intensément), tant je me sens déplacé ici, tant je crains de les importuner, de les dresser contre moi, tous ces gens qui souffrent.

Les murs ressemblent à tous les murs conçus pour servir de supports à l'attente. On y a punaisé quelques affiches, des dessins de dents vues en coupe et des photos de gencives tuméfiées, pour qu'on ne regrette pas d'être venu (car nombreux sont ceux qui doivent crever d'envie de filer au dernier moment), un poster des falaises d'Étretat, astucieusement subliminal, une photo aérienne du lac de Genève, pour éviter les crises de nerfs, une reproduction du clown de Bernard Buffet, pour les enfants (on s'étonne qu'ils deviennent psychopathes), et une jolie petite aquarelle, deux lapins qui s'embrassent.

Au fur et à mesure qu'elle se vide, la salle d'attente se remplit. Le Chinois convulsif, l'ancêtre édentée, la mère apathique et ses deux gniards féroces ont été remplacés par un petit bonhomme timide en costume taché, une grosse fille myope avec une balle de golf dans la joue et un couple de vieillards qui se font la gueule.

— Monsieur Colas ?

Le dentiste a passé sa bonne tête de calcaire poncé dans la pièce (sans y mettre les pieds, comme s'il trouvait que c'était sale) et m'appelle presque à voix basse, sur un ton mielleux et fourbe.

— Bonjour docteur.

En lui serrant la main, je me rends compte qu'il a oublié d'ôter ses gants de caoutchouc. Mais je baisse les yeux et, non, il ne les porte pas. Ce sont ses vraies mains.

Tout en me demandant ce que je deviens, pourquoi j'ai mis tant de temps à revenir le voir, bla bla bla, il me guide dans le couloir vers son cabinet, en m'indiquant la route d'une main — je sais pourtant parfaitement où se trouve la salle de torture, ça ne s'oublie pas — et même en me contrôlant discrètement de l'autre, dans le dos, comme si je risquais de donner un coup de reins brutal et de le bousculer pour essayer de m'introduire dans une autre pièce. Il continue à me poser des questions idiotes pour distraire mon attention, et qu'est-ce que vous allez faire cet été (rien), et comment va votre chat (bien), tout en m'amenant sournoisement vers le siège de cuir crème, il dit « Installez-vous » comme s'il ne faisait que toussoter et je me retrouve à l'horizontale puis carrément la tête plus bas que les pieds avant d'avoir compris ce qui m'arrivait. Je me fais avoir à chaque fois (je suis ici pour ça, évidemment, je ne comptais pas visiter et ressortir, mais c'est tout de même rageant). Les jambes en l'air, je ne peux plus me sauver. Par conséquent, le ton change.

— Bon. Qu'est-ce qui vous amène ?

— Euh… Je viens vous voir parce que j'ai mal aux pieds.

Je devrais savoir que l'heure n'est plus au badinage.

— Je vois que vous n'avez pas perdu votre humour. Alors, laquelle ?

C'est l'instant que choisit la vieille assistante satanique pour apparaître, surgie de nulle part (ils sont malins : si le patient l'aperçoit en entrant et que par hasard il possède une arme, il dégaine par réflexe et la crible de balles). Si on parvient, grâce aux techniques modernes, à combiner en un seul être la fée Carabosse, Mike Tyson et Adolph Hitler, la chose ainsi créée devrait étonnamment ressembler à Andrée — c'est ainsi que se nomme l'immonde. Elle ne m'adresse jamais la parole, pas bonjour, rien : inutile de perdre du temps à m'amadouer, je suis déjà à sa merci quand elle arrive. L'œil incandescent, elle fonce vers moi et m'enfonce un crochet aspirant dans la gorge — c'est du moins ce qu'elle voulait faire, mais je ferme la bouche à temps pour qu'elle n'y entre pas la main. En arrière-plan, ce salopard de dentiste enfile ses gants. Il se retourne vers moi en souriant comme un bourreau sous ecstasy, s'empare d'une sorte de perceuse ingénieusement miniaturisée et m'écarte les mâchoires d'une main puissante. La grosse lampe ronde que l'atroce Andrée braque sur mon visage m'aveugle. Je tourne mes gros yeux affolés de tous côtés mais il n'y a rien. Je suis prisonnier dans leur royaume de lumière blanche et d'acier. Et s'il m'arrive quoi que ce soit, ce ne sont pas les deux vieillards, le petit timide et la grosse myope de la salle d'attente qui vont venir me délivrer. Tu parles. Ils resteront tapis là-bas comme des belettes terrifiées.

Alors que je me crois perdu, le tortionnaire interrompt son geste et m'accorde un sursis, sans doute par sadisme.

— On va faire une radio, parce que ça m'a l'air salé.

Andrée file sans même que son maître ait besoin de lui donner d'ordre précis. Elle revient en trombe avec un petit carré de pellicule qu'elle lui tend fièrement. Il me le fourre entre les dents — je résiste à l'envie de le mordre car il n'hésiterait pas à me gifler — et le plaque contre ma gencive.

— Tenez-le.

Salaud, salaud. Il me force à participer à mon supplice. Il approche de ma tête un gros tube reptilien et BZZZ un faisceau de rayons ultranocifs me transperce la joue. Je n'ai rien senti, c'est diabolique. En attendant que la radio soit développée, il quitte la salle de douleur, suivi au millimètre par une Andrée qui semble montée sur roulettes — et que je crois entendre marmonner.

Le répit est de courte durée, je n'ai que le temps de penser au visage mélancolique et enfantin d'Olive, à son corps qui danse, à ses culottes et à ses hurlements, ils reviennent d'un même pas et le couperet tombe aussitôt.

— Il faut l'enlever, monsieur Colas. Elle est foutue,

complètement bouffée de l'intérieur, on ne peut rien faire d'autre.

— …

— Je veux bien essayer une couronne, mais ça va vous coûter bonbon et ça ne tiendra pas six mois.

— …

Je refuse de parler, avec ce gros crochet dégueulasse qu'ils ont oublié dans ma bouche, on ne comprendrait rien — je suis suffisamment humilié comme ça. De toute façon, même en réfléchissant le plus calmement possible, je n'ai pas grand-chose à dire.

— Il fallait venir me voir plus tôt.

Sûrement, tiens. Allez, règle-moi mon compte, venge-toi de ma trop longue absence, arrache cette dent qui s'est décomposée en traître et laisse-moi repartir à toute vitesse, adieu.

On sent que le grand moment approche. Andrée en devient presque frétillante, bondit de tous côtés, s'agite comme une araignée qui vient de voir un moucheron empêtré dans sa toile — enfin un peu de piment dans la journée —, tandis que le dentiste ajuste ses gants et vérifie que tous ses instruments de pointe sont bien en place, posément, froidement, en prenant son air des grands jours, son air de *chirurgien*-dentiste. Je vais déguster. Mais ils ont affaire à un coriace. J'ai du cran à revendre.

— Je vous anesthésie ?

Non, tu n'as qu'à me mettre un bon coup de poing sur la tempe ou me donner une grande rasade de rhum, ensuite tu vas chercher une pince dans ta caisse à outils, tu grimpes sur le siège, tu t'arc-boutes et tu tires de toutes tes forces en poussant des grognements, ça ira.

Il plonge ses gros doigts caoutchouteux dans ma bouche, me déforme les lèvres comme s'il essayait de les étirer jusqu'à mes oreilles pour les y accrocher, et me plante dans la gencive une aiguille qui me fait l'effet d'un clou. J'ai mal, Seigneur. Et je sens du liquide qui dégouline partout.

— Oups, raté.

Du coin de l'œil, je vois Andrée qui grimace. Son chef a commis une boulette, c'est inhabituel. Elle n'aime pas ça. Mais elle le connaît bien, depuis le temps qu'ils bossent ensemble, elle sait qu'au prochain coup il sera impérial. Le dentiste secoue légèrement la tête (comme s'il se disait « T'es pas concentré, nom d'un chien. Réveille-toi, mon vieux ! ») et me repique derechef. Mais je l'attendais, celle-là. Même pas mal. Si, un peu. Mais je suis coriace.

— Ce coup-ci, c'est bon.

Si Andrée avait un chapeau, elle le lancerait en l'air. Elle est heureuse et soulagée, son homme s'est rattrapé, et avec la manière ! Elle en était sûre. Je l'imagine recouvrant son visage avec le bas de sa blouse, comme font les footballeurs, et se mettant à courir en rond dans la pièce en faisant l'avion avec les bras. Le redoutable Anesthésior pique encore une fois de l'autre côté de la gencive, pour assurer. Je suis coriace mais je vais tomber dans les pommes d'une seconde à l'autre, car ça fait mal.

Après une attente interminable (« Faut le temps que ça prenne ») durant laquelle nous restons tous les trois à nous observer en chiens de faïence (ou plutôt : eux en pittbulls, moi en cocker de faïence), on peut enfin attaquer. Eux, surtout.

— Coton, Andrée.

Elle gicle sur le côté vers un meuble de rangement, sort quelques petits rouleaux de coton d'un tiroir avec la précision et la rapidité d'un caméléon qui attrape un insecte avec la langue, fuse en retour vers le dentiste et les lui tend comme des objets sacrés. Il m'en farcit la bouche, m'en coince partout, entre la gencive et la joue, entre la langue et la gencive, et vas-y, bourre-moi, tant que ça rentre faut pas avoir peur d'en mettre. Ça y est, ouf, c'est plein. Je dois ressembler à Marlon Brando en malade.

Andrée me dévisage comme si je coïncidais enfin avec l'idée qu'elle se fait d'un bon patient : allongé la tête en bas, quasiment ligoté, paralysé de la bouche et gavé de coton mouillé, soumis, ridiculisé, disponible. Ce vieux sac à fiel a même le culot de sourire et de croiser les bras, prêt à assister au spectacle sanglant qu'il affectionne. Si j'osais, je lui cracherais dessus. Mais je n'ose pas car ils me le feraient payer cher. Et de toute façon, je la bombarderais de rouleaux de coton, ce serait piteux.

À partir de là, je n'éprouve plus aucune douleur mais j'entends, et je sens. Le forcené en blouse se met à massacrer ma dent par tous les moyens possibles, il change d'arme sans arrêt, des trucs qui poncent, des trucs qui creusent, des trucs qui pulvérisent, des trucs qui soufflent, il me détruit l'émail avec rage, me charcute la pulpe, me découpe les nerfs, me taillade la gencive, il m'écartèle les mâchoires pour s'ouvrir la voie vers le cratère. Il est penché sur moi, son nez touche presque le mien, il a mangé de la choucroute à midi (en plein été...), il fronce les sourcils et serre les dents, deux belles rangées de dents blanches et régulières. De temps en temps, à l'aide d'une pédale, il modifie l'inclinaison du siège, il fait de moi ce qu'il veut. Je lève les yeux vers la grosse lampe pour ne pas plonger mon regard dans le sien, je cherche la fuite dans la lumière vive. (La lumière c'est l'espoir — mais c'est aussi la mort : tout ceux qui ont failli y passer et sont revenus in extremis parmi les vivants racontent qu'ils approchaient d'un grand disque lumineux...) Les vibrations que provoquent ses engins hystériques en démolissant ma dent résonnent dans tout mon corps. Je tremble. Des flots de salive et de sang coulent dans ma bouche, les roulettes et foreuses les font gicler et projettent quelques gouttes sur le visage crispé de mon ennemi. Il ne s'en trouble pas et continue à me détruire, implacable. Une odeur insoutenable se dégage de ma pauvre cavité buccale livrée à sa fureur dévastatrice : ça pue le brûlé, ça pue l'antiseptique altéré, ça pue la maladie, et surtout ça pue la pourriture. Postée debout près de mon oreille droite (si je n'avais pas déjà les narines bien prises, je sentirais probablement les relents fétides de sa vieille chatte de cuir), la répugnante Andrée passe à son héros les instruments qu'il réclame avec un plaisir manifeste, à peine dissimulé sous un masque grotesque de concentration, d'impassibilité professionnelle. Lorsqu'elle lui tend la pince — le tumulte cesse, le sang et la salive baignent ma langue, stagnent dans ma bouche —, je ferme les yeux.

J'entends d'horribles craquements. Les nerfs qu'on arrache, la gencive qu'on déchiquète. Je le sens entre mes lèvres grandes ouvertes : il tourne, comme pour sortir un gros clou d'un mur. Mais avec les grincements, le couinement déchirant des ligaments et les ondes qui se répercutent dans tout mon corps, j'ai plutôt l'impression qu'il essaie de me séparer le mollet de la cuisse en faisant jouer la rotule jusqu'à ce qu'elle cède. Dès qu'il me relâchera, je lui mettrai une claque.

CRAC.

Sale type. Vicieux.

Bravo, doc.

— Et voilà. Qu'elle repose en paix.

— Erchi.

Je me rhabille mentalement, me rince trois ou quatre fois la bouche avec un liquide rosâtre, crache du sang qui charrie quelques morceaux de moi, les derniers restes terrestres de ma molaire, j'empoche une ordonnance d'antibiotiques et d'antalgiques (« Vous risquez de souffrir un peu, dans les jours qui viennent »), signe un chèque en vitesse et sors en évitant de croiser le regard possédé de la harpie ricanante, je ne veux plus jamais revoir ces malades.

Sur le trottoir, en passant ma grosse langue engourdie dans le trou lisse et sanguinolent de ma gencive inférieure gauche, une pensée accablante me traverse l'esprit. Je ne viens pas seulement de passer un mauvais moment que j'aurai oublié dans quelques jours. Ce n'est pas comme si j'avais pris dix coups de pied dans le ventre, disons. Ce trou restera béant jusqu'à ma mort. Rien à voir avec une quelconque préoccupation esthétique, je m'en fous. Mais cette dent que le dentiste a jetée dans sa poubelle, dont j'ai craché moi-même les derniers débris, je ne la retrouverai jamais. On peut souvent oublier, voire revenir à l'état dans lequel on se trouvait avant tel ou tel acte, tel ou tel épisode de notre vie. Si on se coupe les cheveux et que c'est raté, on peut patienter jusqu'à ce que ça repousse. Si on ne mange pas pendant une semaine, on peut espérer gagner de l'argent plus tard pour se goinfrer. Si quelqu'un nous quitte, on peut chercher ou attendre quelqu'un d'autre. Même si un ami meurt, on peut supposer — tristement, c'est vrai — qu'on l'aura oublié dans trente ans. Mais la perte apparemment dérisoire de cette molaire est *définitive*. Et j'y penserai jusqu'à la fin, à chaque fois que je passerai ma langue dans ce trou. Il vient de m'arriver quelque chose d'irréversible : j'ai fait un pas, bien malgré moi, et je sais qu'il m'est impossible de revenir en arrière. Pour la première fois je crois, je prends réellement conscience de ma mort prochaine. Une dent de moins.

Je veux revoir Olive, vite. Malheureusement, ce qui caractérise les calamités, c'est leur capacité à poursuivre leur action néfaste même après qu'on a réussi à leur échapper. Je suis dans la rue, j'ai fui le dentiste et son assistante perverse mais ils m'ont jeté un sort et continuent à me persécuter à distance : pendant au moins trois heures, je vais avoir la moitié de la mâchoire et des lèvres paralysée, et donc l'air d'un demeuré.

J'ai senti ce matin que plus rien ne me séparait d'Olive, que je pouvais me comporter avec elle comme avec moi-même (ça, j'ai l'habitude, j'ai toujours été entièrement seul). C'est sans doute naïf et prématuré, mais c'est vrai. Dans l'absolu, je pourrais donc aller lui montrer ma tête de vache folle, l'embrasser avec ma bouche empotée, lui murmurer des mots d'amour en compote. Mais de toute manière, je ne sais pas où elle est. (Elle est chez elle, elle dort, puis elle lit, elle téléphone à un ancien client mateur qui lui propose un rôle dans un « vrai film » qu'il va mettre en scène et l'invite à dîner ce soir « pour en parler », puis elle écoute une cassette qu'a enregistrée Bruno — qui sent probablement qu'elle commence à se détacher de lui — pour lui expliquer combien il tient à elle.) Elle est peut-être au Saxo, mais si elle n'y est pas je vais imaginer tout un tas de trucs. Je préfère attendre dehors.

Je passe l'après-midi à marcher jusqu'à Pigalle, puis jusqu'à la place des Ternes. Coincé de la bouche, je n'entre dans aucun bistrot, par crainte de ne pas me faire comprendre du serveur ou de baver la moitié de ma bière sur la table à la manière des faibles, j'évite même de fumer dans les rues trop passantes — on penserait que c'est la première cigarette de ma vie. Lorsque la paralysie s'estompe, je m'achète un sandwich poulet-mayo-crudités dans une boulangerie de l'avenue de Courcelles. Je m'en fous partout. Quand je croise quelqu'un sur le trottoir, les lèvres et le menton dégoulinants de mayonnaise, de tomates et d'œufs que je n'arrive pas à contrôler et à guider vers l'intérieur, je fais semblant de m'intéresser au mur que je suis en train de longer.

C'est une excellente technique, que j'emploie même lorsque ma bouche fonctionne à merveille (car toujours j'ai honte qu'on me voie manger). Si l'on détourne la tête, on a l'impression, fausse mais réelle, que l'autre ne nous regarde pas. C'est ce que font les enfants qui, pour se cacher, se contentent de plaquer leurs mains sur leurs yeux, égocentriquement persuadés que personne ne peut les voir. C'est absurde mais rassurant. Et n'est-ce pas ce qui compte, d'être rassuré ?

J'entre au Saxo vers vingt heures. Olive est là, au comptoir cette fois — elle commence à connaître suffisamment les hommes d'ici pour les supporter dans son dos. Elle boit un café et un verre d'eau, et lit *Lolita*. Je n'ai jamais rencontré quelqu'un qui lisait aussi vite.

— Ça n'a rien à voir avec le film de Kubrick, dit-elle simplement.

Elle porte un pantalon de marin, en grosse toile bleue, un polo rouge en éponge, son petit chapeau de maçon et des chaussures de cuir noir. Elle est donc passée chez elle pour se changer.

— Je vais passer chez moi, dit-elle, pour me changer. Je suis assez nerveuse, j'ai besoin de faire quelque chose. Tu veux venir ?

— Pourquoi pas ? Si ça ne t'ennuie pas.

— Non, pas du tout. Mais tu verras, ce n'est pas très bien rangé.

Nous sommes sur le point de partir quand le juke-box diffuse une chanson qu'elle aime. Elle se met à danser près du comptoir, sous le regard ébahi de ceux des clients qui ne la connaissent pas. Comme la veille, elle s'enflamme aussitôt. En admiration béate devant elle, je me souviens d'un mot que j'ai trouvé un jour dans le dictionnaire, un mot qui m'avait intrigué, presque envoûté, qui m'a poussé à courir de tous côtés pendant des années (sur toute la surface de la terre, si j'avais pu), qui m'a donné du courage quand j'en voulais à l'humanité autant qu'à mon gros con de père ou quand je me réveillais boueux, enchevêtré dans les bras d'une petite dinde prétentieuse qui chassait mon chat du lit, le mot « Almée ». Danseuse égyptienne lettrée, dit le dico.

Quand elle cesse de danser, elle revient vers moi en souriant, m'embrasse pour la première fois en public, longuement, langoureusement, et me serre la queue à pleine main, manifestement surexcitée. Ses joues sont bouillantes et ses lèvres glacées.

Elle habite un studio de vingt mètres carrés dans une rue voisine, au sixième étage sans ascenseur. Il se compose d'une pièce principale, d'une kitchenette et d'une salle de bains. Si quelqu'un peut vivre là-dedans, un homard peut faire du poney : il n'y a pas un meuble, pas un appareil électroménager, pas l'ombre d'un produit alimentaire, pas une chaise, pas un lit, et pas un centimètre carré de sol visible. C'est un grand placard, un amoncellement de vêtements, de chapeaux, de chaussures, de livres et d'objets inutiles. Ce n'est pas sale, c'est encombré — comme on pourrait dire que le Sahara est… dégagé. Il semble impossible qu'elle puisse passer plus d'une demi-heure là-dedans — quant à y recevoir quelqu'un ou à y dormir, rions un bon coup.

— Pourtant je dors ici, souvent. Le mois dernier, je suis même restée enfermée pendant une semaine, sans sortir, en dormant tout le temps et en ne mangeant que du Nutella, sans me lever une fois du divan, sauf pour aller aux chiottes.

Le divan ? Allons, il n'y a pas de divan ici, soyons raisonnable — ça se verrait. Elle déblaie une dizaine de robes, des livres, des photos, des sacs pleins de je ne sais quoi, et apparaît en effet un vieux récamier de cuir rouge.

— Assieds-toi, j'en ai pour deux minutes.

Pendant qu'elle enlève ses chaussures et son pantalon de marin (elle n'a pas de culotte), j'essaie de regarder autour de moi d'un œil froid et méthodique. Je respire profondément par le nez pour ne pas me laisser emporter dans ce tourbillon de foutoir. Plus de deux cents tenues différentes doivent être entassées dans la pièce principale. Une trentaine de robes font ployer un portant (des robes de toutes les époques, des robes de bal, de petite fille, d'ouvrière, de chanteuse yéyé, de princesse, de danseuse, de paysanne, de pute, de vedette du music-hall, de secrétaire de direction), cinq vieilles et grosses valises de cuir râpé débordent d'autres robes, de jupes, de pantalons, de chemisiers, de tee-shirts, de pulls, plusieurs grands sacs de chez Tati ou Yves Saint Laurent déversent des dizaines et des dizaines d'autres affaires sur le sol, des fripes ou des vêtements de marque, de toutes les couleurs et de toutes les matières, l'un d'eux est rempli de culottes, de soutiens-gorge, de collants, de bas, de porte-jarretelles, de dentelle, de Lycra, de coton, de satin, de soie, de synthétique, d'éponge même, des culottes d'adolescente ou de grand-mère, des soutiens-gorge de sportive ou de femme de notaire, et des tas de choses froissées traînent un peu partout ailleurs. Un grand carton est rempli à ras bord de chaussures en tout genre, usées ou neuves, peut-être cinquante paires. Un autre contient une bonne vingtaine de sacs à main, petits ou grands, chics ou pratiques, rutilants ou défraîchis. Je compte une quinzaine de chapeaux de toutes formes éparpillés dans la pièce. D'innombrables livres sont empilés le long des murs, d'autres ont été laissés n'importe où par terre — je vois Céline, Maupassant, Steinbeck, Mishima, Bukowski, Guy des Cars, Sterne, Voltaire, Stephen King, Topor, Duras, Kafka, San Antonio, *Albertine disparue, Demande à la poussière, Manon Lescaut, Baise-moi, La Reine des pommes, American Psycho,* des guides pratiques de bricolage ou de chasse, des manuels d'histoire ou de grammaire, des biographies de n'importe qui, des pièces de théâtre, des ouvrages de psychanalyse ou des récits de voyage. Il y a également de nombreuses photos éparpillées, quelques paysages, des immeubles, des rues, des monuments, des foules et des natures mortes, mais la plupart représentent Olive, nue sur certaines. Elles me mettent mal à l'aise. S'apercevant que je les ai vues, et probablement qu'elles me remuent, elle me dit :

— Personne ne vient jamais ici.

Quelques-unes des photographies retiennent plus particulièrement mon attention. Sur l'une d'elles, Olive est debout, entièrement nue, entourée de sept ou huit pompiers en uniforme qui sourient d'un air à la fois fier et malsain. Elle sourit aussi. Sur une deuxième, elle est devant un avion de chasse. Deux pilotes sont en train de la déshabiller : l'un déboutonne son chemisier, l'autre baisse sa culotte. Ils rient tous les trois. La dernière qui me trouble est prise en plus gros plan. Olive a la tête posée sur un torse poilu. Elle paraît triste. Sous la photo, quelqu'un a écrit : « Je ne suis pas le genre d'homme à qui l'on donne son amour pour le reprendre ensuite. » Pauvre nouille.

Je ne connais pas encore celles que Bruno a prises d'elle depuis quatre ans, dans toutes les positions imaginables. Celles-ci, les premières que je vois, insinuent en moi un sentiment amer, comme si la vie, qui peut être nauséabonde, m'injectait en ce moment de la bile dans les veines — un sentiment de colère, de douleur et d'impuissance mêlées. Olive est un joli jouet dont ces hommes profitent, dont ils se sentent le droit de disposer sans gêne et sans scrupules. Le corps d'Olive est à eux, puisqu'elle est une femme, puisqu'elle est belle, puisqu'elle ne proteste pas, le corps d'Olive est un objet sans âme (ils semblent y croire), pas plus important ni respectable qu'une poupée gonflable avec laquelle on s'amuse entre beaufs. Quelle aubaine, une gonzesse qui se laisse faire. On n'a qu'à la mettre à poil, les mecs, on va bien se marrer. Putain, quand on va raconter ça aux autres.

Je la connais à peine, mais je sais, je devine à son regard de fillette qu'on fait poser en robe du dimanche que même si elle paraît se prêter de bonne grâce à leur jeu, même si elle sourit, elle les hait. Tous. Elle se sent avec eux au fond d'un marécage, entraînée dans la vase, elle ne se débat pas et pour cela elle se déteste, elle aussi. Elle est trop fine et sensible pour ne pas se rendre compte que ces braves messieurs aux mines réjouies se servent d'elle comme d'une photo de magazine de cul sur laquelle on se branle en prenant bien soin de répandre son foutre sur la gueule de la salope. Ces braves messieurs ordinaires. Dans son cœur, elle doit haïr tous les hommes de la terre.

Elle ramasse une à une toutes ces images d'elle, calme mais honteuse, et les range sous une pile de lettres, de factures et de dessins.

J'ai envie d'ôter le casque de tous ces pompiers et de leur broyer la tête (pourtant j'aime bien les pompiers), d'aller réduire ces deux aviateurs en poudre (pourtant j'aime bien les aviateurs), d'extraire avec mes doigts les yeux du photographe de leurs orbites, d'arracher de mes mains les viscères de ce poilu qui n'est pas le genre d'homme à qui l'on fait ci ou ça — bien entendu, le photographe et le maître poilu ne font qu'un : Bruno. C'est une envie littéralement irrépressible, que pourtant je n'assouvirai jamais. Il n'en faudrait pas beaucoup plus pour me rendre fou.

Olive est nue, le dos vers moi, penchée au-dessus d'une valise dans laquelle elle fouille. Je vois son cul et sa chatte.

Disséminés dans la pièce, je remarque encore des cahiers, des chemises pleines de papiers, des enveloppes qui lui sont adressées, des feuilles volantes sur lesquelles je reconnais parfois son écriture, et une multitude d'objets divers qu'elle a dû ramasser partout où elle est allée, dont certains sont cassés et dont beaucoup paraissent ne servir à rien : de vieux verres, des bougeoirs, des cendriers, des boîtes d'allumettes vides, des coffrets à bijoux (le plus gros est ouvert, bourré de colliers, de bracelets, de bagues, de boucles d'oreilles et de broches), des assiettes et des tasses ébréchées, des fragments de statuettes, un siège rouge pour installer un enfant sur le porte-bagage d'un vélo, une chaise à trois pieds, une théière sans anse, plusieurs lampes sans ampoule, des bouteilles anciennes, un boa jaune, des plumes et des encriers, une vieille poupée qui ressemble à une pute, des coupures de journaux, un petit godemiché blanc.

Elle a choisi une robe blanche en soie ou en satin (je suis nul), longue et si simple qu'on dirait un déshabillé. Elle l'enfile sans rien mettre en dessous, se glisse dans des chaussures vernies violettes à talons aiguilles et se retourne vers moi.

— Ce n'est pas trop transparent ?

— Euh… Un peu. On devine ta chatte, disons. Et on devine assez bien tes seins, oui. Tourne-toi, pour voir. Bon, on devine aussi tes fesses. Il faut vraiment avoir la tête ailleurs pour ne pas deviner.

— Ah. Mais si je mets une culotte là-dessous, ça va être laid. Allez, je m'en fous. Je n'ai rien à cacher, de toute façon.

En me levant pour aller aux toilettes, je m'approche de la fenêtre. Elle donne sur la cour, petite et sombre. On se sent au-dessus d'un puits profond. Deux des carreaux sont cassés. Olive m'explique que c'est le résultat de ses crises de furie nerveuse. La première fois, elle a donné un coup de poing et s'est ouvert la main. La deuxième fois, elle a frappé avec le pied d'une lampe de chevet. Maintenant, pour épargner les quatre carreaux restants et éviter de se trancher les veines, elle tape dans les murs. Avec la tête, aussi.

Je m'approche de la salle de bains avec une certaine appréhension. Vu l'état de la pièce principale, je me demande si je vais réussir à ouvrir la porte, ou à repérer la cuvette.

J'entre, c'est remarquablement propre. Tout est blanc et brillant, on se voit dans le carrelage du sol, on pourrait boire l'eau des chiottes, pas une trace de savon, de calcaire ou de crasse ne macule la baignoire et le lavabo, pas un flacon ne traîne. Quand Olive nettoie, c'est avec une frénésie maladive. (Le lendemain de notre arrivée à Veules-les-Roses, elle décide de laver la salle de bains — qui n'est pas bien grande — car elle ne supporte pas la saleté (elle ne marche jamais pieds nus à l'intérieur d'une maison, nulle part, même sur un sol propre : le matin, elle enfile et lace ses chaussures en descendant du lit).

— D'accord, je dis, je sors acheter du pain, pendant ce temps.

Elle reste exactement deux heures quarante dans cette pièce de six mètres carrés. Inquiet, je vais de temps en temps voir ce qu'elle fait. Je la trouve toujours à peu près dans la même position, penchée au-dessus de la baignoire ou à genoux par terre. Elle frotte, elle astique, elle décape, elle refrotte et rastique. Je ne comprends pas ce qui se passe, comme si je la trouvais en train de repeindre soigneusement un mur au pinceau, sans peinture. Par curiosité, je l'observe à son insu pendant une vingtaine de minutes. Elle me tourne le dos. Elle nettoie chaque centimètre carré du lavabo, puis le rince comme si le Monsieur Propre était un poison mortel, le nettoie encore, le rince encore — en tout, elle répète cette double opération quatre fois. Je la regarde hébété passer longuement l'éponge propre sur le robinet plus que propre. Elle termine par trois rinçages successifs, avant de s'attaquer à la baignoire. Quand je reviens jeter un coup d'œil près d'une heure plus tard, elle nettoie de nouveau le lavabo. J'éprouve une sensation de malaise.)

Je pisse, je tire la chasse, je sors de la salle de bains, je prends Olive par la taille, je retrousse sa longue robe blanche et je la baise en levrette sur le vieux récamier qui menace de s'effondrer à tout instant.

Au moment où nous mettons les pieds sur le trottoir, devant la porte de son immeuble, je me sens mal. Quelqu'un sur qui je n'ai aucun pouvoir déclare et répète dans mon esprit : « À partir de maintenant, je ne veux plus être séparé d'Olive Sohn. »

Mon absence de dent se réveille de mauvaise humeur, c'est douloureux.

Sur le chemin qui nous ramène au Saxo, elle marche très vite, à grandes enjambées échassières. Je n'ose pas lui demander de ralentir mais la suis à grand-peine.

Dans le bar, Olive danse et je bois. Tout le monde semble s'intéresser à nous. Ils portent sur nous un regard curieux, presque admiratif — on dirait qu'ils n'ont jamais vu une femme et un homme ensemble, que notre liaison relève du miracle. Je crois ça aussi.

— C'est le grand amour, me dit Denis.

— Oui. On se marie la semaine prochaine.

Bien entendu, il ne me croit pas. Mais quand Olive arrête de danser et se joint à nous, elle entre dans le jeu avec plaisir.

— Si, dit-elle en souriant, c'est vrai. Samedi prochain…

— … dans le village où elle a passé son enfance, je précise.

Nous prétendons même que nous avons décidé de faire un enfant le plus tôt possible. Au bout de quelques minutes, Denis ne sait plus que penser.

Nous mangeons au Wepler car la plupart des restaurants agréables du quartier ne servent plus à cette heure, puis nous rentrons directement. À quelques mètres de la porte de mon immeuble, les quatre jeunes qui l'ont entendue crier la nuit dernière et l'ont traitée de salope fument un pétard, adossés au mur. Je me demande le plus vite possible si je dois ou non leur rappeler sommairement les règles élémentaires de politesse envers les dames — et notamment envers celles qui sont avec moi, mes petits bonshommes. Ce serait bienvenu de ma part, mais d'un autre côté ces quatre lascars (trois grands et un petit) sont pleins de vie et de confiance en eux. C'est de la dynamite, à cet âge-là. Olive interrompt mes réflexions (à l'instant où je me dis « Trop tard pour continuer à hésiter, on rentre direct, tant pis, on verra une autre fois : je n'aime pas prendre des décisions à la légère ») en s'arrêtant devant eux. « T'aimes ça, hein, salope ? » n'est certainement pas le genre de phrase qui la laisse indifférente.

— Bonjour.

Ils paraissent interloqués, émus de voir cette grande fille en robe de soirée transparente les aborder ainsi, mais ils répondent à son salut avec un bel ensemble. Elle leur sourit bizarrement. Ils ont peur d'elle.

— Vous m'avez entendue, hier soir ?

— Hein ?

— Vous nous avez entendus baiser, hier soir ?

— Ah… Heu…

— Ça vous a plu ?

Ils rient bêtement, ne sachant le genre de réponse qu'elle attend d'eux. Encouragé par la désinvolture audacieuse d'Olive, et surtout par leur désarroi et leur lâcheté manifestes, je me lance.

— C'est pas bien galant, de traiter une jeune femme de salope…

— Oh non, m'sieur, c'était pour rire.

— Oui, je sais, mais bon.

Voilà, j'ai triomphé, ils n'ont eu que ce qu'ils méritaient. Espérons que ça leur servira de leçon. Pour l'heure, en tout cas, ils font moins les fiers, ces terreurs qui sentent encore le pipi. Aucun d'entre eux n'ose plus lever les yeux vers Olive. Ils balaient tous les quatre le trottoir du regard ou me dévisagent, moi. Je ne pense pas qu'ils sous-estiment ma propension à la violence, qu'ils doutent de ma susceptibilité et des ravages qu'elle peut causer sur de jeunes corps encore tendres : ils sont simples mais ni aveugles ni sourds, ils ont bien compris de quel bois je suis capable de me chauffer quand j'arrive à retrouver ma hache. Simplement, je suis moins surprenant qu'Olive, donc moins intimidant. De plus, je crois que j'ai l'air assez sympathique.

Pour se faire pardonner, ils nous proposent leur pétard. Je décline, mais Olive n'hésite pas. Ils lui doivent bien ça (elle leur a généreusement permis de se taper une ou deux bonnes branlettes chacun, j'imagine). La fumée dilate et détend l'atmosphère entre nous, et l'un de nos quatre nouveaux amis, le plus petit, celui qui paraît aussi le plus rusé, le plus vicieux, s'enhardit. Il a compris l'ambiguïté de la situation plus vite que les autres. Une fille presque nue qui vient voir quatre voyous avec son bonhomme pour s'assurer qu'ils l'ont bien entendue jouir la veille et qui cherche à lier connaissance avec eux, ça peut cacher quelque chose, tout de même. Ce n'est plus un fantasme, c'est de la lucidité.

Quand il lui tend le pétard pour la deuxième fois, Olive, aussi polie que d'habitude, murmure :

— Merci beaucoup.

— Arrête, c'est normal. Faut tout partager, dans la vie.

— Tout le monde ne dit pas ça.

— Ben moi si. Je trouve qu'il faut tout partager, répète-t-il en se tournant vers moi. Non, m'sieur ?

— Si, si, bien sûr.

— Tu vois, c'est pas parce que c'est à oim, le keusti, que je vais pas en faire profiter les autres. Vas-y, c'est trop nul, sinon. Vous êtes pas d'accord, m'sieur ?

— Complètement d'accord.

— Les gens ils partagent plus rien, maintenant. Ils pensent plus aux autres, ils vivent que pour eux-mêmes. Sur ma vie, c'est de la folie.

— Oui, c'est vrai, c'est plus comme avant. On se replie sur ses…

— Mais ouais. C'est ça, tu vois. Quand c'est des gens cool, comme vous, comme nous, y a pas d'embrouille. Faut avoir confiance, quoi. Je veux dire, faut être comme ça pour tout. Sinon tu restes dans ton coin, c'est la mort, franchement. C'est pas vrai, m'dame ?

— Si, tout à fait. Bon…

— On est pas de la racaille, sérieux. Même des gens que tu connais pas beaucoup, tu vois, c'est pas ça qui compte. Je veux dire, tu sens les gens. Même si tu les connais pas, c'est pas le problème. Nous c'est pas parce qu'on est là à zoner… Moi je vois tout de suite, vous êtes trop cool, sans déconner. C'est pour ça, je vais pas faire le rapiat.

— Ben… merci.

— C'est le partage, quoi.

— Merci beaucoup. On y va, Titus ?

— Heu… Oui. Allez, salut les gars.

Tous les quatre nous accordent ensemble un sourire un peu crispé, vaguement déçu mais aimable, et restent en suspension dans la nuit. Interrompus en plein rêve, ils nous regardent nous éloigner. Derrière nous, je sens leurs huit yeux sur les fesses d'Olive, je vois leurs huit mains se porter à leurs quatre têtes. Pendant que je compose le code d'entrée de l'immeuble, le petit négociateur l'interpelle.

— Eh, m'dame… Bonne nuit !

Olive se brosse les dents, je m'accoude à la fenêtre. Nos amis surexcités me font un signe auquel je réponds avec une décontraction ahurissante pour un type qui va se ken une meuf trop bonne dans quelques minutes. De mon quatrième étage, je les vois frémir. Je suis un peu rapiat, certes, mais je suis grave winner de chez grave winner, quand même. Pour paraître encore plus inconscient de ma chance, je relève la tête et savoure l'air tiède et confortable de cette nuit d'été, comme un célibataire qui hésite entre Bach et Mozart pour conclure la soirée dans son fauteuil de cuir. En face, derrière la palissade blanc et vert, les deux gros lapins ont réapparu.

Nous sommes dans la chambre, qui donne sur la cour, mais Olive pousse de tels hurlements que les quatre auditeurs, comme on dit mateurs, doivent être couchés sur le ventre et frapper le bitume du trottoir du plat de la main en secouant la tête. Je me demande comment il est possible qu'un voisin ne soit pas encore venu s'enquérir de l'état de ma victime. Les gens ne vivent plus que pour eux-mêmes, sérieux.

Avant de s'endormir, les yeux déjà clos, elle me pose une question que je n'entends pas.

— On se marie quand ? répète-t-elle en se serrant contre moi.

— Comment ça ?

— On a dit à Denis qu'on se mariait…

— Hein ? Mais c'était pour rire.

— Quoi ?

Elle se redresse sur un coude et m'étrangle du regard.

— Tu plaisantais ?

— Olive… Bien sûr, je plaisantais. Pas toi ?

— Mais non.

— Tu… Attends, je ne comprends plus, là. Tu parlais sérieusement à Denis ?

— Oui.

— Mais enfin… Ça va pas.

— Tu ne veux pas te marier avec moi ?

— Ben non. Enfin, j'en sais rien… C'est un peu rapide.

— Tu ne veux pas te marier avec moi.

— Olive, arrête.

Elle fait la gueule, vraiment. Pire, elle boude. Comme un enfant à qui on a promis d'aller au manège et qu'on repousse d'un revers de main à l'heure dite. Je suis embarrassé.

Je lui explique que la décision de s'unir devant les lois terrestre et divine lorsqu'on a couché ensemble pour la première fois l'avant-veille est prématurée. Elle grommelle qu'elle s'en fout, que ce soit prématuré. Je lui explique que je suis célibataire dans l'âme et que c'est le moins qu'on puisse dire. Elle grommelle que je n'ai qu'à la mettre à la porte tout de suite, à ce compte-là, je serai plus tranquille. Je lui explique, et là je m'enfonce un peu, que ces réticences, loin de signifier que je ne l'aime pas, me paraissent tout bonnement NORMALES. Elle grommelle que ce n'est pas son rêve ni son principal but dans la vie, d'être normale. J'encaisse puis riposte en lui expliquant que, justement, il n'y a aucune raison de vouloir à tout prix faire comme tout le monde et que de toute façon je ne comprends pas pourquoi elle semble attacher tant d'importance au mariage, ce n'est qu'un bout de papier qui ne veut rien dire — emporté par l'ivresse du triomphe, j'ai commis une erreur grossière. La faute, le truc bête. Car alors elle grommelle que, puisque ce n'est qu'un papier qui n'a aucune importance, elle ne comprend pas pourquoi je me braque ainsi, si je l'aime.

Score final : désorienté, confondu, ne sachant plus ce que je fais, j'accepte. Nous nous marierons dès que possible. Après tout, ça m'arrange.

Le lendemain, mercredi, elle téléphone à sa mère (ce qu'elle ne fait que très rarement) et lui annonce la nouvelle. Du côté de Rennes, ce n'est pas l'enthousiasme. « Tu es vraiment cinglée, ma fille, gronde la mère. Tu ne changeras donc jamais ? J'en ai assez, de tes bêtises. » Olive tente alors sa chance auprès de sa chère grand-mère, à la recherche d'un appui parfois opportun dans ces moments-là, mais l'accueil est tiède : « Au nom du ciel, Olive ! Tu vas nous en ramener un tous les mois ? » Je n'aime pas trop cette phrase.

Jeudi, après avoir choisi de nous marier malgré tout (qu'importe l'avis de deux Bretonnes ?), nous décidons de partir une quinzaine de jours à New York. Disons du 20 juillet au 5 août, pour nous laisser le temps de trouver des billets d'avion et un endroit où loger là-bas — et de nous marier avant, pourquoi pas ? Ce sera une sorte de voyage de noces, il faut respecter la tradition. Si l'Église et l'Administration ne nous permettent pas de convoler en justes noces avant le départ, nous convolerons tout de même au-dessus de l'Atlantique à la date prévue et considérerons ces quinze jours aux États-Unis comme de simples vacances, ce qui n'a rien d'insensé. Je téléphone aussitôt à mon amie Florence, qui travaille à Nouvelles Frontières. Elle jette un coup d'œil sur son ordinateur, bidouille je ne sais quoi en tant qu'amie bienveillante, et : « Pas de problème, Titus. J'ai deux places pas chères pour la saison. Départ le 20 juillet, retour le 4 août. Je vous réserve ça. » Je raccroche et compose dans la foulée le numéro de mon amie Marie-Sophie, qui vit depuis un an à New York et connaît tous ses habitants par leur prénom. Tout à mon ardeur organisatrice (c'est à moi de faire ça, je suis l'homme, t'occupe de rien ma princesse), j'oublie le décalage horaire. Il est sept heures du matin là-bas. Elle me traite d'assassin parce qu'elle vient de se coucher, mais dès qu'elle a réussi à décoller sa jolie tête de l'oreiller : « Pas de problème, Titus. Je devrais pouvoir te trouver un appartement vide. Personne ne reste à New York, en été. »

Le soir, nous allons boire deux ou trois verres dans un bistrot situé à quelques centaines de mètres à peine de notre quartier, de l'autre côté de l'avenue de Clichy, au cœur d'un autre monde — on se croirait à des milliers de kilomètres de nos rues sobres et familières, aux antipodes du Saxo Bar. Ça change. C'est un endroit à la fois calme et plutôt branché, où je ne vais que très rarement et où Olive n'a jamais mis les pieds. Elle porte une grande robe de mousseline rouge qui l'enveloppe de bruissements désuets. Entendant un air qu'elle aime, elle se met aussitôt à danser. Le patron l'observe d'un mauvais œil. À la chanson suivante, elle me prend par la main et m'entraîne malgré mes réticences dans un genre de valse andalouse. Je n'aime pas me donner en spectacle, mais quand je suis avec elle, je ne vois qu'elle. Un couple attablé nous applaudit. Un homme qui boit de la vodka au comptoir nous prend en photo.

Vendredi, j'appelle ma banquière et amie Marie-Ange pour savoir où en est mon compte. Pas de problème Titus. Les quelques slogans à gros sabots qui me sont passés par la tête ces derniers mois ont laissé pas mal de pièces d'or derrière eux. J'en profite pour lui apprendre que je suis amoureux et que je vais me marier d'un moment à l'autre. Elle est heureuse pour moi, me dit que je suis taré mais qu'elle m'aime bien comme ça (« Si tu voyais ma future femme, dans le genre tarée… ») et m'annonce qu'elle a un nouveau compagnon, elle aussi. Il s'appelle Léon. Son fils est enchanté et son mari n'y voit pas d'inconvénient. C'est un lapin.

Le soir, dans un petit restaurant du quartier, je me

décide à parler de ces mammifères envahisseurs à Olive. Ce n'est pas que le fardeau soit devenu trop lourd pour moi, je suis un coriace et ne crois pas tellement à la sorcellerie, mais je trouve cette éruption de rongeurs assez amusante. Et intrigante, tout de même, non ? Elle m'écoute avec une attention louable mais paraît toutefois se demander entre deux bouchées de saumon si je ne suis pas en train de déjanter imperceptiblement ou si je ne fabule pas pour l'épater — bien qu'il n'y ait rien d'épatant à se faire cerner par les lapins. À l'instant même où je viens de conclure sur Léon, le lapin de ma banquière, après lui avoir parlé le plus calmement possible de tous ses prédécesseurs, un couple s'installe à la table accolée à la nôtre. Je les ai vus entrer, ils discutaient déjà en ouvrant la porte. Visiblement, l'harmonie n'est pas parfaite, ils se querellent à propos d'un truc. La femme s'assied la première, après que j'ai avancé ma chaise et trempé ma chemise dans la sauce de mes tomates pour la laisser passer. L'homme est encore debout, il ôte son pardessus, lorsqu'il dit :

— Mais qu'est-ce que tu veux qu'on fasse d'un lapin à la maison ?

Je reçois le coup stoïquement (j'ai de la pratique) mais Olive manque d'en tomber de sa chaise. Elle me fixe droit dans les yeux, la bouche ouverte. Si un lapin géant était entré et avait mugi : « OÙ EST TITUS ? », elle n'aurait pas été plus abasourdie.

Heureusement, lorsque j'ai commandé mon plat principal, j'ai pris soin de laisser le civet de lièvre tranquille, pour ne pas froisser les dieux à grandes oreilles. Comme peu de choses me tentaient, j'ai choisi une sorte de miniplateau de fruits de mer, sans oublier de demander à la serveuse s'il contenait des machins à antennes. Non parce que je craignais que ça me rappelle vaguement la tête d'un lapin (je suis encore sain d'esprit) ni que j'aie quoi que ce soit contre les antennes, mais parce que les crevettes, les homards, les langoustes, quand on dirait que ça sort à peine de l'eau, je ne peux pas. Avec leur carapace, leurs anneaux, leurs pinces, leur bouche de sadique sans merci, leurs yeux énormes et opaques, j'ai l'impression de devoir m'attaquer à des monstres préhistoriques. Et lorsque je les décortique, les craquements, les déchirements me terrifient, comme si je coupais un iguane ou un tatou en deux. Aussi, j'ai répondu à la serveuse :

— Des langoustines ? Mais… elles sont décortiquées ?

— Non. Non, des langoustines, quoi.

— Ah, zut. Excusez-moi, ça ne vous ennuie pas de les… Non parce que, c'est idiot, mais j'ai vraiment un problème avec les antennes et tout ça…

Elle m'a dévisagé un moment d'un œil ahuri, presque soupçonneux, puis a noté quelque chose sur son calepin — avec l'air de se dire : « Il vaut mieux que je la ferme. »

Elle m'apporte mon miniplateau de fruits de mer. Je découvre avec effroi deux langoustines qui règnent sur mon assiette, deux énormes et hideux scolopendres paléolithiques. Le cuisinier, qui a suivi à la lettre les instructions notées par la serveuse sur la fiche — et s'est sans doute demandé s'il n'y avait pas un dangereux névropathe en salle —, s'est contenté de couper soigneusement les antennes des deux bêtes, au ras de la tête, sans toucher au reste. Elles sont encore plus abominables comme ça. À prendre les autres (moi) pour des cinglés, on le devient parfois soi-même. Je dépose les animaux dans l'assiette d'Olive, qui les démembre, les dépèce et les dévore.

Plus tard, dans le lit, nous en rions encore. Nous imaginons ce cuistot décontenancé qui refuse de chercher à comprendre, les gens sont tellement bizarres, hausse les épaules et prend ses ciseaux pour amputer docilement les langoustines de leurs antennes. Je me rends compte alors, en riant sur le matelas, que je n'ai jamais ri. Enfin si, bien sûr, mais toujours tout seul. En présence de quelqu'un, même de ma meilleure amie, je n'ai pas encore réussi à franchir le cap du sourire. Je suis avec Olive comme seul. Elle fait partie de moi. Ou bien près d'elle je m'oublie, je ne sais pas.

Dans la demi-heure qui suit, nous décidons de faire un enfant. Je comprends bien que tout ça va trop vite, mais je n'ai plus envie de réfléchir, de calculer. Les choses sont simples. Olive en est à son quinzième jour, en pleine ovulation. De toute manière — elle ne prend plus la pilule depuis deux mois et nous apprécions autant les capotes l'un que l'autre —, nous n'avons jamais pris de « précautions ». Autant avoir conscience de ce qu'on fait. Ce soir-là, par esprit civique, nous baisons presque normalement. Je m'endors, lyrique, en pensant que je suis peut-être devenu père. Lyrique, je ronfle.

Samedi, je me lève avec une drôle de douleur dans le ventre. Je mets ça sur le compte des fruits de mer. Pendant qu'Olive va rendre visite à son amie Tatiana, qui peint et la prend parfois pour modèle, je téléphone à mes meilleures amies pour leur dire que je suis amoureux, que je vais me marier et avoir un enfant — elles s'étouffent de surprise. C'est également ce que je déclare, fièrement, à tous ceux qui m'appellent. Quand on me demande de parler d'elle (c'est toujours le cas, car personne n'arrive à croire à un tel retournement de situation), je ne sais quoi dire. Je n'arrive pas à la décrire, les mots glissent sur elle et retombent bêtement, vides, orthographiques, sans rien avoir transmis à mon interlocuteur de ce que je veux exprimer. Pour ne pas rester muet, je me contente de répondre que c'est une fille « extraordinaire ». Dès que j'essaie d'expliquer pourquoi, je me sens au ras des pâquerettes, superficiel et impuissant. Comme un enfant qui, dans une rédaction sur la lune, ne pourrait rien écrire d'autre que : « C'est haut dans le ciel, c'est rond, c'est blanc. »

— C'est une fille… extraordinaire.

— C'est-à-dire ? Qu'est-ce qu'elle a de si particulier, pour que tu sois dans cet état-là ?

— Écoute, je ne sais pas. C'est une fille extraordinaire.

Le soir, j'ai rendez-vous avec elle à dix-neuf heures au Saxo Bar. Je suis en avance, elle n'est pas encore là. Thierry m'embrasse pour la première fois et me donne un cheval sûr pour demain à Longchamp, Shining Boy. Taouf me prête un livre, *Moravagine*. Le patron Nenad m'offre un double whisky. Nassima et Lenda, les deux sœurs magnifiques, m'invitent à leur table pour me poser quelques questions et me proposent une partie de rami. Denis vient me demander si nous étions sérieux, mardi soir. Je réponds oui.

Olive arrive un peu en retard. Elle porte un chemisier bordeaux trop court, un pantalon de velours côtelé vert sombre, des chaussures de cuir noir à bouts renforcés, et un collier qui dépose un petit miroir ovale entre ses seins. Elle tient d'une main son sac noir de docteur, et de l'autre *Sombre Printemps*, d'Unica Zürn.

— C'est un livre étrange, me dit-elle.

Elle m'annonce qu'elle vient d'appeler Bruno et qu'elle va passer la soirée avec lui pour le prévenir qu'elle le quitte définitivement car elle est amoureuse de moi. Une mauvaise nouvelle et deux bonnes — j'y gagne. Je n'osais pas pas trop la presser de clarifier cette situation quelque peu hippy, afin de ne pas avoir l'air d'un macho réactionnaire, mais depuis que nous avons décidé de nous marier, il m'est quand même arrivé de m'interroger furtivement à ce sujet, à mes moments perdus.

Je lui fixe rendez-vous demain à quinze heures ici : si j'attends son retour cette nuit chez moi, couché contre la porte d'entrée, je vais m'avaler une phalange à chaque fois que je baisserai les yeux sur ma montre. Elle m'embrasse, me dit qu'elle m'aime et quitte le Saxo sans avoir terminé son café.

Je ne mange pas, je reste au bar jusqu'à la fermeture, à boire comme trois Polonais heureux, à discuter avec tout le monde, au comptoir ou aux tables, à embrasser Lenda et Nassima dans le cou, à jouer aux cartes (je gagne six cents francs à la belote de comptoir, contre Messaoud), à distribuer à la cantonade le cheval que Thierry m'a donné pour demain, à programmer dix fois sur le juke-box les chansons qu'aime Olive et, avec l'enthousiasme propre aux joyeux ivrognes, à répéter inlassablement à tous ceux avec qui je trinque que je suis amoureux, que je vais me marier et avoir un enfant.

En rentrant, je trouve un message de Marie-Sophie sur mon répondeur. Elle a trouvé un appartement dans l'Upper East Side, libre jusqu'au 15 août. Elle me donne l'adresse. Je suis trop saoul pour noter quoi que ce soit, j'écouterai tout ça demain.

Dimanche, je me réveille à seize heures, le corps et l'esprit en pâtée pour chien. J'ai mal partout. À la tête plus qu'ailleurs. Au ventre, aussi. Je parviens à louvoyer jusqu'au salon en m'aidant des murs. Il fait beau. Cinq messages sur mon répondeur.

Celui de Marie-Sophie (je recopierai l'adresse plus tard, pour l'instant je ne pourrais même pas tenir assez fermement le stylo), un d'Olive qui me confirme le rendez-vous de quinze heures, un de Sabine à qui Diane a appris la nouvelle renversante de mon prochain mariage, un de Hedi (qui le sait par Catherine) et le dernier d'Olive, qui se demande où je suis passé, qui veut me voir et m'attend toujours au Saxo.

La course dans laquelle Thierry m'a donné un cheval imbattable est arrivée depuis plus d'une heure. Chiotte. Pour une fois que j'avais un tuyau garanti. Je téléphone à Geny Courses pour avoir les rapports. Je me trompe deux fois de numéro avant de tomber enfin sur celui des résultats. Shining Boy n'est ni premier, ni deuxième, ni troisième. Il doit être encore sur la piste à essayer de finir son parcours. J'ai de la chance.

Je me lave et m'habille à la vitesse d'une mouche, bzzz, bzzz, vrooouuum, dévale les quatre étages en réussissant par miracle à garder une position à peu près verticale et fonce jusqu'au Saxo Bar, non sans percuter en route un poteau de stationnement interdit.

Assise en salle, Olive est triste. Je m'excuse de mon retard, elle me répond que ce n'est pas grave et me dit qu'elle va me quitter, qu'elle a décidé de rester avec Bruno.

Le soir, je suis assis devant la télé. C'est une enquête du commissaire Maigret, avec Jean Richard. Je ne bouge pas, je pèse près de huit cents kilos. J'ai envie de pleurer mais je ne pleure pas. Je ne peux vraiment pas bouger.

Je me souviens d'un jeu qu'aimait beaucoup ma mère. De nombreux parents, oncles ou proches en tout genre le trouvent très amusant, sans se rendre compte de sa petite cruauté, des traces de frustration qu'il laisse dans le cœur de la victime. Tout le monde a vu ça : on approche lentement un objet de l'enfant, mettons un trousseau de clés en plastique, on dit : « Tu as vu les clés ? Elles sont belles, les clés. Tu les veux ? Tu veux les clés ? Il veut les clééés ? » et au moment où le gamin lève une main pour les prendre, on les retire vivement. Il reste ahuri, les yeux fixes, la bouche ouverte et la main tendue. Autour de lui, les adultes rient comme des tordus car c'est très drôle. Ils sont persuadés que le petit prend lui aussi beaucoup de plaisir à cette bonne farce. Il se gondole aussi, d'ailleurs, puisque c'est apparemment ce qu'il convient de faire. On répète l'hilarante opération trois ou quatre fois, pour bien étudier la réaction comique du jeune, puis on finit par lui donner les clés car à la longue c'est moins marrant. On a été bien gentil de jouer avec lui mais les meilleures choses ont une fin. C'est le jeu le plus con du monde.

Olive n'est pourtant pas comme ces parents sans cervelle (elle est même l'opposé : une fillette douée d'intelligence). Si je n'avais pas peur de l'allégorie à deux balles, je dirais que c'est plutôt la Vie, ce gros beauf qui se fend la poire en agitant sous notre nez de belles clés en plastique de toutes les couleurs pour nous les retirer au dernier moment. Mais je ne le dis pas car j'ai peur de l'allégorie à deux balles.

Olive m'a raconté ce qui s'était passé : lorsqu'elle est allée chez Bruno pour lui faire part de sa décision de le quitter, tous ses fusibles ont sauté. Il lui a joué la grande scène de l'amoureux incompris, lui a juré qu'il voulait se marier et avoir des enfants avec elle (preums !), et comme ça ne semblait pas suffire, il a éclaté en sanglots puis a parachevé sa démonstration de douleur en cassant tout chez lui et en se projetant de toutes ses forces contre les murs pour lui prouver qu'il ne reculerait devant rien. Il l'a aimée et soutenue pendant quatre ans, il a enduré ses crises de nerfs, de déprime, de démence, il l'a aidée à tous les niveaux pendant quatre ans, elle ne peut pas lui faire ça maintenant.

Olive la sauvage est docile. Il a sans doute raison : si elle le quittait, elle pourrait définitivement se considérer comme une ordure, une salope, une merde. Elle se hait déjà assez comme ça. Elle a déjà commis assez de bassesses et de trahisons dans sa courte vie. Elle hésite, elle ne l'aime plus, mais elle se soumet. Elle ne peut pas faire autrement. C'est ce qu'elle m'a expliqué au

Saxo Bar cet après-midi. Mais comme elle pense ne pas être capable de s'exprimer clairement avec des paroles, de me faire comprendre cette décision lâche, elle m'a écrit une lettre de quatre pages en sortant de chez lui, quelques heures plus tôt. Je relis dix fois certaines phrases.

« Je suis triste, je m'en veux. »

De son bon regard bêta, Jean Richard dévisage un grand type sec comme une trique (avec un visage en lame de couteau). C'est sûrement le suspect. Curieusement, je ne suis pas triste. Abasourdi, oui, sonné, oui, abattu, oui, effondré, oui, mais triste, non. Je n'en veux pas à Olive. J'éprouve même un sentiment confus de reconnaissance envers elle. D'abord parce que, grâce à elle, j'ai vécu une semaine parfaite, une semaine vivante et pleine, d'un dimanche à un dimanche. Grâce à elle, je n'ai plus pensé à moi, j'ai été amoureux, entièrement amoureux, pendant une semaine. Je ne le suis plus et j'en ai presque honte. Ce n'est pas beaucoup, une semaine. Mais c'est toujours ça.

Je ne me marierai pas avec elle, je n'aurai pas d'enfant avec elle, mais ce n'est pas si important. Elle est venue contre moi, puis elle a voulu partir et elle est partie, c'est simple. La joie d'avoir vécu cette semaine avec elle l'emporte sur la tristesse de la voir s'achever. Je ne sais pas si c'est normal.

En tout cas, il me semble n'avoir aucune raison de me plaindre. Pas plus que lorsqu'on termine un bon livre.

Si je ne peux pas lui reprocher d'avoir choisi de retourner auprès de Bruno, c'est aussi que je pressentais depuis le début que cette histoire ne pourrait pas durer, ou qu'elle finirait mal — même si je chassais cette pensée dès qu'elle me venait à l'esprit. Ce qui m'arrivait, disons ce qui nous arrivait, était à la fois trop dense et bien trop rapide. Olive bouleversait impétueusement ma vie. Ma chère petite vie facile, sans décisions cruciales, sans grands mouvements, sans remords, sans peur, sans souffrance, sans trop de matériel biologique. Elle était trop folle pour moi. Elle était trop instable, trop vive, trop pressée, trop tranchée, trop triste, trop franche, trop violente pour moi. Je suis un homme calme et timoré. Je ne pouvais pas la suivre. Je ne sais pas ce qui se serait passé, je me serais peut-être essoufflé tout seul, pitoyablement, je l'aurais laissée filer en soupirant d'un air las et irrité, en regrettant d'avoir couru pour rien ; ou bien, après le mariage et quelques mois de grossesse, nous aurions réalisé, trop tard, que ce n'était qu'une passion d'adolescents attardés, vite consumée ; ou nous aurions fini par nous taper dessus comme des sauvages poussés à bout ; ou alors je serais devenu fou, je ne sais pas, quelque chose comme ça. Je ne saurai jamais. Une chose me paraît absolument certaine : si nous avions continué à nous voir, nous nous serions précipités droit vers une sorte de catastrophe.

Cela dit, j'irais bien donner quelques coups de genou dans les dents de ce Bruno. Mais ce n'est pas mon genre, je suis calme et timoré. Je me contente de le mépriser froidement. Sur le ton d'un homme qui lit l'annuaire, Jean Richard articule :

— Je vous arrête, Ledoux.

Maintenant, je ne fais plus grand-chose. Je ne passe plus au Saxo Bar. Non pas par peur de la croiser — car elle va changer de bistrot (elle m'a promis de ne pas me téléphoner, de ne pas m'écrire) — mais pour ne pas avoir à expliquer à tout le monde que la femme de ma vie m'a quitté au bout de sept jours. Je crains qu'on me prenne pour un pauvre type qui s'emballe pour un rien, ou pire, qu'on ait pitié de moi. De même, je laisse mon répondeur branché en permanence et ne décroche que lorsque la personne qui m'appelle n'est au courant de rien. Je ne veux ni qu'on me plaigne ni que mes amis s'exclament : « Ah, je me disais aussi... Ça ne m'étonne pas, allez. C'est pas demain que tu vas t'accrocher à quelqu'un. Toujours le même... » Car je ne pourrais pas mentir, contrairement à mon habitude, ça me ferait mal au cœur. Je dirais : « J'étais très amoureux d'elle, je voulais me marier et avoir un enfant, elle m'a quitté après une semaine, je ne suis plus amoureux d'elle » et tout le monde interpréterait ça de travers. Je me force tout de même à appeler Florence et Marie-Sophie pour qu'elles annulent respectivement le voyage et l'appartement. Ce n'est pas une démarche agréable. À leurs questions, je réponds que c'est terminé et que c'est mieux comme ça, mais que je n'ai pas très envie d'en parler. Elles comprennent. Qu'elles ne s'inquiètent pas, cependant, je ne vais pas mal. Elles me laissent tranquille. C'est bien. Je préfère faire le mort.

Je passe beaucoup de temps à marcher dans Paris. Surtout au bord de la Seine. Je longe les quais, près de millions de voitures parfois lentes, parfois rapides, et je traverse à chaque pont. Je dessine des créneaux de part et d'autre du fleuve. Je m'arrête toujours sur les ponts, à peu près au milieu. Car même si je ne souffre pas de l'absence d'Olive, il n'y a que là que je me sente réellement à l'aise : entre les rives. Personne ne peut m'atteindre. Il n'y a que sur les ponts que je puisse penser à elle en toute sérénité (ailleurs, j'évite — mais sans me forcer, par instinct). J'avance, je m'arrête, j'observe un quai, puis l'autre, et je m'accoude à la rambarde. J'y reste longtemps, je regarde devant moi, la Seine large et poignante, les bâtiments qui la bordent comme des falaises, leurs petites fenêtres, les autres ponts et les silhouettes minuscules qui les traversent. Bientôt, j'oublie les rives — ou du moins, j'ai l'impression qu'elles s'éloignent, que des kilomètres m'en séparent — et je me sens bien. Rassuré.

Toutes les pensées qui, avant ma rencontre avec Olive, s'agitaient dans mon esprit comme des gamins dans une cour de récréation me paraissent à présent bien puériles. Elles ne se posent plus, toutes les questions que je me posais : comment pourrais-je tomber AMOUREUX, c'est-à-dire comment pourrait-il exister une femme parfaite, idéale pour moi ? Comment peuvent-ils décider de S'ENGAGER, comme on le fait par exemple dans l'armée ? Et ensuite, comment les autres hommes peuvent-ils RESTER avec une femme ? Et inversement ? Comment font les COUPLES pour vivre ensemble ? À quoi s'occuper pendant que l'autre regarde la télé ? Avec Olive, je m'en foutais. Et maintenant, je m'en fous.

Tout ça, c'est de la foutaise. Olive était si bizarre que ces questions n'avaient plus aucun sens. Et peut-être que toutes les femmes dont les autres tombent amoureux sont, à leur manière, bizarres.

Je passe beaucoup de temps sur les ponts. Parfois trois ou quatre heures avant de rejoindre l'autre rive.

Olive a oublié chez moi une minijupe en velours côtelé vert pâle, avec une fermeture Éclair et un bouton devant. Je ne veux plus la garder, elle me fait mal au ventre. Mais je ne peux pas non plus me résigner à la jeter, par superstition ou sentimentalisme de circonstance. Alors je déterre la seule plante que je possède (je ne sais même pas ce que c'est, un truc avec des feuilles vertes, d'une trentaine de centimètres de hauteur), je tasse la jupe au fond du pot, remets la plante par-dessus et comble les vides avec la terre que je viens d'enlever (il en reste quelques poignées, que je jette au lieu de jeter la jupe). Je ne cherche pas à savoir pourquoi j'ai fait ça : c'est ce qui me semblait le plus naturel.

Le soir, je ne regarde plus la télé. J'essaie de lire ce qu'elle lisait — ce n'est pas toujours évident : outre les livres qu'on nous imposait à l'école, je n'ai déchiffré jusqu'à présent que quelques Agatha Christie et deux Boris Vian — et surtout je regarde par la fenêtre. Je m'assieds sur le rebord, je fume, je bois un peu de whisky, j'étudie l'immeuble d'en face. Les gens font tous les jours à peu près les mêmes choses aux mêmes heures. La grosse brune a acheté d'épais rideaux bleus qui sont désormais tirés en permanence, pour que je ne la voie pas s'engloutir dans son Minitel. Les quatre jeunes sont toujours postés au même endroit. Ils lèvent de temps en temps la tête vers moi.

Je m'attache aux deux lapins, le blanc et le noir. Jusque-là, je les considérais plutôt avec inquiétude, sans vraiment savoir pourquoi. Ce n'est plus le cas, peut-être tout bêtement parce qu'ils me rappellent Olive. Ou plus exactement, car la personne d'Olive n'existe plus, parce qu'ils me rappellent une semaine singulière. C'est con à dire, mais ces deux gros lapins évoquent pour moi l'amour.

Une nuit, alors qu'ils traînent dans leur vaste enclos, sautillent mollement et grignotent les rares touffes d'herbe sèche qu'ils trouvent ici ou là, je comprends soudain qu'ils risquent de ne pas tenir le coup longtemps. Ils sont gros et il y a peu d'herbe. Je ne sais pas ce qui me prend, je me sens responsable d'eux. Leur mort me serait insupportable, je ne sais pourquoi (il serait grotesque de penser qu'elle symboliserait à mes yeux la fin concrète de mon histoire avec Olive, ou je ne sais quoi de ce genre). Et j'en ai la certitude : je suis le seul être vivant sur cette planète à pouvoir les sauver. Sans chercher à comprendre pourquoi leur vie m'est brusquement devenue si précieuse, je me lance dans les escaliers tel un Superman pour lapins et me précipite jusqu'à l'épicerie du coin, sans courir mais presque, comme s'il leur fallait impérativement de la nourriture correcte sous peine de mourir dans la minute qui vient, tic, tac, tic, tac. Si j'arrive trop tard, je m'en voudrai pendant des années. Leurs petites bouches entrouvertes. Tic, tac, tic, tac.

Il est au moins quatre heures du matin. Quand je lui demande un kilo de carottes, Bachir me fixe d'un drôle d'air. Et quand je lui déclare que non ce sera tout merci, il reste un instant immobile. Il me connaît depuis longtemps, il ne m'a jamais rien vendu d'autre que des boîtes de bière, du camembert, du taboulé ou du jambon pour le chat. Voilà que je viens chercher des carottes en pleine nuit, manifestement pressé, le regard affolé. Il est debout derrière sa caisse, près du vieux téléphone gris. Je me demande s'il ne l'observe pas du coin de l'œil, du moins mentalement. Comme s'il hésitait sur la conduite à tenir. Je l'imagine me jauger une dernière fois puis bondir sur le combiné pour appeler les flics. Bien entendu, je n'ai plus le choix. Je dégaine mon flingue et lui loge trois balles dans le crâne. Désolé, Bachir, je ne voulais pas en arriver là. Mais il me fallait ces carottes.

Je retourne vers chez moi, plus lentement cette fois (car je sais que mes protégés ne risquent plus rien, maintenant). En chemin, je me dis que j'ai acheté des carottes instinctivement car on imagine toujours un lapin en train de croquer une carotte, mais quand on y réfléchit, ce n'est pas si évident. Je ne me suis jamais posé la question : comment les lapins pourraient-ils dénicher des carottes en forêt, par exemple ? Si ça se trouve, c'est une légende, ils vont me rire au nez. Tant pis, je n'allais tout de même pas leur acheter des saucisses ou des haricots verts.

Je m'arrête devant la palissade et je jette mes carottes une à une par-dessus, en prenant soin de varier la puissance et la direction de mes lancers pour qu'elles se répartissent un peu partout sur le terrain, et en priant le ciel pour qu'aucune d'elles ne tombe sur la tête d'un lapin.

Ma mission charitable accomplie, je me retourne et découvre un homme sur le trottoir d'en face, médusé. Il tient à peine debout, n'ayant visiblement pas bu que du Fanta cette nuit, et me considère avec de grands yeux ébahis (comme s'il voyait une créature de l'espace). Je ne lui en veux pas. Tomber à quatre heures du matin sur un type qui ouvre un sac de carottes et les lance méthodiquement dans un chantier, ça doit secouer.

Je remonte et m'assure que mes bienfaits ont été correctement dispensés. Parfait : il y a des carottes dans tous les coins, mes lapins vont se croire au paradis. (« Non mais je rêve ou quoi ? Mais... ? C'est IMPOSSIBLE ! Cécile, viens voir ! Merci Dieu tout-puissant ! ») De plus, aucun des deux ne paraît assommé. Ils n'ont pas l'air de s'intéresser follement à mes cadeaux pour l'instant, mais ils sont sans doute à moitié endormis, à cette heure.

Deux jours plus tard, les carottes sont toujours là. Soit le coup du lapin qui grignote une carotte est une sacrée connerie, soit celles que vend Bachir ne valent pas tripette. Bon, j'aurai fait ce que je pouvais. De toute évidence, ils n'ont pas besoin de moi pour vivre. Peut-être même qu'ils ne veulent pas de mon aide. Ils ne m'aiment pas ou quoi ?

Les jours passent.

Je n'ai pas de nouvelles d'Olive, c'est plus simple ainsi. Elle ne me manque pas. Je n'ai eu envie de lui téléphoner qu'à deux reprises, et à chaque fois j'ai réussi à me retenir au dernier moment. Je retourne parfois au Saxo Bar, où on ne l'a plus revue. Je n'ai plus peur de parler de notre séparation. La plupart des gens sont stupéfaits. « Vous alliez si bien ensemble...

Qu'est-ce qui s'est passé ? » Je ne triche pas trop, je leur dis qu'elle est retournée avec Bruno après une semaine seulement, qu'elle lui a obéi par automatisme, mais qu'au bout du compte ça me convient plutôt car elle était trop cinglée, c'était impossible pour moi, ça se serait terminé en explosion. Je n'ajoute pas que j'aurais bien tenté le coup quand même. Seul Rocco, quand il apprend la nouvelle par Mapie, ne manifeste ni étonnement ni compassion. Il m'explique que c'est la meilleure chose qui pouvait m'arriver, qu'il se méfiait de cette gonzesse depuis le début, que non seulement elle est malade de la tête mais qu'en plus elle est débile, qu'elle m'aurait fait cocu tous les deux jours et qu'elle ne sait pas se tenir, bref : elle ne vaut rien et j'ai eu bien raison de la quitter. (Lâchement, je ne corrige pas cette petite erreur.) Pour conclure et me convaincre, il m'explique que ce n'était vraiment pas la peine de continuer car on était exactement l'opposé l'un de l'autre. « Toi, tu es un mec bien. » Il tend sa main et la tourne plusieurs fois (« Tu vois ce que je veux dire ? ») pour me faire comprendre que l'un de nous deux était la paume et l'autre le dos. CQFD. Crétin.

De même, je n'hésite plus à avouer notre rupture brutale aux amis qui me téléphonent. Certains me disent que je suis fou de ne pas avoir tenté de la retenir, d'autres que je ne devais pas être si amoureux que ça pour prendre la chose avec tant d'indifférence apparente. Comme prévu, j'ai droit à « Tu ne changeras jamais… » et ça m'énerve. Je suis le célibataire.

Je n'ai plus envie de baiser toutes les filles dont les fesses m'excitent ou dont les yeux m'intriguent. Quand j'étais petit, j'avais la certitude (je me le suis même juré très solennellement) que je continuerais à lire le *Journal de Mickey* et *Picsou Magazine* toute ma vie. Eh bien non. J'ai autant envie de passer une nuit avec la première venue que de me lire un bon *Picsou*.

Je rappelle quand même Françoise. C'est une jeune, sage et consciencieuse catholique que j'ai rencontrée dans un dîner de bienfaisance auquel participait généreusement la boîte de pub qui me nourrit, quelques jours avant de croiser Olive pour la première fois. Ayant remarqué que je ne la repoussais pas, je n'ai pas hésité une seconde, lui ai proposé de la revoir, oui, et lui ai demandé son numéro de téléphone, le voilà. N'importe qui aurait fait comme moi car elle est très typique : chignon strict, regard timide, chemisier blanc, petite croix en argent, broche, jupe écossaise, collant bleu marine presque opaque, chaussures à boucles ; jolie, modeste et maladroite. Elle prie sans arrêt. J'en frétillais d'avance. Je lui aurais demandé de garder son chignon et sa croix. Je l'imaginais coupable, les yeux fermés. Évidemment, dès que j'ai rencontré Olive, je n'ai plus pensé à entraîner la pauvre Françoise dans la spirale onctueuse du péché de chair. Mais maintenant, après tout, il faudrait être intégriste pour se priver de ce plaisir.

Je lui téléphone, elle semble contente de m'entendre (« Je croyais que tu m'avais oubliée »), nous prenons rendez-vous pour le soir du 21 juillet, dans un restaurant près de chez elle. Ça m'évitera de culpabiliser en l'entraînant dans le lit où dormait Olive il n'y a pas si longtemps. Comme d'habitude, en inscrivant son prénom dans mon agenda, je jette un coup d'œil au nom du saint. Cette fois, en outre, c'est agréablement stimulant. Je ne peux résister à l'envie de lui en faire part.

— Mardi 21 juillet, d'accord. Tiens, c'est la fête nationale belge. Et c'est la Saint-Victor.

— Oh, c'est bon signe ! Enfin, je veux dire, c'est marrant, quoi. C'est le nom de mon lapin.

Allons bon.

Je continue à avoir mal au ventre. Ce n'est pas une douleur à se tordre olivâtre, mais ça gêne. J'ai la sensation d'avoir les intestins noués en permanence. Un truc qui me ronge. Si ce qui me ronge est le manque d'amour, c'est trop simple, j'ai honte. Eh bien non, ce n'est pas cela. Dans un sens ça m'arrange, dans l'autre pas tellement : le samedi soir, avant de tirer la chasse, je découvre un machin immonde dans la cuvette. Même pas immonde, non. Un machin qui ne devrait pas se trouver là si les règles de la vie sur terre étaient davantage respectées. Je n'ai pas trop envie de le décrire, car j'ai ma dignité, alors disons que ça ne ressemble à rien. Je l'observe un long moment, ahuri, pris de vertiges, en essayant de me souvenir de ce que j'ai mangé la veille. Une salade de tomates et un magret de canard avec des pommes sautées. Rien à voir avec cette chose. C'est blanc. De toute façon, aucun aliment ne pourrait traverser mon corps aussi impunément. Ce n'est pas abîmé du tout, on dirait que quelqu'un l'a déposé dans la cuvette pendant que j'avais le dos tourné. Je n'ai pas la moindre idée de ce que ça peut être. Si, une, mais ce n'est pas possible. Ça ne peut pas avoir cette forme-là. Soyons logique (c'est le secret de la réussite en ce monde, et ma spécialité, je le répète), ce truc blanc et plat qui flotte ne peut pas être… VIVANT.

Poussé par une force mystérieuse, je me vois me diriger vers le vieux Robert qui est rangé sous la télé. Pourtant je ne veux pas y aller, mais je ne suis plus maître de moi-même. Je l'ouvre malgré moi, obéissant à cette puissance occulte à laquelle je me refuse éperdument de donner un nom, et un instant plus tard je m'évanouis. (C'est en tout cas ce que j'aurais fait si je n'étais pas si coriace.) La description est précise et correspond exactement à ce que j'ai vu dans les chiottes. Ce que je redoute depuis que je sais que les animaux existent m'est arrivé. Un envahisseur. Non. Non. Non. J'ai une grosse bête dans le ventre. Non. Une bête sournoise et affamée, munie de ventouses ou de crochets de fixation et qui peut mesurer plusieurs mètres, me précise l'impitoyable Robert. NON ! Le ver est en moi.

Au secours !

À l'aide !

Terrifié, pâle comme une feuille et tremblant comme un linge, j'ai envie de m'ouvrir le ventre au couteau pour en extirper ce monstre pervers, le jeter par terre et le piétiner en hurlant des formules d'exorcisme jusqu'à ce qu'il ne reste de lui qu'une bouillie gargouillante. Mais je ne le fais pas. Je résiste même à la tentation d'appeler SOS Médecins pour qu'on vienne à ma rescousse en urgence, il me reste un brin de discernement malgré la panique. Le type poserait une main sur sa tête et repartirait aussitôt sans me dire au revoir. Mais comment vais-je faire pour vivre jusqu'à lundi avec cet immense animal dans le ventre ? Comment vais-je faire pour ne pas mourir de trouille ? Il est en moi, il a réussi à entrer par je ne sais quel moyen diabolique — à présent je ne peux plus le faire ressortir, il me possède et me bouffe les entrailles. Son contrôle sur moi est total. Il a même réussi à me faire ouvrir un dictionnaire.

Je voudrais perdre connaissance et ne me réveiller que dans une chambre d'hôpital, toute blanche. Derrière un voile de brouillard, une jeune infirmière se pencherait vers moi et murmurerait en me caressant les cheveux :

— Ne vous en faites pas, monsieur Colas. Nous avons extrait la bête de votre corps. Elle est morte. C'est fini.

C'est ignoble et, accessoirement, c'est cynique. Un ver géant. Quel bon partenaire pour tromper ma solitude.

Le lendemain, en sortant de chez moi après une nuit quasiment blanche passée à me demander si l'envahisseur n'allait pas profiter de mon sommeil pour remonter jusqu'à ma gorge, je me dirige sans détour vers le Saxo Bar avec l'intention de me saouler le plus rapidement possible pour me propulser jusqu'à lundi sans penser à rien. Si je peux enivrer l'animal par la même occasion, le gorger de whisky jusqu'à le faire verdir d'écœurement, ce sera du bonus.

Sur le trottoir, je lève la tête. À deux cents mètres de moi environ, une silhouette sombre se tient debout à l'angle de la rue Gauthey et de la rue de La Jonquière. C'est une femme, son visage est tourné vers moi. En approchant, je la distingue mieux : elle est blonde, vêtue d'une robe noire qui lui arrive aux genoux, et c'est bien moi qu'elle regarde, d'un drôle d'air d'ailleurs. Elle semble avoir un problème. Bourrée ou défoncée, peut-être. En mauvais état, c'est sûr. Je suis à une cinquantaine de mètres d'elle. De petits boutons brillants ferment sa robe du cou à la taille, autour de laquelle est noué une sorte de cordon noir. Elle porte des bottes rouges qui me font penser à Olive. Elle me sourit étrangement. Elle est défigurée. À dix mètres, je sens mes jambes fondre. À la fois parce que c'est Olive et parce que je ne peux pas admettre de ne l'avoir pas reconnue plus tôt.

J'aurais dû y penser : on a toujours une deuxième chance.

Elle a l'œil gauche au beurre noir — un petit œil rouge comme une plaie, humide et gonflé, submergé par un gros cocard noir et violet, avec un peu de mauve, un peu de vert, un peu de jaune. Juste en dessous, sa pommette enflée, sanguine, semble sur le point d'éclater à tout moment. Elle a un autre hématome sur la mâchoire. Ses lèvres sont tuméfiées, difformes et fendues comme des fruits trop mûrs et maltraités.

Elle n'a besoin que de répondre par oui ou par non pour me faire comprendre ce qui lui est arrivé : Bruno s'est énervé sur elle.

Ce n'est plus la même fille. Au-delà des transformations dues aux coups, qui ont changé son visage en caricature douloureuse, elle paraît vidée de toute personnalité. Sa voix est à peine audible, elle garde la tête basse et le regard sur ses chaussures, ses bras pendent morts le long de son corps. Lorsqu'elle lève les yeux vers moi, j'ai l'impression qu'elle fait un effort considérable. Elle a une voix de paille. On dirait qu'elle n'éprouve plus rien, ni colère ni honte, mais c'est probablement faux. Il reste un peu de vie en elle : elle tremble.

Je l'invite à boire un café au Saxo. Nous allons nous asseoir dans le fond de la salle, en essayant de répondre le plus brièvement possible aux questions que les habitués nous posent au passage.

— Qu'est-ce qui t'est arrivé ?

— Rien, ce n'est pas grave.

— Qu'est-ce qu'elle a ?

— On n'a qu'à dire qu'elle a eu un accident de voiture.

Brisée, elle me raconte qu'elle a parlé de moi plus longuement à Bruno, pour être honnête avec lui et expliquer son amertume et sa tristesse manifestes. Étant donné que ce n'était pas la première fois qu'elle s'éloignait vers un autre, et qu'elle revenait toujours à lui quand il le lui demandait, il s'est contenté, après sa petite crise de fureur paternaliste lors de l'annonce de la nouvelle, de faire la gueule pendant quelques jours, de l'humilier dès que l'occasion se présentait et de lui faire sentir sans finesse qu'il acceptait charitablement de la reprendre mais qu'elle pouvait considérer qu'elle avait de la chance. Il fallait maintenant faire pénitence. Pomponnette, etc. Beurk.

Cependant, il s'apercevait qu'elle ne réagissait pas tout à fait comme les autres fois. Il insistait, redoublait de froideur et d'autorité, la traitait d'indigne et de petite putain, lui appuyait à deux mains sur la tête pour l'enfoncer. Sous son emprise depuis quatre ans, Olive se laissait gronder comme une gamine devant son père, elle encaissait tout, approuvait toutes ses critiques, culpabilisait, déclinait. Elle a dû augmenter ses doses de médicaments.

Un jour qu'elle tripotait distraitement une barrette que je lui avais donnée (un vieux truc assez kitsch, en émail coloré, que j'avais trouvé sur un siège du métro — elle conserve, je crois l'avoir déjà dit, tous les objets qu'on lui offre), il la lui a prise des mains et lui a demandé d'où elle venait. Aussi sincère quand personne d'autre ne le serait qu'elle peut être menteuse quand ça l'arrange, elle lui a répondu : « C'est un cadeau de Titus. » Sans hésiter, Bruno a mis rageusement la barrette en morceaux et l'a balancée dans un coin de la pièce. Choquée, elle l'a giflé par réflexe. Ce n'était pas la première fois qu'elle le frappait, mais les circonstances étaient bien différentes. Depuis son retour au bercail, elle était censée faire profil bas et se repentir à genoux devant le maître. Ivre de colère et de jalousie refoulée, il s'est jeté sur elle et a soulagé ses nerfs sur sa tête, ce porc.

C'était avant-hier. Le médecin qui l'a examinée quelques heures plus tard l'a prévenue qu'elle garderait les traces de cette charge punitive pendant un mois environ.

J'essaie de la réconforter comme je peux mais elle est si démolie, il subsiste si peu de chose d'elle en face de moi que j'ai le sentiment de devoir reconstituer un collier dont il ne reste qu'un fil et deux ou trois perles. Je reviens sur le service que je lui avais demandé de ne plus chercher à me joindre : elle peut me téléphoner ou passer à l'appartement dès qu'elle a besoin de moi, si elle a besoin de moi. Si elle a besoin de quelqu'un, de parler à quelqu'un. Elle me remercie. Ses yeux sont fatigués, décolorés. Son œil.

Je ne suis plus amoureux d'elle. Déjà. C'est déconcertant. Je n'ai pas envie de retourner dans ses bras, ni de lui ouvrir les miens. Ce serait pourtant possible, je crois. Il suffirait peut-être de m'approcher de quelques centimètres, de me pencher au-dessus de la table, de l'embrasser. Il suffirait de quelques secondes, d'un geste. Mais à cet instant, au fond du Saxo Bar, je ne ressens que de la pitié pour elle.

Sans réellement prendre conscience de ma dureté, je me lève, prétexte un rendez-vous à l'autre bout de Paris et la laisse là, exténuée.

Je suis encore plus affecté par ce que je viens de voir que si j'étais toujours amoureux d'elle. Mon ver solitaire et moi allons nous saouler ailleurs.

Le lendemain, dès les premières lueurs de l'aube (c'est-à-dire vers quinze heures, dès que j'y vois suffisamment clair pour tenter de descendre de mon lit), je pars à la recherche d'un médecin — je ne tiens pas à retourner chez le demeuré qui m'a diagnostiqué des *chlamydiae* comme un flic annoncerait le nom d'un coupable en fixant attentivement un Bottin fermé. Encore à moitié murgé, à moitié décomposé (et à moitié endormi, allez, je suis dilaté par l'alcool, j'ai de la place), je marche au sonar, l'air autour de moi me paraît trop dense, épais et collant, je respire par le nez pour tenter de contenir la nausée qui me déborde des tripes et afflue vers ma gorge. Lové dans mes entrailles, mon compagnon annelé doit être en aussi piteux état que moi.

Une nouvelle fois, j'entre chez le premier docteur dont je vois la plaque, avenue de Clichy. Sa secrétaire nous accueille avec naturel et gentillesse, note mon nom sur un grand cahier et nous guide vers la salle d'attente. C'est une grande brune d'une quarantaine d'années, dotée d'une poitrine monumentale et vêtue d'un tailleur vert sombre très moulant. Quand je baisse les yeux sur ses belles fesses chevalines, qu'aucune marque de culotte ne vient bafouer, je sens remuer mon hôte invisible.

Nous nous asseyons sur une chaise métallique, en face d'une jeune femme en robe courte et légère, aux cuisses dorées, aux seins tendres, qui lit un roman de Hemingway dont je ne parviens pas à lire le titre. Parfait, nous n'aurons pas à patienter longtemps avant notre tour : une aussi jolie fille ne peut pas être bien malade. Je suis tout de même un peu désappointé lorsque, à peine installé, j'entends déjà la voix criarde d'une mémé dans le couloir — j'aurais bien laissé mes yeux se troubler encore un peu sur les genoux, le cou, le ventre de cette nymphette affaiblie.

— Mais c'est ce que j'ai dit à mon petit-fils, docteur. Il ne veut rien entendre. Il croit tout savoir, il n'en fait qu'à sa tête. Vous savez comment c'est, à cet âge-là. Je lui répète sans arrêt qu'il… Oui, d'accord. Très bien. Merci docteur. C'est que je ne peux pas le forcer, vous comprenez. Même sa mère ne… D'accord. Bien. Voilà. Oui. Dites, docteur, vous ne voudriez pas lui téléphoner ?

Je n'entends pas les réponses du médecin, qui parle à voix beaucoup plus basse et calme. Quelques secondes après qu'il a sans doute refilé la grand-mère à sa secrétaire, ses pas s'approchent de nous. Je ne vois pas sa tête lorsqu'il entrouvre la porte et annonce :

— Mademoiselle Laruine.

Ça ne lui va pas bien, ce nom. Lorsqu'elle décroise les jambes, j'aperçois un triangle de coton blanc légèrement bombé. Elle est debout maintenant, mais je vois toujours l'image de ce triangle de coton blanc légèrement bombé. J'ai pris une photo. Dans mon ventre, le ver frémit comme s'il venait de recevoir une légère décharge électrique. Il me semble l'entendre bourdonner de plaisir. J'ai des hallucinations, je sens les vibrations.

La demoiselle se tourne — nous nous apprêtons, mon complice et moi-même, à prendre une deuxième photo mentale de la culotte à travers sa robe bleu clair — et se dirige vers la porte. Elle boite affreusement. Ce n'est qu'à ce moment que je m'aperçois que l'un de ses tennis a une semelle plus haute que l'autre d'au moins quatre ou cinq centimètres.

Lorsque nous quittons à notre tour la salle d'attente, dix minutes plus tard, nous croisons un jeune Pakistanais qui y entre. Il est en costume cravate, il a l'air ambitieux et prêt à tout, mais pour l'instant très malade.

Le médecin est un homme d'environ trente-cinq ans, brun et mince, habillé comme un détective privé. Il est sympathique, c'est certain. Je ne vais pas pour autant réussir à lui avouer facilement que j'ai un asticot de trois ou quatre mètres dans le corps.

Nous nous installons dans son cabinet de détective. Tout est en bois. Je cherche la bouteille de Jim Beam et le ventilateur. Il s'assied, se cale au fond de son fauteuil, mais ne croise pas les pieds sur son bureau.

— Alors, monsieur Colas, qu'est-ce qui se passe ?

— J'ai… J'ai mal au ventre.

— Ça arrive, vous savez. Pas de panique. Je vais jeter un coup d'œil là-dessus.

— Non, ce n'est pas la peine. Je sais ce que c'est…

— Ah, parfait.

— Je… J'ai…

— Hm ?

— J'ai un truc dans le ventre.

— Diable ! Mais encore ?

— Vous savez, un… Comment dire…

— Vous m'intriguez, monsieur Colas. J'aime ça. Dites-moi tout : qu'est-ce que vous avez dans le ventre ?

— Un ver solitaire, je crois.

— Bah, ce n'est rien, ça. Un ténia.

— Oui, mais… Enfin quand même, si, c'est quelque chose. C'est inquiétant.

— Tss tss… Si vous saviez combien j'en liquide par mois, des rigolos de ce genre.

— Ah ?

— Ben tiens. Et comment vous avez attrapé ça ?

— Alors là, mystère.

— Laissez-moi deviner. Vous aimez les sandwiches grecs ?

— Hein ? Comment vous savez ça ?

— C'est un métier. Vous en avez mangé récemment ?

— Euh… Quelques-uns, oui. Ces derniers temps, je… Ma fiancée m'a quitté, donc je…

— Je vous arrête !

— Pardon ?

— Stop, je ne veux pas en savoir plus.

— Ah, vous m'avez fait peur.

— Votre vie privée ne me concerne pas. Ce qui m'intéresse, c'est celle de vos organes. Rien de plus. Je ne veux pas d'ennuis avec la police, moi, vous comprenez. Et puis vous savez, vous n'avez pas besoin de vous justifier. Qui ne s'est jamais laissé tenter par un petit kebab ? Ça se laisse manger, non ?

— Si.

— Et je vais vous dire, c'est du pain béni, pour moi. Ça me ramène pas mal de clientèle.

— Ah…

— Eh oui. Vous me trouvez cynique ? Business is business. Et honnêtement, ce n'est qu'un tout petit souci pour le client.

— Bonne nouvelle.

— Vous allez voir, je vais vous faire disparaître ce saligaud en moins de deux. En deux, pour être exact. Un cachet le matin à jeun, si possible sans avoir trop mangé la veille, et son petit frère deux heures plus tard. Rien de solide ni de liquide dans le gosier entre les deux. Ensuite, il n'y a plus qu'à attendre. Mais le soir, quand vous passerez aux commodités, il va falloir vous accrocher. Il risque d'y avoir du grabuge.

— Comment ça ?

— C'est qu'il est costaud, l'animal. Et il faut lui régler son compte en une seule fois, sinon il ne vous lâchera pas. Alors tout dépend depuis combien de temps il est planqué là-dedans…

Il désigne distraitement mon ventre du doigt.

— Aucune idée. J'ai repéré les premiers anneaux qu'il a abandonnés avant-hier. Mais je ne surveille pas ce genre de chose de très près, en général.

— Mouais… On ne peut pas savoir, donc. C'est très vorace et ça grandit vite, ces bestiaux-là. S'il est sur les lieux depuis un moment, il peut mesurer jusqu'à trois mètres. Dans ce cas-là, j'aime mieux vous dire, ça va être une vraie boucherie dans la cuvette, demain soir.

— Oh non. Je ne pourrai jamais.

— Mais si, mais si. Un petit conseil, toutefois : ne regardez pas derrière vous avant de tirer la chasse, si vous avez le cœur sensible.

— Quelle horreur. J'ai le cœur sensible depuis peu, oui.

— Allez, du nerf. C'est spectaculaire, ça donne des frissons par où ça passe, mais c'est radical. Ces deux cachets vont lui faire sauter la cervelle aussi sûrement qu'un obus de mortier. Avant d'aller vous installer sur sa dernière demeure, vous pouvez mettre le requiem de Mozart sur votre chaîne hi-fi…

Épouvanté mais épaté par son assurance, je le regarde rédiger l'ordonnance et signer l'arrêt de mort de l'étranger. Puis je le paie en liquide (je me sens ridicule, avec mes francs minables, je devrais payer ce gars-là en dollars). Je m'apprête à me lever quand le téléphone sonne.

— Oui, j'écoute. Merci Agnès, passez-la-moi. Allô ? Oui, bonjour madame. Que puis-je pour vous ? Oui… Bien. Comment ça ? Attendez, attendez. De quand datent vos dernières règles, madame ? Vos règles, oui. Vous ne savez pas ? Grosso modo, disons. Non ? Vous… Pardon ? Vous êtes enceinte depuis sept mois ? Ah mais dans ce cas-là ça change tout. Où est le hic, alors ? Que dit votre médecin ? Vous… Quoi ? Vous voulez dire que vous n'avez consulté personne depuis que… Non, je sais bien que ça se voit, que vous êtes enceinte. Ce n'est pas la question. Vous n'avez pas pensé à vous faire suivre par quelqu'un ? Mais non, je ne dis pas qu'il y a un problème… Je n'ai pas dit ça, non. Enfin tout de même… Vous n'avez pas passé une échographie, rien ? À sept mois, ce n'est pas très sérieux, ma bonne dame. Écoutez, il faut vite vous rendre dans une clinique et… Vous n'aimez peut-être pas les hôpitaux mais… Bon, d'accord, d'accord. Voyons, passez me voir demain à dix heures, on va discuter tranquillement de tout ça. Pardon ? Non, dix heures du matin, bien sûr. Je ne… Allô ? Allô ?

Il repose le combiné, le fixe un moment d'un air las, puis dodeline tristement de la tête, soupire et pose sur moi le regard de celui qui en a vu d'autres mais ne comprend toujours pas ce qui amuse tant cette chienne de vie.

— Elle a raccroché. Il y a de la misère et de la douleur dans ce monde, vous savez, monsieur Colas. Je ne vous raccompagne pas, ne m'en veuillez pas. Vous connaissez le chemin.

Je le salue en le regardant au fond des yeux, reconnaissant et admiratif, et quitte son bureau avec la créature qui m'habite depuis moins de sept mois j'espère. Dans le couloir, je l'imagine en train d'allumer une Lucky, d'ouvrir l'un des gros tiroirs de son bureau et de s'envoyer une longue rasade de Jim Beam. En passant près de sa secrétaire, je la vois d'un autre œil. Je sais ce qu'il y a sous sa jupe : un porte-jarretelles et des bas, un boxer de satin, forcément. Au fond de moi, le ver opine énergiquement de la tête.

Je vais acheter mes armes dans une pharmacie et avale aussi sec le premier cachet — je n'ai rien mangé ni bu depuis le réveil (en revanche, j'ai absorbé pas mal de choses hier soir, les conditions de combat ne sont donc pas idéales, mais je me vois mal attendre demain pour entamer la procédure d'expulsion). Il est seize heures dix. À dix-huit heures dix, j'assènerai donc le coup de grâce. En attendant, nous allons marcher n'importe où dans la ville pour ne pas penser au drame qui se noue (ou se dénoue, plutôt) dans mes entrailles.

Nous passons presque par hasard devant le Saxo Bar et je jette un œil à l'intérieur. Il n'y a pas grand monde. Thierry et Chang jouent aux cartes, Taouf lit le journal, Pedro joue du pinceau sur la fresque murale qu'il a commencée voilà plus de huit mois, Olive discute avec Denis au bout du comptoir. Elle porte une combinaison noire à manches longues, en tissu synthétique élastique et brillant, dont le bas du pantalon est rentré dans de hautes bottes rouge vif. Elle ressemble à un agent secret des années 60 spécialisé dans l'intervention rapide et les missions risquées. J'entre et dis bonjour à tout le monde. Au sempiternel « Ça va ? », Denis répond :

— Moi oui. Elle non, apparemment.

Quand je tourne les yeux vers elle, elle incline la tête sur le côté avec une petite moue. Elle est toujours aussi massacrée, bien sûr, et toujours aussi belle. Je ne pose pas de questions, je ne veux sans doute pas savoir ce qu'elle vit avec l'autre. D'ailleurs je ne reste que très peu de temps car au moment où le patron Nenad est venu me saluer, je me suis souvenu que je ne devais rien ingurgiter entre les deux cachets. Or passer du temps dans un bar sans boire m'est impossible. Quand je la quitte, Olive me presse brièvement la main au passage, fort. Je la regarde. Ses yeux sont faibles, implorants.

Ils ne disent pas : « Pardonne-moi, j'ai fait une erreur, laisse-moi revenir en arrière. » Ils ne regrettent rien, ils n'évoquent ni remords ni soumission. Ils disent seulement : « Aide-moi. » Électrifié entre ses yeux et ses doigts, je me sens parcouru d'une onde d'amour fulgurante et je presse moi aussi sa main en réaction, fort.

Mais dès que je reviens sur le trottoir, je regrette ce geste. Qu'est-ce qui m'a pris ? Je ne vais pas repartir dans une histoire avec elle dans le seul but de l'aider, de la remettre sur pied. Je ne suis plus amoureux d'elle. Si je souffre en la voyant, ce n'est pas à cause de notre séparation. C'est une personne que j'aime, et la voir dans cet état me fait mal. Je n'aurais pas dû serrer sa main. J'espère qu'elle ne l'a pas mal interprété.

Jusqu'à dix-huit heures dix, nous marchons n'importe où sauf rue de La Jonquière. Je contemple toutes les jolies filles que nous croisons, dans l'espoir d'oublier ce qui vient de se passer avec Olive. Je commence à sentir des remous dans mon ventre. J'avale le deuxième cachet et nous rentrons précipitamment chez moi pour attendre dans l'angoisse la conclusion, annoncée comme explosive, de cette offensive chimique. Mais il ne se passe rien de déterminant, je n'ai pas encore envie d'aller sur la tombe de mon invité — j'essaie une fois, sans autre résultat que des tremblements et des palpitations de terreur. Pourtant, la douleur est de plus en plus vive. La guerre fait rage à l'intérieur, le ver se débat courageusement.

À une heure du matin, nous allons nous coucher.

Je suis réveillé à l'aube (la vraie, cette fois) par des contractions violentes. Il jette toutes ses forces dans la bataille, c'est le ViêtNam dans mes intestins. Il faut agir vite et oublier la peur. Je bondis hors du lit, bute contre une chaise et me casse la gueule car je dors encore, repars à quatre pattes sous l'œil affolé de mon chat qui s'est réfugié dans un coin et couche les oreilles, me redresse en franchissant la porte de ma chambre et pénètre le cœur battant dans la salle de bains. J'ai le temps d'apercevoir mon reflet dans la glace de la petite armoire, je ressemble à Stallone aux moments critiques de Rambo. Je suis sur le point d'envoyer l'ennemi au diable lorsque la voix du détective généraliste me revient à l'esprit. Négligeant toute prudence, je me précipite dans le salon en serrant les fesses, allume la chaîne et renverse la moitié des compacts par terre en voulant les passer en revue un à un. Je m'énerve. C'est le seul que je ne trouve pas, comme par hasard ! Je vais devenir fou, je grogne comme une bête, éparpille furieusement les disques autour de moi et mets enfin la main sur celui que je cherche, à l'instant où le nécessaire allait l'emporter sur le beau.

Le jour se lève derrière les fenêtres et les premières notes du *Requiem* de Mozart retentissent dans l'appartement.

Je retourne en zigzaguant vers les toilettes, m'assieds en catastrophe et ferme les yeux. Nous laissons le destin faire le reste.

La musique va réveiller tous les voisins.

Sous moi, c'est l'apocalypse. Je ne pense plus à rien.

Lorsque je sens que tout est terminé, je vide un rouleau de papier Lotus pour sortir intact de ce duel à mort, laisse tomber pathétiquement les feuilles roses sur le cadavre de mon adversaire, me relève les yeux toujours fermés, baisse le couvercle et tire la chasse.

C'est ainsi qu'a été emporté mon ver. Il a péri au petit matin, avec les honneurs. Le grand *Requiem* emplit tout l'immeuble. Debout devant la cuvette, je me sens enfin seul. J'ose à peine le dire, mais je suis triste. Je l'ai tué.

Je vais me recoucher solitaire, dors profondément six heures et me lève de bonne humeur. La vie recommence, je ne vais pas m'apitoyer sur la mort d'un ver qui me dévorait la flore intestinale. Ce soir, mardi 21 juillet, j'ai rendez-vous avec une jeune catholique qui semble enfin prête à succomber à la tentation. Le Seigneur se chargera ensuite de remettre cette brebis égarée sur le droit chemin, c'est sa passion.

Dans l'après-midi, je passe au Saxo pour me venger d'hier et célébrer mon intégrité retrouvée. Je bois quatre whiskies d'affilée, on me demande d'un bout à l'autre du comptoir ce qui me rend si jovial (Thierry, Youssef, Lucie, Anne-Catherine, Henri, Jacky, Nassima et Lenda veulent savoir) et je ne sais quoi répondre. Je me contente de sourire niaisement et de payer des verres à tout le monde. Je n'ose pas leur avouer que je fête le décès de mon ténia — je tiens à garder une certaine image ici. De toute manière, je mentirais en leur disant que c'est la seule raison de ma soudaine gaieté. Je sais bien qu'il y a autre chose. Mais quoi ? Je n'en ai aucune idée, pour l'instant.

Je sens une main sur ma hanche droite, je me retourne, Olive abîmée me sourit. Elle n'est manifestement pas dans son état normal. Elle a peut-être beaucoup fumé, ou forcé sur les calmants et les anxiolytiques. Je lui offre une bière — elle n'en boit jamais, mais elle n'est plus à ça près. J'oublie les gens autour, nous discutons simplement, comme si nous nous retrouvions après un ou deux ans de séparation, sans tension et sans amertume. Je suis calme et ouvert, j'ai envie de l'embrasser, de sentir à nouveau ses lèvres molles et fraîches contre les miennes. Tant pis : je sais déjà qu'aucune pensée raisonnable ne parviendra à me retenir. Cela dit, j'ai le temps. Elle me parle, pour le moment, ça me suffit.

Je me tourne vers la grosse horloge à néons bleus et

roses, il est dix-huit heures cinquante. Dans à peine plus d'une heure, je dois être rue Monge, je dois dîner bien gentiment avec une jeune femme tremblante, lui servir du vin et la regarder dans les yeux, je dois lui parler de mon travail et de ce que j'aime dans la vie, jouer le bon garçon inoffensif pour pouvoir monter chez elle et baisser sa culotte en espérant qu'elle rougisse.

Je m'approche d'un pas vers Olive, lui passe une main dans les cheveux et l'embrasse — à cet instant, j'ai le sentiment de ne rien pouvoir faire de plus naturel. Elle ne me repousse pas.

Je me sens enfin normal. Dans la confusion du plaisir qui m'enveloppe, j'essaie de réfléchir à ce qui m'est arrivé ces derniers jours. Comment ai-je pu penser que je n'étais plus amoureux d'elle ? Si j'avais cru fermement, pendant trois semaines, que j'étais un épagneul breton, je ne serais pas plus déconcerté aujourd'hui en réalisant mon erreur. Comment ai-je pu la dissocier si facilement de moi ? Comment ai-je pu avoir pitié d'elle et la considérer comme une amie malheureuse, évoluant dans un autre monde que le mien et pour qui je ne pouvais pas grand-chose ? Comment ai-je pu regretter d'avoir pressé sa main hier, comment ai-je pu rester si stupidement aveugle à cet unique éclair de lucidité ? Je suis taré, il n'y a pas d'autre explication possible. Je suis un être primaire qui ne voit rien, qui ne comprend rien, une girouette sans cervelle dont le vent fait ce qu'il veut. Vers le nord, d'accord ; vers le sud, pas de problème ; vers l'ouest, pourquoi pas ? Heureusement, je suis tout de même capable de me rendre compte que le vent persévérant vient de m'orienter dans la seule direction qui puisse me permettre de prendre vie. Je ne suis pas aussi bête que j'en ai l'air : j'entends le clic.

Je demande une pièce de deux francs à Thierry et téléphone à Françoise pour lui expliquer que je me suis foulé la cheville cet après-midi en voulant m'essayer au roller — les plus gros mensonges sont ceux qui passent le mieux, on l'apprend avec l'expérience, après quelques tentatives timides, petit bras, et quelques échecs humiliants. Elle glousse, sans doute pour ne pas me donner l'impression qu'elle est déçue par l'annulation d'une soirée insidieusement appétissante, elle rigole avec un peu trop de zèle, me prie de l'excuser mais c'est plus fort qu'elle, ce n'est pas drôle, bien sûr, pardon, ça doit faire mal, je suis désolée, et profitant de cette situation stratégique inattendue et favorable, je parviens à lui dire au revoir et à raccrocher en douceur avant que nous n'ayons parlé d'un éventuel report de la rencontre. Près de son téléphone, elle doit se demander si elle n'en a pas un peu trop fait dans l'insouciance forcée. Elle qui se montre si prudente et si réservée d'habitude. « Qu'est-ce que je suis gourde. »

Ma pirouette n'est certainement pas très glorieuse, mais je n'avais pas d'autre solution pour ne pas la vexer. Quant à la possibilité de passer la soirée avec une autre fille le jour où je rejoins Olive, je n'y ai pensé qu'afin de pouvoir l'écarter. Surtout une fille dont c'est aujourd'hui la fête du lapin. Je ne saurais dire pourquoi, mais ça me semblerait dangereux. Il ne faut pas tirer le diable par la queue, il n'attend que ça.

Sur le coup, il ne me vient pas à l'esprit que, moi, je viens de lui en poser un, de lapin. Et que le diable, grand joueur devant l'éternel et donc logiquement amateur de jeux de mots, ricane en rajoutant quelques bûches dans ses brasiers.

Olive et moi ne mangeons pas ce soir-là. Elle ne danse pas, probablement trop disloquée, je bois beaucoup, nous restons au Saxo jusqu'à minuit pour retarder le plaisir et nous donner le sentiment que nous avons tout le temps, puis nous nous dépêchons jusqu'à chez moi (pour une fois je ne suis pas à la traîne derrière elle), les quatre jeunes veilleurs de nuit ne sont pas à leur poste, tant pis pour eux, elle porte une robe rayée bleu blanc rouge et pas de culotte, je lui enfonce deux doigts dans la chatte et deux doigts dans le cul en même temps, devant la porte de l'immeuble, je compose le code d'une main trempée, elle la lèche devant les boîtes aux lettres, nous baisons une première fois dans l'escalier, entre le deuxième et le troisième étage (elle mord de toutes ses forces son sac de skaï noir pour ne pas hurler, et le déchire), puis comme j'ai réussi par miracle alcoolique à ne pas jouir et que je n'ai même pas remonté tout à fait mon pantalon, nous recommençons à peine entrés dans l'appartement, sur la table de la cuisine, violemment malgré sa fragilité évidente, couchée sur le dos entre des boîtes de conserve et des factures elle écarte les jambes le plus largement possible, elle s'agrippe aux bords de la table, serre les dents et donne de grands coups de reins pour s'empaler, le transistor tombe par terre, puis un paquet de petits pains grillés suédois (blonds dorés) et un verre qui éclate sur le carrelage, elle semble sur le point de s'évanouir de faiblesse, elle veut que je vienne jouir dans sa bouche.

Ce corps exsangue et ce visage meurtri, ensanglanté de l'intérieur, m'attristent profondément. Mais je contourne la table de Formica, je soutiens d'une main la tête blessée d'Olive et j'éjacule sur sa langue, contre son palais, au fond de sa gorge. En reprenant mon souffle, je frotte doucement ma bite sur ses lèvres froides.

Elle reste un long moment inerte, les yeux fermés, comme morte au milieu des conserves, sous la lumière blanche et dure du plafonnier. Je la touche du bout des doigts. Sa peau a la texture et la couleur du savon.

J'ai retrouvé Olive, le corps d'Olive est posé sur la table de ma cuisine.

Je ne comprends toujours pas comment j'ai pu me passer d'elle. Pendant son séjour importun dans mon ventre, le ver solitaire et glouton devait me pomper mon matériel biologique.

Je n'éprouve plus de pitié envers elle, j'ai de la peine. Je l'aime et je la vois déjà usée, tremblante en bout de parcours. Je la vois sur le point de disparaître. Je vais essayer de l'aider, puisque de toute façon je ne peux rien faire d'autre, mais j'ai peur de ne pas pouvoir grand-chose pour elle. Elle est trop loin pour revenir, trop déstabilisée pour se raccrocher à quoi que ce soit. Mais je la connais mal, peut-être.

Plus tard dans la nuit, sur le lit, elle me dit :

— Je te donne mon cul, tu peux en faire ce que tu veux, quand tu veux.

Je la baise aussitôt, par-derrière. Tandis que mes ongles s'enfoncent dans la chair de ses hanches et que je la maintiens immobile pour mieux la prendre, je me dis que j'ai bien de la chance. Pour m'offrir ça, c'est qu'elle m'aime un peu. À partir de maintenant, ce cul est à moi, je peux en faire ce que je veux, quand je veux. Mais dès que c'est terminé et que je m'effondre comme une baleine tuberculeuse à côté d'elle, ses paroles résonnent différemment dans mon esprit détendu mais lourd. Il me semble qu'elle a dit cela comme un mourant dirait à un proche qu'il aurait appelé à son chevet : « Je te donne ma propriété en Sologne. »

Quelques instants après, elle se tourne sur le côté et se laisse entraîner par le sommeil en tenant ma bite dans sa main. Désormais, elle s'endormira ainsi toutes les nuits, accrochée à mon sexe mou. Toutes les nuits que nous passerons ensemble, jusqu'à la fin.

Je voudrais dormir, moi aussi. Je m'efforce de ne pas réfléchir, de ne pas me dire que ces retrouvailles ne servent à rien. Je ne suis pas assez fort pour la sortir de là. Je suis coriace, pourtant. Mais à mon échelle, seulement dans un monde où rien n'est important, où rien ne fait mal. Je m'efforce de ne pas me dire que nous sommes si différents, presque à l'opposé l'un de l'autre, comme disait Rocco. Elle bouge de toutes parts sans pour autant dévier de sa route cahoteuse, je pivote vainement sur moi-même sans quitter mon clocher ; elle est téméraire mais lâche, je suis craintif mais plutôt courageux, elle est anxieuse, je suis insouciant ; elle se méprise et ne se pardonne rien, j'évite soigneusement d'examiner ma conscience, ne me juge que lorsqu'on me plaque le nez sur un miroir et toujours avec une indulgence scandaleuse ; dans tous les domaines, si on nous demandait de choisir entre deux choses disposées devant nous (des choses qui pourraient être des chaises, des vêtements, des couleurs, des paysages, des envies, des comportements, des mots, des idées), on peut être sûr qu'il n'y aurait pas de bagarre. Mais, ami Rocco, n'as-tu pas remarqué — si toutefois il t'est arrivé de réussir à te concentrer suffisamment — qu'une main est composée d'une paume et d'un dos ? Tu avais pourtant l'évidence sous les yeux, l'autre jour, quand tu me faisais ce geste… Ta main, c'est le truc qui est au bout de ton bras, tu n'avais qu'à suivre les os en partant de l'épaule pour te rendre compte de ta bêtise. Sans vouloir exiger de toi un effort d'imagination qui risquerait de te faire sauter le cerveau, peux-tu te représenter une main à deux paumes ou à deux dos ? Pas terrible, hein ? Et ce serait dommage. C'est intéressant, une main. C'est beau et mystérieux. Non ?

Je m'endors, sans doute en souriant, la bite protégée par la main d'Olive.

Le lendemain après-midi, je prépare le café pendant qu'Olive est dans la baignoire. Je sais qu'elle n'en prendra que pour me faire plaisir, une ou deux gorgées. Elle avait probablement envie de sortir en boire un en bas, sans s'être lavée. Je regarde machinalement par la fenêtre.

Il n'y a plus deux lapins derrière la palissade, mais sept ou huit. Deux gros, le blanc et le noir, et cinq ou six petits, blancs, noirs, ou tachetés comme des vaches. L'Adam et l'Ève à grandes oreilles devaient être là bien avant que je ne les remarque. J'ai quelques lacunes en anatomie des rongeurs, mais je crois que la gestation dure davantage que trois ou quatre semaines. Enfin, ce n'est pas sûr. Quoi qu'il en soit, le résultat est là : ils se sont multipliés. Ça devrait m'amuser ou me faire plaisir, je pourrais prendre ça pour un bon présage, assez gnangnan mais ce n'est pas grave : comme dans les contes de fées, dès qu'Olive et Titus se retrouvent, des petits lapins se mettent à gambader partout. Mais à les voir ainsi commencer à grouiller dans leur carré de terre, je me sens plutôt inquiet. J'ai toujours aimé les lapins. Mais à présent, vus d'en haut, ils me font penser à des cafards.

Les jours suivants ne sont pas agréables à vivre. La joie de me sentir à nouveau près d'Olive est éclipsée par son état physique et mental. Elle paraît sombre, lasse et extrêmement nerveuse. Son visage tuméfié ne l'aide pas à retrouver un semblant d'équilibre : elle s'observe tristement dans les miroirs ; dix ou quinze fois par jour, on lui demande : « Qu'est-ce qui t'est arrivé ? » Elle prend beaucoup de cachets qui ne semblent pas l'aider non plus, au contraire. Au lieu de la calmer, de la soutenir, j'ai le sentiment qu'ils la dérèglent. Elle passe de l'abattement total à la surexcitation — pendant la majeure partie de la journée, on dirait que le moindre geste réclame des efforts considérables, elle ne prononce pas un mot, ne sourit pas, ne s'intéresse à rien, et soudain elle devient rouge, brûlante, ses yeux s'injectent de sang, il faut qu'elle baise ou bouge, qu'elle parle fort, qu'elle marche à toute vitesse, qu'elle danse jusqu'à ruisseler de sueur, et seules ses lèvres restent froides. Je l'embrasse dans l'espoir idiot de l'apaiser, sa bouche est glacée. J'en ai des frissons. Souvent, à la tombée de la nuit, elle paraît même proche de perdre tout à fait la raison. Pendant une ou deux heures, Olive Sohn disparaît et laisse la place à une créature incontrôlable qui s'isole au milieu du monde et qu'on ne peut plus atteindre, qui évolue ailleurs, dans un état voisin de la démence. Elle fait n'importe quoi et n'en a manifestement pas conscience, elle devient méchante et brutale, égoïste, ou démesurément exubérante. Dans ces moments-là, je ne peux rien faire pour l'arrêter. Quand je l'interroge, quand j'essaie de lui montrer avec le plus de prudence et de diplomatie possible qu'elle se comporte de manière étrange, elle semble toujours étonnée, parfois agacée, et me donne invariablement la même explication de ses actes extravagants :

— J'ai trop d'énergie dans le corps, il faut que ça sorte.

La crise passée, elle retombe dans l'apathie, le silence et la mélancolie. Alors plus rien ne peut la réveiller, ni même la distraire un instant de cet abattement lugubre. Dans l'ensemble, entre la désolation et la violence, elle donne l'image d'un fille plus qu'égarée, plus que triste : elle agit comme un être désespéré. Et je n'arrive pas à comprendre pourquoi.

Je ne peux que rester près d'elle, lui raconter n'importe quoi, l'empêcher de mon mieux de déjanter pour de bon. Je me pose des questions. Je me demande comment arranger les choses. Je me demande ce qui la rend si morose et si agressive. Je me demande si ce n'est pas sa rupture définitive avec Bruno, dont l'attachement paternel, la dévotion et l'autorité la maintenaient debout comme un tuteur maintient une plante fragile. Je me demande si elle n'a pas besoin de se sentir à la fois vénérée et rabaissée — je ne peux lui apporter ni l'une ni l'autre de ces sensations. Je me demande si elle ne me ment pas quand elle me dit qu'elle est allée lui parler le lendemain de la première nuit que nous avons repassée ensemble, cette nuit où elle m'a donné son cul, et qu'elle ne veut plus jamais le revoir. Je me demande si elle ne va pas coucher avec tous ceux qui voudront se servir d'elle. Je me demande si ce n'est pas à cause de moi, de ce que je ne pourrai jamais lui donner, qu'elle est si malheureuse. Je me demande si, après tout, je fais bien de prendre le risque de plonger moi aussi dans la confusion et la détresse. Je me demande si je vais pouvoir supporter de me poser tant de questions.

Une nuit, devinant sans mal mon désarroi, elle me dit :

— Ne reste pas avec moi, je vais te détruire la vie.

Elle a peut-être raison. Je pourrais faire un grand pas de côté et la laisser partir vers des hommes plus solides ou plus disposés à se laisser démolir — ou la laisser retourner vers Bruno. Depuis qu'elle l'a quitté, quelque chose a changé. D'abord, évidemment, parce qu'elle est sortie métamorphosée des trois semaines durant lesquelles je ne l'ai pas vue. Ce n'est pas la même personne que celle que j'aimais — et pourtant je l'aime. Mais je réalise que, de mon côté aussi, l'insouciance enivrante des sept premiers jours a disparu. Peut-être à cause de leur séparation, paradoxalement. Je me sens peut-être dorénavant seul face à elle, face à cette fille déroutante et dangereuse. J'ai peut-être l'impression puérile mais pesante d'avoir pris le relais de Bruno de manière officielle. Ma vie devient peut-être trop sérieuse, trop grave. Elle est peut-être trop excessive et trop exigeante pour moi. Je me souviens peut-être de ce que j'ai pensé à la fin de notre semaine ensemble pour me consoler de son départ. Mais toutes ces interrogations ne servent qu'à m'enfoncer plus profondément dans le malaise et l'inquiétude. Il suffit que je la regarde, que je m'imagine durant quelques secondes accepter sa «proposition», me détourner d'elle et reprendre une existence solitaire plus paisible et plus sûre, il suffit que je me voie sans elle, seul et vide, que je la voie sans moi, seule et déséquilibrée, ballottée dans d'autres histoires, pour que je sursaute et lui réponde :

— Si, je reste avec toi. Tant pis si tu me détruis la vie.

Je dis ça sur le ton de la plaisanterie, mais je sais que c'est définitif. Nous ne passerons qu'un mois ensemble, ou un an, mais de mon côté, je sens presque physiquement que la décision est à présent ancrée en moi comme une partie de ma personnalité : je resterai avec elle quoi qu'il arrive. C'est comme ça. Elle peut devenir folle, elle peut me faire souffrir, elle peut m'entraîner dans tous les pays du monde ou m'obliger à me raser la tête, tant pis.

Je ressens des émotions inédites pour moi : le doute, la peur, le désir insatiable. Ces tourments ne me lâcheront plus, désormais, je ne pourrai plus jamais regarder Olive sereinement. Quoi qu'elle fasse, j'aurai toujours besoin de plus. Quoi qu'elle fasse, je craindrai toujours qu'elle me méprise ou me quitte. Quoi qu'elle fasse, je serai toujours en état de manque. Je lui parle sans arrêt, j'ai envie de lui en dire plus. Je baise avec elle trois ou quatre fois par jour de toutes les manières possibles, j'ai envie de toucher son corps plus intimement. Je la vois jour et nuit, j'ai envie de la voir plus. Même quand je la regarde dormir, même quand je me concentre de toutes mes forces sur son visage, j'ai envie de la voir plus. Mon envie d'amour sera toujours inassouvie.

Un après-midi, en sortant de chez moi, je fais un bond d'un bon mètre en arrière en face de la boîte aux lettres. Je viens de l'ouvrir et j'ai trouvé un lapin à l'intérieur.

Pas un vrai lapin, je ne serais sans doute plus là pour le raconter, mais un lapin en photo. Le choc a été formidable. J'ai la sensation, depuis plusieurs semaines, d'une présence constante et malsaine de ces bestioles autour de moi, j'essaie de garder la tête froide en me répétant que ce n'est pas possible car ça ne s'est jamais vu et donc ce serait bien le comble, la notion de lapin ne peut pas s'attaquer à un homme, surtout s'il n'a rien à se reprocher dans ce domaine (je ne sais même pas lequel, c'est dire), je descends tranquillement dans le hall de mon immeuble pendant qu'Olive est encore dans la salle de bains, j'ouvre en toute décontraction la petite porte familière de ma boîte et j'y découvre un lapin noir qui me fixe de ses gros yeux ronds, les oreilles dressées comme s'il n'était pas content, mais pas content du tout de ma conduite.

Je recule vivement, par réflexe de légitime défense. Au vieux Turc du premier qui passe à cet instant et me demande ce qui m'arrive, j'hésite à répondre. Si je m'exclame : « Il y a une photo de lapin dans ma boîte aux lettres ! » il risque fort de ne pas saisir l'aspect dramatique de la situation. Si je prétends avoir découvert une facture ou un rappel de loyer, il va se dire que les jeunes d'aujourd'hui sont bien émotifs et n'ont plus de tripes. Je me contente donc d'un « Non, rien » qui le laisse probablement tout aussi perplexe. Il sort en dodelinant de la tête.

C'est une carte postale d'une amie que je n'ai pas vue depuis plusieurs mois, Isabelle. Elle me demande ce que je deviens, me souhaite bonne chance et m'embrasse. Je voudrais bien savoir pourquoi elle a choisi une photo de lapin. Il doit y avoir vingt ou trente mille sujets possibles, pour une carte postale. Je l'appellerai demain. Mais je ne crois pas que j'oserai lui poser la question : « Dis donc, pourquoi tu m'as envoyé une photo de lapin ? Dis, saleté ? »

Le soir, nous sommes invités chez Stéphanie, qui habite une sorte de petit pavillon dans le XIIIe. Nous pensions que c'était une fête, mais il s'agit juste d'un repas dans le jardin. Ils ne sont que cinq lorsque nous arrivons : Stéphanie la maquettiste et son mari, Gilles le gynécologue, un autre couple original et gai comme une paire d'espadrilles, et un type seul qui doit être aide-comptable dans une entreprise de pompes funèbres. Sur la table, il y a de la salade de riz, des chips, des rondelles de Justin Bridou, une quiche, une tarte aux poireaux, de la 33 Export à bouchon dévissable, du Coca-Cola et plusieurs bouteilles de gamay.

Stéphanie et Gilles sont relativement sympathiques mais passer plus de deux heures avec eux devient impossible si l'on a déjà rencontré d'autres personnes au cours de son existence. Ils savent vivre et s'amuser autant que des perruches — je voulais tout de même leur présenter Olive, par goût du contraste. Quand ils ont ouvert le cadeau qu'elle a apporté pour les remercier de leur invitation (une vieille soupière cassée et recollée), ils ont paru déconcertés, gênés, et elle abasourdie face à leur réaction, presque vexée par ce manque d'enthousiasme incompréhensible.

Dès les premières minutes, je comprends que j'ai eu tort de l'amener là. La crise a commencé dans le taxi, un peu plus tôt que les soirs précédents. Ses mains devenaient moites, elle serrait les dents, riait sans raison, exaltée par n'importe quoi — un passant qui frappait dans ses mains et parlait tout seul en marchant, par exemple. Quand Stéphanie et Gilles ont accusé réception de la soupière, j'ai cru qu'elle allait fondre en larmes ou s'énerver (« Ben quoi ? Elle vous plaît pas, ma soupière ? C'est tes amis, ça, Titus ? »). Maintenant, elle est assise près de moi et n'ouvre pas la bouche. Sa cuisse tremble sous ma main. Je commence à la connaître, je sais que rien ne la révolte davantage que les gens sérieux et ennuyeux — les gens impolis, peut-être. Ici, c'est le bagne, pour elle. Nous dînons dans un jardin agréable par une chaude soirée d'été, comme on dit quand la vie est belle, mais l'atmosphère est métallique et crispante. On ne parle pas beaucoup, on se contente d'échanger de manière presque administrative quelques propos creux sur le métier de chacun, la nouvelle Lancia ou les vacances à venir. Je pense que c'est elle qui les embarrasse. Elle porte une impressionnante robe de satin rouge et bleu à manches bouffantes et une toque de fourrure noire (avec ses cheveux blonds que le chapeau plaque de chaque côté de son visage, on dirait une espionne russe irrésistible déguisée en Belle au bois dormant). J'étais chez elle lorsqu'elle a choisi cette tenue, elle en a essayé sept ou huit autres avant de se décider. Elle voulait sincèrement leur faire plaisir. Mais à mon avis, ils la prennent pour une pouf arriérée qui se sait belle. D'autre part, il suffit de l'observer quatre secondes pour deviner qu'elle n'est pas au mieux de sa forme mentale : elle a les joues et les yeux rouges, elle fixe quelque chose d'invisible droit devant elle, ses mains se crispent sur le satin bleu de sa robe, elle se mord les lèvres — heureusement, ils ne savent pas qu'elles sont froides. Son cocard, sa pommette gonflée et sa bouche abîmée complètent le portrait. Elle fait peur. D'ailleurs, lorsque nous sommes arrivés et qu'elle a salué aimablement tout le monde, comme à son habitude et malgré sa tension extrême, la femme espadrille, qui est vendeuse chez Habitat, et le célibataire funèbre, qui est informaticien, ne lui ont pas répondu — pris de stupeur, je suppose. Sans rien faire et sans rien dire, elle met tout le monde mal à l'aise. Moi compris.

Je ne sais pas ce qui va se passer, mais c'est imminent. J'ai l'impression d'avoir la main sur le capot d'une voiture de course qui patine à plein régime. Les autres le sentent aussi, d'ailleurs. Ils la surveillent du coin de l'œil et parlent de moins en moins, comme s'ils craignaient de rater le début du spectacle par inadvertance. Ça va démarrer d'une seconde à l'autre, ça va exploser. Je donnerais mon bras droit pour être instantanément téléporté avec elle chez moi. *Colas au capitaine Kirk, Colas au capitaine Kirk. Répondez, capitaine. Deux téléportations en urgence... Qu'est-ce qui se passe, nom d'une pipe ? Colas à la passerelle ! Vite !*

— Vous vous êtes déjà fait lécher par un chat ? demande-t-elle d'un ton poli et désinvolte à la vendeuse de chez Habitat.

Vous me paierez ça, Kirk.

— Euh... Oui, bien sûr.

— Lécher la chatte, je veux dire.

Personne ne moufte. Personne ne songe même à s'indigner, ni à rire. Les mâchoires pendent, j'aperçois des rondelles de saucisson à demi mâchées, de la bouillie de chips. La vendeuse est pourpre, congestionnée. Je pense que mon rôle est d'intervenir pour relancer la soirée.

— Ah elle est directe, hein ? C'est pour ça que je l'aime.

— Oui, elle..., balbutie Stéphanie en cherchant le regard de Gilles en soutien. Ça surprend, quoi.

— Vous n'avez pas essayé, Stéphanie ? C'est très agréable. C'est râpeux, mais juste ce qu'il faut. Il suffit d'écarter les jambes et d'installer le chat, il comprend vite.

— Ah...

— Avec un chien, c'est marrant aussi, mais moins bien. Ils ont de grosses langues toutes molles, c'est plus dégoûtant. Mais ils adorent ça.

L'ambiance se dégrade, c'est indéniable. Les cinq convives la regardent comme si elle venait de déclarer qu'elle vouait un culte à Hitler, à son bon sens et à ses méthodes ingénieuses. Ils émettent des sons indistincts et commencent à se comporter de façon singulière : l'informaticien verse du gamay dans son Coca, la vendeuse ne lâche pas ses genoux des yeux (soudain minuscule, elle ressemble à une élève qui ne veut surtout pas être interrogée aujourd'hui), Gilles le gynécologue fronce douloureusement les sourcils en mâchant un morceau de tarte aux poireaux qu'il semble trouver infecte. Seul le mari de la vendeuse, un petit vicelard qui travaille chez Castorama (et qui, d'ailleurs, a une tête de castor), engage le dialogue avec Olive, pour l'éperonner, la chauffer comme il faut et pouvoir raconter ça demain à ses potes du rayon matériel électrique, ou pour montrer à sa femme ce que c'est qu'une vraie gonzesse comme il en aurait voulu une (je m'attends à le voir se retourner vers la vendeuse recroquevillée et lui lancer « Tu vois, je suis sûr qu'elle suce, elle, au moins ! »). Manifestement, Olive ne peut plus se retenir. Le paroxysme de la crise est proche. Elle ne tient plus assise sur sa chaise en plastique blanc et se met à raconter n'importe quoi : elle donne beaucoup de précisions sur sa vie sexuelle à qui veut l'entendre (le type de chez Casto) et aux autres, mais elle lance aussi de temps en temps des phrases qui n'ont rien à voir avec ce dont elle parlait l'instant d'avant.

— Un jour, un médecin qui me prenait en photo nue m'a fait jouir simplement en m'effleurant les jambes du bout des doigts, je n'en revenais pas. C'est une technique chinoise, je crois. Ce que je préfère, dans un hôtel, c'est le bar. On y est toujours tranquille. Pour dessiner, c'est parfait.

Personne ne sait que la séance de photos avec ce médecin se déroulait dans un grand hôtel, qu'ils sont allés boire un verre au bar ensuite et qu'elle y est revenue plusieurs fois seule pour dessiner.

— Je vais offrir un dessin à ma cousine, pour son mariage. Je n'arrive pas à le terminer. C'est moi qui lui ai appris à se masturber, quand on était petites. J'espère qu'elle aimera mon cadeau. Ce n'est pas parce que c'est cassé et réparé que ça ne vaut rien.

Elle parle de la soupière. Ils la dévisagent sans rien dire, comme un tueur imprévisible qu'il vaut mieux éviter de contrarier. Ils la croient gravement malade — moi je sais que non, mais je sais également que pour l'instant je ne peux rien faire pour l'arrêter. Seul le castor continue de la relancer en s'évertuant, le front buté, bovinement concentré sur un seul objectif, à l'orienter de nouveau vers le cul dès qu'elle s'en éloigne. Elle ne s'adresse bientôt plus qu'à lui, mais tout en répondant docilement (et bêtement, en apparence) à ses questions ou à ses remarques, elle l'enfonce petit à petit dans sa misère. Plus elle sent qu'il s'excite, plus elle voit les muets se ratatiner sur leurs sièges, plus elle insiste. Mais au bout d'un moment, ça ne l'intéresse ou ne l'amuse plus. Les quatre muets sont atterrés, vidés de leur substance, et la bave du castor ruisselle dans sa salade de riz. Il a décroché un rendez-vous avec elle pour mercredi prochain à dix-neuf heures au bar du Crillon — à sa droite, sa femme est dans le coma.

Olive vient s'asseoir sur mes genoux et m'embrasse fougueusement, sans tenir plus compte des autres que si nous étions déjà rentrés à la maison. J'ouvre la bouche, laisse entrer sa langue, je ne sais pas quoi faire. Je ne sais même pas si j'ai envie de rire ou de m'enfuir. J'aime bien Stéphanie, et Gilles par conséquent, je ne veux pas gâcher leur soirée. J'aime Olive, je ne veux pas la repousser, me ranger du côté des coincés et la laisser seule dans son trouble. Je lui ôte sa toque et lui caresse les cheveux pour la calmer mais je vois bien, à ses yeux vitreux, à son sourire détraqué, qu'elle est désormais inaccessible, que ses nerfs (ou les médicaments, je n'en sais rien) ont pris le dessus sur sa raison. Elle passe les mains sous mon tee-shirt, me griffe les flancs et le dos, me mord sauvagement, comme si elle voulait me manger un morceau de joue ou de cou, et murmure plusieurs fois dans mon oreille :

— J'ai envie de baiser. J'ai envie de baiser.

Elle part à la dérive. Je regarde Stéphanie en haussant les sourcils. Elle me sourit d'un air impuissant et tourne les yeux vers Gilles. Le plus sage serait de rentrer tout de suite, mais nous sommes là depuis à peine plus de vingt minutes. Je m'écarte un peu d'Olive pour pouvoir tendre le bras et attraper une bière sur la table. S'estimant rembarrée, elle se lève brusquement et s'en va marcher dans le jardin, derrière moi, en caressant les arbres du plat de la main. Une petite fille qui rêvasse ou chantonne dans la forêt. Je sens qu'elle va hurler.

À table, ils essaient laborieusement de se remettre à discuter — je pense à des gens entassés dans une cave pendant une alerte aérienne, ils parlent le plus naturellement possible pour se sentir à l'écart, pour se faire croire qu'ils sont maintenant à l'abri du danger. Le castor est perdu. Il a voulu se frotter à elle, elle l'a appâté, l'a pris à son jeu, l'a retourné comme une peau vide, et à présent elle se promène dans un autre univers en le laissant flasque et miteux sur sa chaise. Il sait déjà qu'elle ne sera pas au Crillon mercredi prochain. Stéphanie ne me lâche pas des yeux, à la fois inquiète et compatissante.

Il est temps de partir. Tant pis pour les convenances, la situation devient grotesque. Je me retourne vers Olive, elle se met à quatre pattes dans l'herbe. Au même moment, je sens quelque chose m'effleurer le mollet.

— Titus ? fait-elle.

Je me retourne, baisse la tête et aperçois une grosse forme noire qui disparaît sous la table.

— Titus ?

— Je crois qu'elle t'appelle, marmonne le castor.

— Oui Olive, attends. Tu as un chat, Stéphanie ?

— Hein ? Non, pourquoi ?
— Je viens d'en voir un à mes pieds.
— Quoi ? Ah…
— Titus !
— Oui, qu'est-ce qu'il y a ?
— Tu veux parler de ce monstre ? fait Stéphanie en reculant son siège et en se baissant sous la table.
— Sodomise-moi.
— Olive…

Je me retourne : elle est en levrette dans le jardin, les fesses bien hautes, la tête posée sur l'herbe et tournée vers moi, rouge et souriante. Il est temps de partir. Je me retourne : ils sont vert pomme, ils le sentaient venir, l'impensable est devenu réalité. Dans ses bras, Stéphanie tient un énorme lapin noir. Je n'ai jamais vu un aussi gros lapin.

— Viens me sodomiser, s'il te plaît.
— Attends…
— C'est Rico, articule Stéphanie en rapprochant sa chaise plastique de celle de Gilles.
— C'est un… Il est… Pourquoi tu as un lapin ?
— Titus, je veux te sentir dans mes fesses, SODOMISE-MOI !

Je me retourne complètement paniqué, Olive a remonté sa grande robe bleue sur ses reins, elle porte des bas mais pas de culotte, la Belle au bois dormant joue les salopes. Tant pis pour les convenances : on va y aller, nous.

— Non, Olive, on fera ça plus tard !

Je sens sur ma nuque le regard meurtrier de Rico, le lapin anormal, et me retourne vivement. Il est là. Les cinq humains sont si estomaqués par ce qu'ils voient dans le jardin, le cul de la Belle au bois dormant, que j'ai l'impression qu'ils ont tous reculé d'un mètre — pas lui. Les deux femmes ont les cheveux qui tombent. L'informaticien funèbre s'étrangle avec un grain de riz.

Le gynécologue lui-même semble en oublier le boulot. Le castor a les yeux turgescents.

Quand le monstrueux lapin, qui profite de la stupeur de Stéphanie pour lui échapper des mains, plonge comme une fusée sous la table, je cède à un réflexe d'une grande stupidité : je me lève d'un bond, faisant tomber ma chaise derrière moi et manquant de justesse de partir à la renverse avec elle. Je réalise aussitôt ma bêtise et, pour sauver les apparences, je pivote en déséquilibre et me dirige vers Olive car il est grand temps de partir.

Elle s'est relevée et se frotte maintenant contre un arbre, comme une girafe qui se masturbe. Je la prends par les épaules, je tente de la maîtriser mais le délire lui donne des forces.

— Laisse-moi. Il fallait venir tout à l'heure. J'aime les arbres. J'aime les arbres. J'aime les arbres.

Je la serre dans mes bras de toutes mes forces, lui parle doucement à l'oreille, lui glisse discrètement un doigt dans la chatte et l'embrasse jusqu'à ce qu'elle se détende et reprenne son souffle. Elle accepte finalement de se détacher de l'arbre, de se laisser conduire vers la lumière, mais elle est secouée de convulsions nerveuses, ses lèvres tremblent, et je me dis qu'elle peut me frapper ou se sauver en courant d'une seconde à l'autre. Je vais l'emmener aux urgences psychiatriques de l'Hôtel-Dieu.

— On s'en va, Stéphanie.

— Mais vous n'avez rien mangé… Gilles ? Tu es sûr, Titus ?

Olive fait le tour de la table et embrasse tout le monde, patiente et épuisée. Même pour le castor, c'est une délivrance. Il reste sur ses gardes, comme les autres, et n'ose plus rien dire. Je me contente d'un petit signe de main vers chacun, puis nous suivons Stéphanie soulagée dans les couloirs de la maison. Malgré les circonstances, je ne peux m'empêcher de regarder autour de moi, par les portes entrouvertes, pour voir si le gros Rico ne me guette pas quelque part dans l'ombre.

Avant de sortir, Olive remercie au moins cinq ou six fois Stéphanie pour son invitation, son accueil, le repas qu'elle a préparé. Elle paraît sincère, hystériquement sincère. Elle me fait penser à Gena Rowlands dans *Une femme sous influence*. Je crois qu'elle s'appelait Mabel.

Je reste quelques secondes seul avec Stéphanie dans l'entrée, pour la remercier à mon tour et surtout pour nous excuser de ce départ précipité, ainsi bien sûr que de la confusion que nous avons semée. J'espère que nous n'avons pas gâché la petite fête.

— Non, dit-elle en souriant tristement. Maintenant, ça va nous faire un sujet de discussion, au moins.

Je la revois quelques années plus tôt, quand elle me demandait de la prendre par-derrière pendant qu'elle faisait la vaisselle dans le lavabo de sa chambre de bonne, pour se donner des frissons de ménagère soumise. Ça nous faisait rire.

Avant de refermer la porte sur moi, elle me dit :

— Fais attention quand même, hein. Ce n'est peut-être pas une fille pour toi, je ne sais pas. Enfin… sois prudent.

Dès que nous sommes seuls sur le trottoir, Mabel laisse ses nerfs se relâcher. Nous trouvons un taxi assez rapidement, du côté de Corvisart et, en m'installant près d'elle à l'arrière, je renonce à l'emmener à l'Hôtel-Dieu. Ce serait un abandon, une lâcheté, un pacte avec cette société frileuse et médiocre dont le seul carburant est la trouille, comme disent les rebelles énervés. La crise est passée. Jusqu'à la Seine, elle est même presque inconsciente sur la banquette, comme si tout son être se rechargeait, en veilleuse, après cette heure de surrégime. Quand nous passons devant le Louvre, elle m'explique qu'elle s'est conduite ainsi de manière tout à fait consciente, pour tenter d'apporter un contrepoids vivant à l'inertie soporifique de la soirée. Ces gens fades et raisonnables la désespèrent. Et comme d'habitude, elle ajoute :

— De toute façon, j'avais trop d'énergie dans le corps. Il fallait que ça sorte.

Mabel ne se rend pas compte de son décalage, de l'écart entre elle et le monde, elle ne voit pas le vide sous ses pieds. Je reste avec elle, je resterai toujours avec elle puisque c'est désormais dans ma nature, si l'on peut dire, mais je me demande ce qui va m'arriver.

Dans la nuit, avant de s'endormir la main sur ma bite, elle me reparle de mariage, d'enfant, de voyage à New York. Mais à son regard, au ton de sa voix, et après ce qui vient de se passer chez Stéphanie, je sens que ce n'est pas réellement par envie ni par ivresse amoureuse, mais plutôt par nervosité, par désespoir — comme on finit par poser toutes ses plaques sur un seul numéro, à la roulette, quand on a beaucoup perdu. Pourtant, je dis oui à tout. Oui nous allons partir à New York, oui nous allons nous marier, oui nous allons avoir un enfant. Je sais que je m'engage sur un chemin qui mène à une falaise mais, pour une raison qui m'échappe (et je me dis qu'il vaut mieux ne pas y réfléchir), je ne peux pas faire autrement. Après toutes ces années d'errance insouciante un peu partout, j'ai besoin d'aller voir ailleurs.

Le lendemain, je me réveille avec une douleur lancinante dans l'épaule droite. J'ai dû dormir de travers, un bras coincé sous l'oreiller ou sous le corps d'Olive : je n'ai pas l'habitude de passer la nuit avec quelqu'un. Depuis quinze ans, je me suis toujours efforcé de partir à l'aube en inventant un prétexte quelconque — j'attends le plombier à neuf heures, j'ai un rendez-vous très tôt à l'agence, mon chat détruit tout si je le laisse trop longtemps seul —, à la fois pour le plaisir de traverser des quartiers étrangers encore endormis, et bien sûr pour ne pas me réveiller en plein après-midi collé contre une fille que je connais à peine, qui va me proposer de me servir de la brosse à dents bleue, elle est neuve, ou de l'accompagner à la Poste (lorsque ça se passait chez moi — le plus rarement possible —, je suggérais à la fille de partir, uniquement de manière subtile voire télépathique car je ne suis pas un sagouin, et si elle ne réagissait pas, je la maintenais éveillée par des moyens sportifs (ce n'est pas toujours agréable, et surtout de moins en moins facile avec l'âge — mais la courtoisie est à ce prix et la dignité d'autrui mérite bien quelques efforts) jusqu'à neuf ou dix heures du matin, quand il devient saugrenu de songer à dormir). Je ne connais donc pas encore parfaitement les principes fondamentaux de l'emboîtement des corps pendant le sommeil : il est possible qu'une position peu réglementaire, choisie à la pop art par le profane trop romantique que je suis, m'ait niqué l'épaule.

C'est peut-être aussi à cause de ce que j'ai pensé hier soir, en souhaitant lâchement être téléporté à l'autre bout de Paris quand Olive commençait à dérailler. J'ai proposé de donner mon bras droit pour ne pas avoir à affronter le regard des gens normaux face à l'excentricité de ma fiancée. Je déteste qu'on me juge mais ne serais pas étonné qu'un despote céleste qui n'a rien d'autre à faire en ce moment ait eu l'idée de me châtier. Je me souviens de ce que nous répétait ma mère (que le despote qui a son âme soit assez miséricordieux pour la laisser siffler un coup de kir divin de temps en temps) à chaque fois que ma sœur ou moi faisions une bêtise : « Le petit Jésus va te punir. » Ça me terrorisait. Je ne comprenais pas pourquoi c'était le « petit » Jésus qui allait nous punir. À la rigueur, je pouvais admettre que Jésus à l'âge adulte soit sévère et susceptible au point de vouloir nous faire passer l'envie de recommencer. Il a pourtant l'air gentil comme tout, avec sa bonne barbe, ses yeux doux et ses longs bras mous, mais un adulte est un adulte, on ne peut pas attendre de lui des miracles d'indulgence. Enfin, c'était tout de même dur à avaler, avec tout le bien qu'on nous disait de lui. Mais imaginer que le petit bébé qu'on voyait dans la crèche à Noël allait venir nous régler notre compte, là, non. Ou alors il valait mieux que j'évite d'y penser car je me mettais à trembler d'épouvante des pieds à la tête. Dès que ma mère menaçait « Le petit Jésus va te punir ! », je l'imaginais gronder dans son berceau de paille, se lever d'un bond et se précipiter sur moi aussi vite que le lui permettaient ses petites jambes potelées. Je voyais ses yeux ronds, méchants, injectés de sang, ses petites dents pointues dégoulinantes de salive, ses doigts boudinés qui s'apprêtaient à m'empoigner les cheveux ou à m'étrangler… La vision de cette chose rose et dodue qui m'avait choisi pour cible me glaçait le sang.

— Le petit Jésus va te punir.

— Non, pitié ! Pas le petit Jésus !

Bref, j'ai mal à l'épaule et c'est probablement l'abominable petit Jésus qui m'a puni — car même si c'est dû à une mauvaise adaptation au corps endormi de ma première véritable conjointe, on peut considérer que ce sauvage intraitable cherche à me faire regretter toutes les nuits que j'ai refusé de passer dans les bras de celles qui risquaient de m'entraîner à la Poste.

Après le café, la douleur a déjà disparu. C'est agréable, la religion : en dix minutes, on se fait pardonner quinze ans de mauvaise conduite. (« Dans tes rêves… », ricane le petit Jésus.)

Mabel est sortie dès le réveil, sans se laver ni boire une goutte de mon café. Elle est allée passer une heure avec Bruno, qu'elle a appelé la veille d'une cabine en me faisant croire qu'elle téléphonait à sa mère et qui l'a suppliée d'accepter de le revoir, mais je ne sais rien de tout ça — je l'apprendrai plus tard, lors du déménagement, en lisant (malgré tous mes efforts de résistance intègre) l'une des innombrables lettres qu'il lui envoie ces jours-ci. Avant de partir, j'appelle Florence à Nouvelles Frontières pour savoir si elle peut nous trouver deux billets pour New York du 20 août au 5 septembre. Elle a la délicatesse de ne pas me poser trop de questions, rigole un peu et ressort des fichiers de son ordinateur avec la même conclusion que la première fois : « Pas de problème, Titus. » Pour l'appartement, je téléphonerai à Marie-Sophie ce soir afin de ne pas la réveiller. Je commence à avoir le coup de main.

Je retrouve Olive à quinze heures au Saxo — nous avons prévu d'aller assister à un concert en plein air à la Villette à dix-sept heures. Elle est seule, sale et accablée mais je n'y accorde pas d'attention particulière : elle est accablée depuis des jours et des jours, et sale souvent. Elle porte une sorte de djellaba informe et usée, couleur caca d'oie, son petit chapeau de maçon bleu décoloré et des sandales de cuir marron. Quand j'entre dans le bar, elle regarde dans le vide en faisant tourner sa tasse sur la soucoupe. *Le Rouge et le Noir* est posé devant elle.

— C'est nul, marmonne-t-elle.

Nous ne restons pas longtemps. Olive est désespérément absente, elle n'écoute ce que je lui dis que pour me faire plaisir et ne répond que par oui ou par non aux questions que lui posent les habitués qui passent un instant à notre table — ou bien par des phrases qui semblent n'avoir aucun rapport avec ce qu'on lui demande (je suis le seul à pouvoir deviner, et pas plus d'une fois sur cinq, le raisonnement qui fait le lien entre la question et la réponse). Suzanna, une fille que je n'ai pas vue depuis plusieurs semaines mais qui sait que j'ai mes habitudes dans ce bistrot, passe me dire bonjour.

— J'étais dans le quartier…

Elle ne reste que peu de temps assise avec nous et quitte le Saxo avec un air presque dégoûté — choqué, en tout cas. À peine rentrée chez elle, elle téléphone à une amie que nous avons en commun, Anne, et lui dit :

— J'ai vu Titus. Il est avec une folle SDF.

À la Villette, pendant que nous attendons le début du concert assis dans l'herbe, Mabel commence à s'agiter. Le groupe, dirigé par Arnaud, accordéoniste et mari de mon amie Catherine, s'appelle Swing Gadje. Ils jouent de la musique tzigane. Dès la première chanson, Olive se lève et se met à danser, seule face à la scène devant des centaines de spectateurs immobiles. Elle saute sur place, virevolte et tourbillonne comme un derviche tourneur. Ses joues rougissent vite. Ses yeux se voilent. Ses cheveux secs et défaits, qui semblent n'avoir jamais été brossés, lui donnent l'allure d'une démente en permission — impression que confirme son visage esquinté. Elle est inquiétante, bouleversante, trempée de sueur.

Même si je sais qu'elle danse dès qu'elle en a envie, je devine sans peine que ses mouvements violents n'ont rien de naturel, cette fois. Je me lève pour lui demander d'arrêter, ou du moins de ralentir le rythme, craignant qu'elle ne finisse par tomber dans les pommes, mais elle est déjà hors d'atteinte. Elle essaie de m'entraîner avec elle, et sentant que je résiste et continue à vouloir la maîtriser, elle me regarde d'un air perdu, s'interrompt un instant comme si elle hésitait, puis me repousse et se remet à danser fiévreusement. Je vais me rasseoir, on verra bien, je n'ai pas le droit d'intervenir, de lui imposer mes limites.

Deux femmes la rejoignent timidement. Dix minutes plus tard, la plus jeune s'approchera d'elle et lui demandera si elle donne des cours de danse, et où. Petit à petit, des spectateurs s'enhardissent et viennent se joindre à elles devant la scène. Après quatre ou cinq chansons, ils sont près d'une centaine autour d'Olive. Je ne la quitte pas du regard, j'ai peur qu'elle s'effondre, à bout de forces et d'énergie — elle titube, elle chancèle, je me demande comment elle tient encore debout, comment elle peut encore respirer. Malgré le monde et le manque de place, personne ne s'approche à plus d'un mètre d'elle. Trois enfants laids, dont la sourde crétinerie est déjà inscrite sur le visage pour le restant de leurs jours, la montrent du doigt et se bidonnent comme des pourceaux ivres.

Avant la fin du concert, Mabel tombe. Ceux et celles qui dansaient à côté d'elle s'immobilisent, interdits, je bondis sur mes pieds, me faufile entre eux et m'agenouille près d'elle. Elle est inconsciente mais reprend ses esprits dès que je la secoue. Je la ramène vers l'herbe en la tenant sous les bras : elle est inondée de sueur, chaude comme une bouillotte, amorphe et renfermée. Ses yeux ne sont plus que deux pastilles rougeâtres qui ne reflètent rien. Je l'assieds et lui verse une bouteille d'Évian entière sur la tête.

Encore une fois, je me demande s'il ne vaudrait pas mieux aller consulter quelqu'un. Ne serait-ce que pour qu'on lui donne des médicaments plus adaptés. Non, je ne veux pas que les médecins la touchent.

Quand le groupe quitte la scène, nous nous dirigeons vers les coulisses, péniblement, à contre-courant. Dans la cohue, je passe près de l'un des trois porcelets de sept ou huit ans qui se moquaient d'elle et lui envoie un coup de pied de footballeur débutant dans le tibia. Il pousse un hurlement bestial, mais le temps que sa mère se retourne et le repère, nous avons déjà disparu dans la masse ondulante. Ce n'est pas très noble de ma part, mais je ne le reverrai probablement jamais. C'est toujours ça de pris sur le porc malveillant qu'il va devenir.

Olive salue et félicite les musiciens un à un. Avec chacun d'eux, elle se montre calme et attentive. Je lui présente Catherine, qui la regarde immédiatement avec une douceur et une attention quasi maternelles, et Arnaud, qui la remercie d'avoir incité les gens à danser, même s'il sait bien qu'ils ne seraient pas restés assis de toute façon. Lorsque nous partons, elle embrasse tous les musiciens et même leurs amis — plus d'une quinzaine de personnes.

(Le lendemain, Catherine me téléphone : « Elle est émouvante, elle est généreuse, elle est vivante. Ne la quitte pas, celle-là. » De toutes les personnes à qui j'ai présenté Olive, je crois que Catherine est la seule qui ne m'ait pas plus ou moins explicitement conseillé de la fuir au plus vite.)

Le soir, je laisse un message sur le répondeur de Marie-Sophie pour lui faire part du revirement de situation et lui demander de nouveau son aide. En raccrochant, je me dis que c'est certainement une dangereuse erreur dont je pourrais me mordre, me sectionner et m'avaler les doigts. Si Olive pique une crise en plein New York — ce qui est plus que probable, logiquement, étant donné ce qui se passe depuis plusieurs jours —, je n'ai qu'une notion très imprécise de ce qui arriverait. Si elle se déshabille en pleine rue ou se met à danser comme une possédée dans un restaurant, je risque de me laisser rapidement déborder par les événements. J'ai le pressentiment qu'ils ne badinent pas avec la loi et l'ordre, par là-bas. Et puis quand on est loin de chez soi, on dira ce qu'on voudra, c'est pas pareil. J'ai beau me concentrer en fermant les yeux, je nous imagine mal aux mains de la police new-yorkaise. Je ne me vois pas non plus la confier, contraint et forcé, au système psychiatrique américain. Elle disparaîtrait dans un immense labyrinthe blanc et froid et je ne la retrouverais plus jamais. J'en vibre d'effroi, mais c'est ce qui peut fort bien se passer si nous y allons. Or nous y allons. Car je sais que je ne peux plus faire marche arrière. Ce que je ne sais pas exactement, c'est : pourquoi ?

Courage, Titus Colas. Après tout, il y a bien des gars qui font de longs voyages avec de la nitroglycérine dans la poche (par exemple les terroristes gravement malades de la tête). Il me reste un peu plus de deux semaines pour essayer de la rendre plus sereine et plus civilisée. C'est largement suffisant.

Le lendemain, je me réveille avec la même douleur à l'épaule que la veille, mais je n'ai pas l'esprit à m'en soucier : une tâche importante et délicate m'attend, entreprendre sérieusement sa remise en état. Dès le café servi (« Non merci... »), je lui propose d'interrompre son traitement, peut-être quelques jours seulement, pour voir ce que ça donne. Elle hésite, se gratte énergiquement le menton, puis refuse. Elle préfère ne pas trop jouer avec la susceptibilité de ses nerfs, redoutant les réactions qu'elle pourrait avoir dans l'univers hasardeux de la vie quotidienne sans cette protection chimique. Moi aussi, à vrai dire, je redoute. Mais il faut bien tenter quelque chose. (Sous sa peau fine, ses nerfs m'observent d'un mauvais œil.) Je me demande pourquoi on dit toujours qu'il faut bien tenter quelque chose. Ce n'est pas obligatoire, il me semble.

Finalement, c'est Bruno qui nous vient en aide, malgré lui — il pensait même nous jouer un sale tour, mais on se trompe parfois dans ses calculs. Depuis qu'Olive l'a quitté, il passe quotidiennement chez elle (car il possédait et a gardé un double de ses clés, bien entendu) et y reste quelques heures. Il ne l'y trouve jamais, du moins je crois, car elle dort toutes les nuits chez moi et ne remonte ses six étages qu'une fois par jour, pour se changer et redescendre aussitôt. À chacun de ses passages, il lui laisse des lettres, des mots qu'il disperse partout, des cassettes audio, des photos qu'il colle aux murs ou qu'il pose sur ses affaires et au dos desquelles il inscrit toujours un texte court pour la culpabiliser, la supplier de revenir ou la traiter d'ingrate et de petite pute. (Sur l'une des photographies, Olive pose dans un champ, appuyée contre une clôture. Sa chemise est déboutonnée, elle se touche un sein. Derrière elle, dans l'herbe, on voit un lapin.) Il ne repart jamais les mains vides. Peu à peu, il lui reprend tout ce qu'il lui a offert depuis quatre ans, en particulier les vêtements (il en emporte même certains qu'elle s'est achetés elle-même — tout est bon pour qu'elle se sente nue et perdue sans lui). On dirait qu'il a investi dans une affaire qui ne peut plus rien rapporter et qu'il décide à présent de reprendre ses billes. Sur l'un des mots qu'il lui écrit, il explique que c'est pour éviter que je mette mes doigts sales sur ces robes et les souille de mon sperme malsain (ces tenues sont sacrées, je suppose, car elles symbolisent l'amour, le beau, le pur). En réalité, je crois que c'est plutôt pour faire comprendre à Olive qu'elle lui doit tout — il a donc le droit de tout lui retirer s'il juge qu'elle n'est plus digne de sa bonté. Ça empeste le fameux « Je t'ai ramassée dans le caniveau, je peux t'y renvoyer quand je le décide ».

Olive me raconte que, lorsqu'ils se sont rencontrés, il a jeté d'autorité, un jour qu'elle était sortie, tous les vêtements qu'il ne trouvait pas convenables, trop vulgaires pour celle qu'il allait désormais promener à ses côtés — une robe trop transparente, un short trop court. Ce qui signifiait clairement : « Maintenant tu m'appartiens, tu vis selon mes règles. Et ne te méprends pas : si je fais ça, c'est pour ton bien. » Il s'est débarrassé également de toutes les photos que d'autres avaient faites d'elle jusqu'alors, dont certaines auxquelles elle tenait. Pendant quatre ans, il a tenté de la façonner comme il le désirait, distribuant punitions quand elle fautait et bons points quand elle semblait enfin raisonnable, alternant savamment les interdictions strictes et les permissions généreuses, l'encourageant à devenir plus adulte, plus indépendante, plus active, tout en lui faisant constamment sentir qu'elle était puérile, oisive, inconstante, et qu'elle avait besoin de lui. Pour lui mettre les points sur les i, il a même poussé la bassesse jusqu'à noter méticuleusement chaque franc qu'il lui « avançait » en guise d'argent de poche. Aujourd'hui, tout en sachant qu'elle n'a pas un sou, il lui réclame le remboursement de la somme totale, vingt-huit mille francs. Manifestement, elle l'a déçu. C'est du moins ce qu'il tente pitoyablement de lui faire croire.

J'ai du mal à comprendre qu'elle ait pu se laisser manipuler par ces ficelles grossières. Celle qu'on a piégée ainsi ne peut pas être la même personne que celle que je connais. Quand je lui en parle, elle me dit :

— J'avais peut-être besoin qu'on me domine, qu'on me réprimande et qu'on m'encourage. Cette histoire du père… Mais ne crois pas non plus que j'étais sa chose. Tu ne le connais que par ce que je te raconte, et j'ai sûrement tendance à rejeter les torts sur lui. En fait, j'ai été souvent odieuse, avec lui. Il se comportait parfois durement avec moi, mais je le méritais.

Elle me reparle des crises de rage qu'elle piquait et qui pourrissaient la vie de Bruno. Elle m'explique qu'elle se mettait dans de tels états par impuissance, pour avoir le sentiment d'exister.

— Je me sentais si inférieure à lui…

Je respire lentement par le nez et fouille avec le plus d'objectivité possible dans mon petit réservoir de psychologie, mais je n'y trouve vraiment pas grand-chose qui puisse m'aider à ôter cette expression ahurie que j'ai sur le visage. Car si on va par là, si elle est inférieure à ce lourdaud, tout est possible dans le monde, les moutons courent plus vite que les guépards et on n'a plus qu'à ranger ses affaires.

Mais n'étant pas très futé, Bruno ne comprend pas qu'en lui retirant tout ce qu'elle avait avec lui, il ne lui fait pas regretter de l'avoir quitté — elle s'en moque, de ses robes, et penser qu'elle va se sentir désemparée sans elles au point de faire marche arrière est bien naïf. Au contraire, elle peut désormais s'éloigner de lui plus librement et recommencer ailleurs, comme un serpent qui vient de muer.

Peu de temps après le concert à la Villette, Olive oublie chez elle la trousse qui contient ses médicaments. Le lendemain, elle a disparu. Beau geste. Quand il a senti qu'il ne réussissait plus à la maîtriser, Bruno lui a tapé dessus. Maintenant, avant qu'elle ne soit définitivement hors d'atteinte, il essaie carrément de la débrancher. Pour qu'il en arrive à une telle abjection, il doit réellement souffrir (à ma place, certains penseraient sans doute quelque chose d'assez trivial, comme « Bien fait pour sa gueule » ; étant donné que j'ai pour une fois l'occasion d'y être, à ma place, je ne vais pas me gêner).

Grâce à lui, Olive se retrouve donc brusquement livrée à elle-même. En quelques jours à peine, son état s'améliore. Ce n'est qu'une apparence, mais elle paraît recouvrer un peu de gaieté et d'insouciance, ses débordements d'énergie se font de moins en moins spectaculaires et inquiétants, elle parle davantage, elle semble de nouveau avoir envie de regarder autour d'elle. Le psychiatre qui lui a prescrit le traitement était certainement un faux (en caleçon dans le placard, ligoté et bâillonné, le vrai devait gémir et se tortiller en ouvrant de grands yeux affolés, mais elle ne l'a pas entendu).

Au bout de trois jours, Bruno rapporte la trousse chez elle, montrant ainsi un soupçon d'humanité déconcertant (me serais-je trompé sur son compte ?), mais il est trop tard : le bien est fait. D'une certaine manière, il a effectivement réussi à la débrancher. Nous allons pouvoir partir à New York dans de meilleures conditions. J'ai de plus en plus mal à l'épaule, la douleur descend dans le bras et ne s'estompe qu'une ou deux heures après le réveil, mais ce n'est pas ça qui va m'empêcher de profiter de notre séjour là-bas. J'ai de drôles de petits boutons rouges sur les jambes mais ça peut arriver à tout le monde. J'ai vu plus d'une centaine de lapins dans un dessin animé à la télé, mais c'est courant. Deux des six fourchettes à manche vert sombre que j'ai achetées il y a dix ans viennent de disparaître en quelques jours (c'est pour le moins mystérieux car : comment peut-on perdre une fourchette ? — surtout quand on ne va jamais, absolument jamais en pique-nique), mais je ne vois pas le rapport. Je vais passer quinze jours à New York avec la femme que j'aime, c'est le principal. Je n'attends rien de plus de la vie.

Si, quand même. Je voudrais que la vie, qui ne manque ni de moyens ni d'influence et à qui ça ne coûterait pas grand-chose (moi ou un autre, je ne vois pas ce que ça change pour elle), manigance un truc pour qu'Olive aille de mieux en mieux et que, portée par son enthousiasme et par mon amour pour elle, elle m'aime elle-même. Ce serait impeccable. J'ai l'impression que ce n'est pas mal parti car elle a calculé qu'elle était en période d'ovulation et m'a proposé de la baiser quatre fois hier. Et pas une seule « dans les fesses », ce qui veut tout dire. Elle veut un enfant de moi ou je ne m'y connais pas. Elle me le dit, d'ailleurs. Ce n'est pas une preuve, mais tout de même un indice.

À chaque fois que je passe devant ma plante verte, je pense à la jupe en velours côtelé qui se trouve en dessous. Mais je n'en parle pas à Olive.

Deux jours avant notre départ, je décide d'aller consulter le détective du corps car je suis à présent couvert de points rouges du haut des cuisses jusqu'aux chevilles. Je n'ai aucune idée de ce que ça peut être, mais je pense que si une centaine de moustiques japonais avaient choisi mes jambes comme décor pour jouer un remake miniature de Pearl Harbor en costumes d'époque, le résultat serait à peu près identique. Ce n'est ni douloureux ni particulièrement alarmant, mais tout est prêt pour le voyage, les billets sont dans nos poches, l'appartement d'une institutrice en vacances nous attend dans l'East Village (*361, 10th Street, between Avenue B and Avenue C*, mélodieuse adresse), il serait dommage de tout gâcher sur place pour quelques malheureux moustiques amateurs de grand spectacle. De toute manière, même si l'on ne tient compte que de l'aspect esthétique, ce n'est pas ce que je recherche. Je vais passer quinze jours aux États-Unis avec une bombe (dans tous les sens du mot, d'ailleurs), je me représente parfaitement l'appartement climatisé, sanctuaire d'ombre et de fraîcheur au cœur de l'enfer irrespirable de New York en plein été, je me vois déambuler nu dans le vaste salon, me diriger d'un pas nonchalant et lascif vers le grand frigo blanc, proposer un soda glacé à Olive, qui lit Faulkner alanguie sur le divan de cuir, nue elle aussi (orange ou cactus amer, le soda ?), la porte du frigo se referme presque toute seule avec un clapotement cotonneux, je passe une main dans mes cheveux, je m'approche d'elle, sans me presser, les jambes toutes rouges — non.

En pénétrant chez le médecin, je croise une mère en pleurs avec une petite fille qui porte un tee-shirt Buggs Bunny, mais j'en ai vu d'autres. La secrétaire m'accueille avec un sourire élastique, se lève sans contracter un seul de ses muscles, m'étourdit d'opulence crémeuse et me mène par le bout du nez jusqu'à la salle d'attente, déserte. Parfait. Je peux enfin m'emparer d'un *Elle*. Je choisis celui sur lequel Linda Evangelista figure en couverture. Je l'ouvre au hasard, tombe sur la recette du lapin en gibelotte, le referme, le repose sur la table basse et me tapote les lèvres du bout des doigts.

Le médecin arrive vite, élégant et détendu, prêt à résoudre sa dixième énigme de la journée.

— Alors, monsieur Colas, on a descendu la fripouille ? Mais on n'en finit jamais, hein ? Qu'est-ce qui vous tracasse, aujourd'hui ?

Quand je lui montre mes jambes, allongé sur la table d'auscultation, il reste un long moment perplexe et se masse le menton d'un air soucieux. Je ne sais pas quoi faire, je n'ose pas interrompre ses réflexions, je fixe la lampe posée sur son bureau mais elle n'a rien de spécial. Finalement, il secoue la tête et déclare d'un ton affligé :

— Je sèche. Rien, le vide. Vous avez de la moquette, chez vous, monsieur Colas ?

— Non…

— Manqué. Ça doit quand même être le boulot de parasites quelconques, ça. Une allergie, peut-être ?

— Je ne sais pas. Jusqu'à maintenant, je n'ai jamais rien eu de ce genre.

— Hum… Là, je vous avoue que ça ne vient pas. C'est un métier usant, vous savez. Je n'ai peut-être plus le… Bref, vous n'êtes pas venu pour m'entendre pleurer. Je vais vous dire ce que je pense : l'important n'est pas de connaître le problème, mais de connaître la solution. Je vais vous arranger ça.

À peine arrivé chez moi, je me badigeonne copieusement les jambes de la lotion qu'il m'a prescrite en m'adressant un clin d'œil complice pour me garantir qu'on allait les avoir, même s'ils sont très malins. C'est un liquide violet. Je dois me peinturlurer ainsi chaque matin et chaque soir jusqu'à disparition totale de toute trace ennemie. Quand je refermerai le grand frigo blanc, il me faudra une bonne dose de flegme pour me diriger le plus naturellement possible vers Olive avec son soda, car j'aurai les jambes violettes.

La veille du départ, Olive reste l'après-midi chez elle à choisir ce qu'elle va emporter, je fais le tour de tous les bars du quartier, puis nous passons une heure au Saxo pour saluer une dernière fois tout le monde avant de traverser l'Atlantique et d'aller nous frotter aux Américains — même si je sens que, là-bas, ce n'est pas eux qui me feront le plus peur. Thierry le barman, qui ne vit pas dans des conditions idéales actuellement, logera chez moi avec Taouf pendant deux semaines et prendra soin de mon chat.

De nombreux habitués sont là et boivent à notre départ. De toutes les personnes présentes, il y en a une seule que je ne connais pas : un Tamoul à l'air féroce, debout au comptoir près de la porte. Quand je propose de lui offrir un verre, il plisse les yeux sans dire un mot et refuse d'un mouvement sec de la tête, comme s'il se débarrassait d'une mouche venue se poser sur son front. Olive lui fait remarquer que ce n'est pas une réponse très polie, mais Taouf lui pose une main sur le bras et nous conseille de ne pas nous occuper de lui : ce Tamoul est armé.

En quelques mots, Taouf nous résume la situation. La veille, le gros Chang n'était pas dans son assiette. Chang est un Chinois (même si personne n'en est vraiment sûr) qui ressemble à deux sumotoris ligotés l'un à l'autre. Il est extrêmement sympathique mais, l'intérieur de son crâne ayant subi quelques opérations de chirurgie minutieuse (probablement bâclées par un type très nerveux), on ne comprend jamais ce qu'il dit et ses réactions sont parfois inattendues. Assez souvent, à vrai dire. Quand quelque chose l'effraie, en particulier, il contrôle maladroitement ses réflexes. Un jour, surpris par le puissant coup de klaxon d'un camion qui passait dans la rue, il a lancé une bouteille contre la baie vitrée du bar, qui a explosé. Terrifié à la vue d'un sabre de collection que lui montrait Nenad, le patron, il est parti en courant et en hurlant — il est revenu peu de temps après, en nage, avec trois policiers. Épouvanté par le cri que venait de pousser Youssef dans son oreille, il lui a instinctivement jeté un verre en pleine tête.

Hier, il discutait avec Valérie, une habituée. Soudain, en réponse à une remarque amusée de la jeune femme, il s'est mis à parler très fort, visiblement furieux ou angoissé selon les témoins de la scène. Ne comprenant pas un mot de ce qu'il disait, et sans doute d'humeur blagueuse, elle a continué sur sa lancée. Alors Chang, se sentant poussé dans ses derniers retranchements, a levé le bras comme si un ressort venait de céder et a abattu son poing sur le crâne de Valérie. Bien qu'elle ne soit pas elle-même de constitution fragile, elle s'est effondrée sans connaissance. Jean-Marie, qui pèse moins lourd qu'une jambe de Chang et lui arrive à peu près à la ceinture, s'est senti pousser des ailes et, n'écoutant que son courage (c'est-à-dire sans réfléchir un dixième de seconde), s'est jeté sur lui comme un ouistiti sur un éléphant. Alors Chang, se sentant picoté, a relevé le bras et a abattu son poing sur le crâne de Jean-Marie, qui est resté un moment sans réaction, foudroyé en plein vol, avant de s'effondrer sans connaissance. Pendant ce temps, un Tamoul qui passait par hasard devant la porte du bar et n'a pas supporté l'image de Valérie détruite s'est précipité à l'intérieur et a bousculé Chang (certainement à la manière tamoul, ce qui doit être quelque chose). Alors Chang, se sentant en péril, a levé le bras une troisième fois et a abattu son poing redoutable sur le crâne du Tamoul, qui s'est effondré sans connaissance.

Tous ces gens qui souffrent…

Aujourd'hui, le Tamoul est revenu pour se venger. Un long couteau à peu près dissimulé dans sa veste, il attend patiemment. Pour l'instant, Nenad ne fait rien pour le chasser du bar : en partie pour éviter un carnage, mais surtout parce qu'il sait que Chang n'est pas fou. On ne le reverra pas au Saxo pendant plusieurs semaines (les nouvelles se propagent vite, dans le quartier : il doit déjà savoir que le Tamoul est à l'affût).

(En revenant de New York, j'apprends que le chasseur s'est découragé au bout d'une semaine de planque. Chang n'est toujours pas réapparu. Ayant déjà survécu à plusieurs battues, il sait qu'il faut toujours laisser une marge de temps avant de se risquer à sortir de son trou.)

Olive danse une dernière fois entre le comptoir et le juke-box — sur une chanson d'Aretha Franklin — pendant que je m'envoie les trois verres de whisky d'usage avant chaque départ : rincette, pousse-rincette et coup de pied au cul. L'avion part tôt demain.

Au milieu de la nuit, ne parvenant pas à m'endormir, je repense à ce pauvre Tamoul qui guettait dans l'ombre avec son couteau. Je me dis que notre existence est bizarre et inquiétante : tout va très vite et change sans qu'on ait le temps de s'en rendre compte. Il marchait paisiblement sur un trottoir, il a vu une femme se faire assommer dans un bar, il est intervenu (jusque-là, tout paraît s'enchaîner de manière logique) et, disons quelques heures plus tard, il se retrouve seul dans ce bistrot où il n'avait jamais mis les pieds et va dorénavant y passer toutes ses journées en ruminant des pensées criminelles. En outre, ça ne sert à rien, car il est trop tard : Chang ne reviendra plus.

On marche, on tourne la tête, on fait quelques pas dans une nouvelle direction, on traverse une zone de turbulence et soudain on en ressort métamorphosé — et confondu car on n'a rien compris. Ensuite, la vie devient un cauchemar, en général. On se met, par exemple, à hanter jour et nuit un bar qu'on ne connaît pas, armé d'un grand couteau.

L'avion est parti avec quatre heures de retard, à cause d'une invraisemblable série de problèmes (cette compagnie charter pourrait se lancer du jour au lendemain dans la fabrication de mitraillettes ou l'industrie textile, elle ne serait pas moins compétente que dans le domaine de l'aviation). L'embarquement a eu lieu avec deux heures de retard, puis nous avons dû patienter deux heures assis dans l'avion. Sans le droit de fumer à l'arrêt, sans rien à manger, immobilisée sur son siège, Olive devenait de plus en plus nerveuse. Je voyais ses pommettes rougir, ses doigts se crisper, je redoutais l'explosion. Je nous imaginais expulsés de l'avion. Je concentrais toute mon énergie télépathique sur le moteur, sur le commandant de bord, sur la tour de contrôle, sur l'espace aérien — je sentais bien que je n'étais pas à la hauteur. Je commençais à m'agiter, moi aussi. Olive réussissait à endiguer la pression, nous ne serions pas rejetés sur le tarmac, mais je finissais par être persuadé que le vol allait être annulé. Je nous imaginais restant à Paris.

Au-dessus de l'Atlantique, Olive est pensive. Sa tête est tournée vers le hublot, derrière lequel on ne voit rien — le ciel, qui n'est plus le ciel puisqu'on est dedans. Sur ses conseils, je lis *Récits d'un jeune médecin*, de Boulgakov, c'est facile et agréable. Elle n'a pas ouvert la bouche depuis un quart d'heure lorsqu'elle se retourne vers moi et me demande :

— Qu'est-ce que ça veut dire, exactement, versatile ?

Je lui réponds brièvement et fais mine de replonger dans mon livre. Sans qu'elle ait besoin d'ajouter quoi que ce soit, je comprends qu'elle a vu Bruno hier après-midi, quand je croyais qu'elle passait de longues heures à faire ses valises. J'aurais dû penser qu'Olive n'est pas le genre de personne à choisir ce qu'elle va emporter, lorsqu'elle s'en va quelque part.

Ces deux semaines à New York se mettent d'elles-mêmes entre parenthèses. Loin de Paris, tout se passe bien. Pour la première fois, j'ai l'impression de vivre calmement avec Olive. Elle semble paisible et épanouie, toujours aussi excentrique mais de manière moins brutale. Quand nous nous promenons dans les rues de Manhattan, tout le monde se retourne sur elle. Je croyais les Américains fantasques et indifférents, ils ne le sont qu'en surface, enrobés dans une fine pellicule d'originalité — New York, du moins, est une ville remplie de comptables déguisés en clowns. Dans le livre de Bukowski que je commence dès notre arrivée, il écrit : « New York était blasée, fatiguée, cette ville méprisait la chair. » Mais partout où nous allons, les gens la regardent, lui parlent, la complimentent ou lui posent des questions. Elle observe tout ce qui se trouve autour d'elle, elle répond à tout le monde, elle rit à propos de tout et offre à ceux et celles que nous rencontrons tous les objets qui leur plaisent — elle rayonne. Les traces laissées par Bruno sur son visage ont disparu beaucoup plus rapidement que ne l'avait prévu le médecin. Elle s'habille en femme du monde, en hippy, en lycéenne, en Tzigane (Catherine lui a fait cadeau d'un costume qu'elle a créé pour un spectacle d'Arnaud), en homme ou en pute. Je marche à côté d'elle comme un stagiaire à côté d'une star de cinéma.

Elle a ses règles. (La déception de ne pas être enceinte ne parvient pas à l'assombrir — nous essaierons de nouveau dans quinze jours, à notre retour.) Quarante-huit heures après notre arrivée dans l'appartement que nous a trouvé Marie-Sophie, nous l'avons marqué de notre empreinte, comme des animaux. Sur le lit dans lequel nous dormons, sur celui de la *room-mate* de l'institutrice, sur le divan de tissu crème du salon, sur le fauteuil assorti et même sur le parquet, nous avons laissé des traces de sang, de merde et de sperme. Ça ne correspond pas exactement à la vision que j'avais de notre intérieur depuis Paris, mais comme de toute façon j'ai les jambes violettes (et que nous ne sommes pas assez tordus pour acheter des sodas), autant se laisser vivre. Il faudra tout porter au pressing avant de partir, mais pour l'instant ça ne nous dérange pas. C'est même plutôt troublant : durant ces quinze jours, nous ne nous séparons pas de plus de vingt mètres ni pendant plus de cinq minutes, nous marchons côte à côte toute la journée, nous mangeons tous les soirs face à face, et lorsque nous retournons nous isoler dans cet appartement que nous nous sommes rapidement approprié (dont toutes les fenêtres donnent sur des murs proches et ne laissent pénétrer que très peu de lumière), j'ai l'illusion d'une intimité totale, parfaite, entre nous deux. Nous y vivons, nus, dans un triangle constitué par le lit, le frigo et la salle de bains, dont la porte n'est jamais fermée. À l'intérieur de ce triangle intime, nous ne nous dissimulons rien. Chacun de nous n'éprouve pas plus de gêne envers l'autre qu'un bébé envers sa mère — je n'ai jamais ressenti ça avec qui que ce soit, en tout cas de manière consciente, car je ne me souviens évidemment pas des deux premières années de ma vie. Olive a supprimé tous les voiles entre son corps et moi : elle bouffe, se branle, chie, lit et rote comme si je faisais littéralement partie de sa vie. Je devine que ce n'est pas de l'impudeur grossière, ni du sans-gêne, mais plutôt pour elle, en quelque sorte, un moyen de s'affirmer, de profiter de ce triangle protecteur pour cesser enfin de se retenir, de travailler l'image qu'elle veut donner d'elle-même à l'extérieur. Ce sont les rots, qui m'ont mis sur la voie (tout ça n'est pas très poétique, mais il me semble que l'amour n'a rien à voir avec la poésie). Je me demandais comment une fille si retenue, si taciturne et si peu confiante en elle pouvait se vêtir avec tant d'audace, danser n'importe où, raconter sa vie sexuelle à table et, le plus déconcertant peut-être, roter n'importe quand et devant n'importe qui. J'ai peut-être compris : elle ne s'empêche pas de roter car elle a besoin de s'exprimer. Elle se croit stupide et sans intérêt, elle n'ose jamais dire ce qu'elle pense, elle tremble et bafouille dès qu'elle est obligée d'adresser la parole à quelqu'un, mais les rots, qu'on peut considérer comme irrépressibles, lui permettent de se faire entendre, c'est le cas de le dire, de montrer qu'elle est là sans pour autant devoir craindre de paraître idiote ou présomptueuse. C'est assurément inconscient : inutile de préciser qu'elle ne le fait jamais de façon arrogante ou méprisante et qu'elle s'excuse toujours, sincèrement confuse — mais ça n'atténue pas le choc.

Elle n'ose pas parler, mais elle rote. Elle n'ose pas avouer devant tout le monde qu'elle est maniaque ou que tout l'ennuie, mais elle déclare volontiers qu'elle adore la sodomie. Je pense que c'est pour la même raison qu'elle me fait part, sans honte et apparemment sans peur de me décevoir ou de me choquer, de tous ses doutes, de toutes ses faiblesses et de tous ses fantasmes. Dans le domaine sexuel, par exemple, elle ne me cache rien. Je sais qu'elle a tout essayé avant moi. Je sais qu'elle adore baiser, qu'elle y pense tout le temps mais qu'elle peut s'en passer pendant des mois sans même songer à se masturber. Je sais qu'elle ne simule ni ne ment jamais quand elle ne jouit pas, et je sais donc que ça arrive souvent. Je sais qu'elle aime qu'on la maltraite, mais je sais aussi qu'elle voudrait me pisser dessus (et je serai sans doute un jour très bien placé pour le savoir — c'est-à-dire allongé dans la baignoire). Je sais ce qu'elle pense quand on baise : je sais qu'elle aime se faire croire que je suis un inconnu vicieux, ou qu'une femme est avec nous dans le lit. Elle me lèche souvent la bouche, les yeux fermés, en me demandant de garder les lèvres entrouvertes et de ne pas bouger la langue car elle imagine que c'est une chatte et ça l'excite.

Je me dis que je sais tout d'elle. Nous sommes seuls à New York, livrés l'un à l'autre, et j'ai l'impression que je sais tout d'elle. Nous nous connaissons depuis deux mois et je crois que je sais tout d'elle. C'est vrai : elle m'a tout raconté, elle m'a tout expliqué, je sais tout d'elle. Mais ça ne suffit pas pour connaître quelqu'un.

De mon côté, j'éprouve plus de difficultés à me dévoiler entièrement. Non pas au niveau de mes pensées, mais de mes actes. Toujours ce problème avec le corps… Toujours ce problème avec les chiottes, entre autres. Dans l'immensité d'une histoire d'amour, c'est ridicule. Quand elle s'aperçoit de mes blocages et de mon embarras, elle me dit :

— Si tu savais… Tu peux chier par terre, je ramasserai.

Tous les après-midi, nous nous habillons et nous quittons le sang, la merde et le sperme pour aller nous promener, légers et fringants, dans les rues asphyxiées de New York. Olive entre dans toutes les boutiques d'occasion, nombreuses dans l'East Village, et y trouve pour quelques dollars des robes inimaginables, démodées pour la plupart (certaines ont même l'air de n'avoir jamais existé), des bijoux, des sacs et des chaussures que je lui offre avec plaisir. Nous marchons ou roulons en taxi dans tout Manhattan, d'est en ouest et du nord au sud, nous nous arrêtons dans tous les bars où l'on peut fumer, nous mangeons sans arrêt et souvent n'importe quoi. Au « 2nd Avenue Deli », nous nous retrouvons chacun face à un *triple decker sandwich*, sorte de monstre alimentaire à trois étages (pastrami, corned-beef et dinde) que cinq personnes ne parviendraient pas à achever. Le regard amusé et légèrement condescendant du serveur, quand nous lui avons commandé ces cauchemars en piles, ne nous a pas alarmés, au contraire — « Il ne nous connaît pas, celui-là... » Lorsque nous constatons que sur un seul des trois étages sont compressées plus de trente tranches de pastrami, nous ravalons rapidement nos prétentions. Au deuxième étage, on a tassé la chair de deux ou trois dindes obèses, et au sommet trône un amalgame immonde de corned-beef, je ne sais combien de boîtes, de quoi nourrir un demi-bataillon de puissants G.I. à l'estomac de cuir. Des tranches géantes de pain de mie, perforées de six aiguilles de bois, permettent de faire tenir le tout, qui forme une sorte de cube d'environ vingt-cinq centimètres de côté : l'emblème terrestre de la Nausée. Même l'insatiable Olive capitule après quelques bouchées. Nous laissons les bêtes spongieuses presque intactes dans nos assiettes et ressortons penauds, sous l'œil triomphant (mais compatissant tout de même — ils sont sport, ces Américains...) du serveur. L'image de cet agglomérat rouge et blanc, de cette énorme liasse de barbaque luisante, nous obsède longtemps. Elle nous coupe l'appétit pendant trois heures.

Dans un taxi qui nous emmène vers le Meat Market, Olive demande au chauffeur si elle peut fumer. Évidemment non. Elle serre les dents, donne un petit coup de pied sec contre la portière et, quand nous descendons, marmonne une injure en secouant la tête. Cinq secondes plus tard, un grand bruit nous fait sursauter. Nous nous retournons : le taxi vient de se faire emboutir par une Buick noire. La veille, déjà, il est arrivé quelque chose de semblable. En montant vers notre place au Madison Square Garden, où nous sommes venus voir un match de basket féminin (elle encouragera les New York Liberty avec ardeur, en criant et en bondissant sur son siège, comme si sa propre fille jouait dans l'équipe), une teigne adipeuse, encombrée de hot dogs, de glaces et de Coca, la bouscule comme un bulldozer et ne détourne même pas la tête pour voir si elle est toujours debout. Olive reste un instant immobile, incrédule, puis jure entre ses dents. Lors d'un temps mort, la truie fonceuse quitte sa place (probablement pour aller se recharger en graisses diverses) et se casse la gueule dans l'escalier. Elle reste au sol, inerte et flasque comme un bloc de gelée. Une équipe de secours doit intervenir. La masse tremblotante s'est fait une entorse à la cheville. Ou mieux.

Les New York Liberty ont perdu le match malgré son soutien, mais tandis que nous marchons entre les beaux bâtiments lugubres du Meat Market, je lui demande tout de même si elle n'est pas un peu sorcière, par hasard.

— Si, me répond-elle.

Elle me répète alors l'histoire de son grand-père qui terrorisait tout le monde dans sa famille. Or, de toute la famille, des enfants aux vieillards en passant par les robustes adultes, Olive était la plus intransigeante et la plus féroce (la plus inconstante et la plus vulnérable, également). Un soir — elle avait alors treize ans —, elle regroupait sur le tapis du salon divers objets qu'elle avait récoltés ici ou là, pour constituer une espèce de petit musée. Son infâme grand-père suçotait des spaghettis bolognèse en grognant à quelques mètres d'elle, dans la salle à manger. Soudain, n'y tenant plus, il s'est dressé rouge de colère, a fait un pas vers elle et a beuglé :

— Tu vas me ranger ce bordel, oui ?

Elle a levé la tête vers lui et a concentré dans son regard gris-bleu-vert toute la haine qu'elle retenait depuis treize ans. Il s'est écroulé instantanément, mort.

— C'était peut-être un hasard, dit-elle. J'ai recommencé plusieurs fois, depuis. Ça marche souvent. Mais je n'ai plus jamais tué personne, bien sûr.

Je suis sans doute naïf pour mon âge, mais je la crois. Méfions-nous : elle peut influencer l'existence des autres à distance (en ce qui concerne son grand-père, elle l'a considérablement influencée, son existence). Alors pourquoi pas la mienne ? (Je l'aime à m'en dissoudre, je rêve de me fondre à elle, mais pour l'instant — et ça risque de durer car la réalité manque de souplesse de ce côté-là — je suis incontestablement un « autre ».) Je n'ai jamais cru en rien de surnaturel, surtout pas en Dieu, mais je suis forcé de reconnaître qu'il se passe parfois des trucs inexplicables. Des lapins, des machins comme ça… Je vais rester prudent. Je vais éviter de me montrer méchant avec elle. De toute façon, ce n'était pas dans mes intentions.

(Le lendemain, elle redemande à un chauffeur de taxi si elle peut fumer. Je m'inquiète pour lui, je fixe ses yeux dans le rétroviseur en essayant de le prévenir mentalement de faire gaffe, mais c'est un Hindou probablement doué d'un sixième sens héréditaire encore très développé car il accepte et en profite même pour s'en allumer une. Il nous précise toutefois qu'il faut ouvrir les vitres, tant pis pour la clim, et surtout garder nos cigarettes entre nos genoux et ne pas souffler la fumée vers l'extérieur. S'il croise une bagnole de flics, il est foutu. J'ai l'impression de commettre un crime. Après qu'il nous a déposés sur un trottoir de Chelsea, je regarde son taxi jaune s'éloigner dans le trafic : aucune voiture ne le percute.)

Sur sa lancée, elle me parle longuement de son enfance — comme nombre de personnes inquiètes et renfermées, il suffit d'un déclic infime pour qu'elle s'ouvre et se laisse aller sans retenue. Dans la crasse et l'odeur de viande du Meat Market, dans la grandeur et la désolation de ce décor de fin du monde civilisé, elle me parle de sa mère, qui piquait des crises d'hystérie contre elle quand les franges du tapis de sa chambre n'étaient pas rigoureusement parallèles, de son père, qu'elle idolâtrait et qui n'est pour l'instant jamais parvenu à lui témoigner un dixième de l'adoration qu'elle éprouvait pour lui, de son frère aîné, qu'elle martyrisait, des quatre coquelets qu'elle a engloutis le jour de sa communion (quatre ?), de sa grand-mère, qu'elle considérait comme sa seule alliée mais qui ne se départait jamais de son austérité protestante, de son oncle Antoine, mort à vingt-deux ans dans un accident de voiture, le seul révolté de la famille (dont elle allait vite prendre la relève, se sentant en quelque sorte sa jumelle, sa représentante sur terre), qui aimait la vitesse et la provocation, qui se moquait de tout et ne tarissait jamais d'inventions (le « saut à l'ecclésiastique », entre autres), et surtout de son amie Caroline, qui l'a aidée à s'enfuir, à quinze ans. Qui l'a lancée dans la vie.

Chez les scouts, Caroline était surnommée Poney Sensible et Volontaire. À quatorze ans, comme Poney Sensible et Volontaire demandait à sa meilleure copine ce qu'il fallait faire pour attirer et retenir les garçons (elle ne connaissait absolument rien à toute cette machinerie), celle-ci lui avait répondu : « Tu leur demandes de venir dans ta chambre, tu ouvres leur braguette, tu prends leur bidule et tu le secoues de haut en bas jusqu'à ce qu'un liquide blanc sorte. » À la fois effarée et sceptique, Poney Sensible et Volontaire avait cependant décidé de faire confiance à son amie, qui semblait dans le secret des dieux. Elle était morte de trouille la première fois, se demandait si le garçon n'allait pas la prendre pour une folle, mais à sa grande surprise, ça avait marché. Un liquide blanc était assez rapidement sorti du bidule, comme par magie. De plus, le garçon paraissait extrêmement content et n'avait pas tardé à la rappeler. C'était enfantin, en fin de compte. Bientôt, d'autres élèves mâles du collège ont même demandé à la voir sans qu'elle ait eu besoin d'aller les chercher. Ils défilaient dans sa chambre et repartaient enchantés en lui promettant de revenir. Elle était la plus heureuse des filles. Pourquoi s'était-elle posé tant de questions, pourquoi avait-elle attendu si longtemps avant de s'y mettre ? Pourquoi les autres filles se lamentaient-elles de ne pas trouver de fiancé alors que cette méthode simple et rapide permettait d'en trouver des dizaines ? C'est en leur en parlant, en leur demandant si elles étaient bêtes ou quoi, tu secoues leur bidule deux minutes et c'est bon, qu'elle a fini par comprendre. Mais il était trop tard. Elle était devenue la salope de l'école.

Elle en a conçu une haine violente envers le monde entier et a décidé d'entrer en rébellion pendant quelques années. À l'époque où Olive l'a rencontrée, c'était une furie sans foi ni loi, qui méprisait la société et ne respectait aucune de ses règles. C'est elle qui l'entraînait constamment pendant leur fugue, surtout lorsque sa cadette de quatre ans traînait un peu la jambe, par peur ou par fatigue. C'est elle qui a tenté d'organiser leur « évasion » quand elles se sont fait ramasser par la police à Cherbourg.

Aujourd'hui, huit ans plus tard, Poney Sensible et Volontaire vit dans un petit pavillon à quelques centaines de mètres de son village natal. Elle est mariée à un technicien EDF, elle a deux enfants « très intelligents » et préfère ne plus entendre parler de son passé, même au téléphone (« Ah, tu es celle avec qui je suis partie ? » dit-elle à Olive d'une voix faussement détachée). Autruche Sans Mesure en ressent une vague tristesse.

Lors d'un dimanche à Harlem (où a lieu la grande fête annuelle du quartier, dans la 135e Rue — sur trois ou quatre mille personnes, peut-être davantage, nous sommes les deux seuls Blancs (si l'on met de côté — c'est d'ailleurs là qu'ils se trouvent — quelques-uns des flics)), elle me dit qu'elle s'est fait dépuceler le deuxième jour de sa fugue avec Caroline, par le médecin qui l'a violée. Je lui demande si ce n'est pas plutôt par son frère, cinq ans plus tôt, dans le garage. Non, me répond-elle un peu gênée, ils n'avaient fait que se toucher. Enfin, elle ne sait plus.

En début de soirée, tandis que nous attendons désespérément un taxi sur le trottoir de Malcolm X Boulevard (un flic finira par venir nous expliquer que c'est inutile, les chauffeurs ne perdant pas leur temps à traîner dans le coin), elle me reparle des deux mois d'isolement et de vertige qu'elle a passés en psychiatrie. Je pensais qu'elle y était restée trois mois. Mais quand elle m'a résumé sa vie, lors de notre premier dîner ensemble au restaurant indien, je n'étais probablement pas en état de concentration maximale. Il est possible que je me trompe.

Nous baisons de plus en plus souvent, à n'importe quel moment du jour et de la nuit, et de plus en plus sauvagement. Même depuis que ses règles sont terminées, que le sang n'ajoute plus de touche mélodramatique à ces moments de déséquilibre, ils demeurent ambigus. Elle veut que je la malmène, que je l'humilie, elle ne cesse de m'inciter à la brutaliser et ne me trouve jamais assez violent. Pourtant, il me semble que je vais le plus loin possible, au seuil de l'insupportable. J'ai parfois peur de ce que je fais, surtout a posteriori, quand nous retombons éreintés sur le lit ou sur le divan et que je vois son corps blessé, marqué de mes griffures et de mes morsures. Il m'arrive aussi de m'apercevoir sur le moment de l'étroitesse extrême de la « marge de sécurité » : quand je sens que je suis en train de déraper, je suis obligé de quitter mon corps et de m'imaginer à deux mètres du lit, me regardant perdre avec elle le contrôle de mes gestes, pour redevenir à peu près lucide. Elle dit que ce glissement vers la démence se devine sur mon visage, et que ça l'excite.

Un soir, nous en venons même à nous battre comme des animaux. (L'après-midi, il s'est produit un petit incident entre nous, pour la première fois depuis notre arrivée à New York : dans le West Village, alors que nous attendions qu'un feu passe au rouge pour nous diriger vers les quais, elle s'est écartée sans rien me dire et s'est engouffrée dans une friperie (plus tard, elle m'assure qu'elle m'a prévenu avant de s'éloigner, mais je ne la crois pas). Si je n'avais pas tourné la tête par hasard au moment où elle poussait la porte de la boutique, j'aurais pensé qu'elle venait de se volatiliser. Vexé qu'elle accorde si peu d'attention à ma présence (si elle ne juge même pas utile de me dire « Attends une minute », c'est que je compte encore moins pour elle qu'un chien à qui on demande de rester assis sans traverser), je décide de partir seul vers les quais, à trois ou quatre cents mètres à peine, persuadé qu'elle viendra me rejoindre dès qu'elle sortira de la friperie. Là, je m'assieds sur un banc et j'attends. Plus le temps passe, plus je savoure cette petite vengeance puérile. Je fume une, deux, trois, quatre Camel. Je regarde les Américains et les Américaines défiler devant moi en vélo, en skate, en rollers, en baskets. Au bout de près de deux heures, m'ennuyant ferme et commençant tout de même à m'inquiéter (elle n'a que deux ou trois dollars sur elle, pas plus de sens de l'orientation qu'une boussole dans une usine d'aimants, même sur de très courtes distances et dans une ville aussi géométrique que New York, et je sais que, bien que nous soyons ici depuis dix jours, elle ne connaît toujours pas l'adresse de notre appartement — je pourrais ne plus jamais la revoir), je fais demi-tour. Je transpire. Je tourne les yeux de tous côtés, pour être sûr de ne pas la rater si nous nous croisons. Je la trouve à l'endroit exact où nous nous sommes séparés, debout sur le trottoir devant le passage piétons. Elle est pétrifiée, seule la main qui tient son éventail remue mécaniquement. Elle n'a pas bougé d'un mètre depuis deux heures. Elle tremble de peur.) Lorsque nous nous couchons, vers quatre heures du matin, elle me donne de petits coups de poing et me reproche en riant faussement de l'avoir abandonnée. Nous engageons une bagarre fictive, comme font tous les amoureux au cinéma et ailleurs. Mais peu à peu, son visage change, ses yeux deviennent rouges, elle se met à taper de plus en plus fort. Sans que nous ayons réellement senti le passage de la frontière, nous sommes propulsés en plein combat de rue. Ni l'un ni l'autre n'avons plus envie de rire. Bien entendu, je continue à retenir mes coups, du moins j'essaie, je ne ferme pas les poings, mais je réalise tout de même que je la frappe pour de bon. De son côté, elle ne se maîtrise plus du tout. Et quand nous arrêtons enfin, terrassés par l'épuisement et une sensation de douleur généralisée (peut-être aussi par crainte d'aller encore plus loin), nous savons tous les deux que nous ne plaisantions plus depuis un bon moment. Mais la tension nerveuse est retombée, nous nous endormons presque aussitôt.

Le lendemain, quand je prends conscience que je ne dors plus (je rêvais que j'étais allongé au fond d'une barque pendant une tempête — ce sont ses cris qui m'ont définitivement tiré du sommeil), elle est assise sur moi, s'empale et se fait jouir les yeux fermés, en se masturbant énergiquement et en s'enfonçant deux doigts de l'autre main dans le cul. Elle vit sans moi. Elle est en train de vivre sans moi. La pensée de ce moment qu'elle a passé seule, à s'exciter et à se donner du plaisir grâce à moi mais seule, me trouble et m'envahit d'un sentiment proche de la panique, sans que je comprenne exactement pourquoi. Dès qu'elle sent mes mains remonter sur ses hanches, elle me demande de l'empoigner, de serrer et de la griffer le plus fort possible. Je suis réveillé depuis seulement quelques secondes mais je jouis avec elle.

— J'aime baiser le matin, ça me tue.

Elle me répéta ça plusieurs fois.

Curieusement, les hématomes et les traces rouges, presque sanglantes, que je laisse sur son corps s'effacent très rapidement, souvent en moins d'une journée. Le soir, quand elle se déshabille, je suis toujours stupéfait de constater qu'elle paraît de nouveau intacte. Comme si je n'avais fait que planter mes ongles dans de la pâte à modeler qu'une simple retouche suffit à rendre lisse.

Tout se passe bien mais je ne suis pas tranquille. À Coney Island, quatre jours après notre arrivée, elle monte sur la grande roue pour la première fois de sa vie, malgré le vertige (« Je voulais être là-haut avec toi »), elle me serre longuement dans ses bras quand Grandma, l'automate hideux d'une machine à prédire l'avenir dans laquelle il faut glisser un quart de dollar, crache un morceau de papier (sans doute imprimé il y a plus de cinquante ans) qui lui affirme que celui qu'elle vient de rencontrer « is the one » — je n'ai aucune raison de me sentir mal à l'aise ni de douter de ses sentiments pour moi et pourtant, tandis que je l'attends sur la plage avec ce hot dog dégueulasse acheté dans l'un des grands bars vétustes et déserts qui font face à l'océan, tandis que mes yeux vont de l'eau sombre, immense, où elle nage sous la pluie, à mes chaussures de caoutchouc rouge qui s'enfoncent dans le sable, j'ai le pressentiment que cette histoire finira mal.

Je regarde les affaires qu'elle a laissées près de moi :

son sous-pull rouille, son pantalon de tergal vert, sa grande culotte de coton blanc, ses sandales de plastique rose, son sac en skaï rouge, les énormes lunettes rondes et jaunes qu'elle a achetées hier dans une boutique chinoise de St Mark Street, parce qu'elles lui rappellent celles que porte Gena Rowlands dans *Gloria* et qu'elle les trouve « bandantes ». Je ne sais pas ce qui m'inquiète. J'ai de plus en plus mal au bras droit, la douleur est constante et m'empêche même parfois de soulever un verre de bière, les rougeurs sur mes jambes résistent hargneusement à l'arme violette dont m'a muni le détective, un kyste bizarre s'est formé sur la face interne de mon poignet gauche, mais rien de tout ça n'est vraiment sérieux : il suffira d'une ou deux visites au cabinet de mon allié, dès notre retour, pour que les choses s'arrangent. Je viens à l'instant de découvrir que la marque des chaussures rouges que m'a offertes Olive a pour logo la silhouette d'un lapin, mais il faut que j'arrête de me focaliser là-dessus, c'est absurde. Non, je ne crois pas que le problème vienne de moi. Quel problème ?

Olive sort de l'eau dans le maillot de bain de son grand-père, elle court vers moi, elle me sourit. Nous passons de bonnes journées ici, tout est simple, elle est joyeuse, elle m'aime : pourquoi ai-je l'impression persistante, et même grandissante, que quelque chose cloche ? J'ai peur d'elle. Non, ce n'est pas exactement ça. J'ai peur pour elle. Peut-être.

Le soir, emporté par une crue de Glenlivet au Life Cafe, je n'arrive même plus à me raccrocher au comptoir — et promets à Olive de l'emmener demain par le premier vol à Los Angeles, où nous nous marierons dans une chapelle-minute.

Je me réveille gélatineux et constate avec amertume que mon enthousiasme n'est plus le même. Les problèmes techniques qu'engendrerait cet aller et retour me paraissent démesurés, je n'ai pas le courage d'organiser tout ça pour un morceau de papier dont je ne sais même pas s'il est valable en France. Olive est très déçue, car elle croit toujours ce que je dis. Je lui propose que chacun offre une bague à l'autre, ici, à New York, et que nous organisions une cérémonie de mariage officieuse, sur un trottoir ou dans un bar, comme font tous les amoureux au cinéma et ailleurs. Elle accepte en souriant. Elle trouve probablement que je joue petit.

Après plusieurs jours de recherche dans toutes les boutiques d'occasion, elle finit par dénicher ce qu'elle veut pour moi : une bague ovale des années 30, en marcassite, un métal étrange qu'on pourrait décrire comme un mélange de fer et de diamant. Elle est taillée de telle façon qu'elle est à la fois grisâtre et étincelante, sobre et clinquante, rugueuse et cristalline. Elle lui ressemble.

Celle que je trouve pour elle au même endroit (Archangel Antiques) est en résine verte. Mais je ne sais pas si elle me ressemble, car je ne sais pas à quoi je ressemble. En fait, il s'agit d'une bague double, deux anneaux assortis mais de tailles et de formes différentes. Elle en portera un à la main gauche, un à la main droite.

Nous nous marions vers une heure du matin, au croisement de la Première Avenue et de la 10e Rue, devant une grande épicerie tenue par des Portoricains. Je regarde ma bague, grisâtre et cristalline.

Le soir de notre retour à Paris, nous dînons chez moi. Olive a tenu à faire les courses et à préparer le repas toute seule, pour me remercier des deux semaines que je viens de lui faire passer (dans mon esprit, bien sûr, si j'ai pu vivre ces quinze jours euphoriques — ou presque —, c'est uniquement grâce à elle).

— Des spaghettis à la tomate, ça va ?

— Très bien.

Elle revient du supermarché avec quatre grands sacs pleins (pour des spaghettis à la tomate, elle ne lésine pas sur les moyens — si elle prépare les spaghettis à la tomate à ma manière, c'est-à-dire en faisant cuire des spaghettis et en ajoutant des tomates, elle en a apparemment prévu une quantité suffisante pour nourrir tous les habitants de la rue et leurs cousins de province) et se met immédiatement au travail. C'est la première fois que je la vois cuisiner et ce n'est pas demain matin que j'aurai oublié ce spectacle :

Elle remplit d'eau une grande marmite. Elle met du sel. Jusque-là tout va comme sur des roulettes, nous avons la même technique. Mais ensuite, ça s'accélère : elle met également du sel aromatisé, du poivre (de deux ou trois sortes différentes), de l'huile d'arachide, de l'huile d'olive, de la sauce de soja, du nuoc-mâm, du cumin, du romarin, et des tas d'herbes et d'épices que je n'ai pas le temps d'identifier tellement ça va vite. Dans une autre marmite (et tandis que je crois la voir encore assaisonner l'eau — mais c'est seulement une image qui subsiste sur ma rétine), elle prépare la sauce : des tomates coupées en dés, des champignons, des aubergines, des courgettes, du chou rouge, plusieurs légumes dont j'ignorais l'existence, des pommes, des poires, des raisins de Corinthe, des pois chiches, des échalotes, des oignons, du persil, de la ciboulette, du sel, du poivre, du sucre, de la crème fraîche, du lait, du miel, de la gelée de myrtille, de l'huile, de la sauce de soja, du nuoc-mâm, etc. Quand les spaghettis (innombrables) sont cuits, elle les égoutte brièvement, les reverse dans la marmite, ajoute du beurre et toute la sauce. Elle mélange consciencieusement puis achève la préparation par une petite touche personnelle : trois ou quatre tranches de jambon de pays découpées en lamelles, du camembert, du comté, du chèvre, du parmesan, des raisins noirs, du jus de citron, un yaourt, et un dernier coup de lait, de miel, de crème fraîche, de gelée de myrtille, de sauce de soja et de nuoc-mâm.

Alors qu'elle s'active comme quatre ou cinq cuisinières synchronisées sur la table en Formica, je m'aperçois que l'une de mes mains est agrippée au bord de l'évier et que l'autre est agitée de mouvements nerveux dans sa direction : je ne peux les réprimer, je parviens juste à les interrompre à temps, avant qu'ils ne l'atteignent. Mes lèvres remuent silencieusement (« Non, pas de… Bon, ça d'accord mais… Oh non… Ne… Attention, non, pas ça ! ») et mes yeux sortent de ma tête, j'en suis sûr. Je la vois comme une géante en transe dans le monde vaste et complexe de la nourriture, avec huit ou dix bras qui se détendent de manière fulgurante, piochent à droite, à gauche, en haut, en bas, et laissent tomber tout ce qu'ils attrapent dans un immense récipient posé devant elle. Elle fait la cuisine comme tout le reste : compulsivement. Il lui faut tout.

Quand elle apporte son œuvre sur la table, je me demande si j'ai bien compris ce qu'elle a dit plus tôt. En fait, pour me remercier des quinze jours que nous avons passés à New York, il est possible qu'elle ait décidé, en toute logique, de me préparer à manger pour quinze jours. Car la marmite est pleine à ras bord et doit peser près de neuf ou dix kilos. En réalisant que ce plat considérable est conçu pour deux personnes (les habitants de la rue et leurs cousins de province peuvent téléphoner à tous leurs correspondants à l'étranger, il y en aura pour tout le monde — et si, par chance inouïe, l'un de ces correspondants s'avère être le cuisinier psychopathe du « 2nd Avenue Deli », à New York, il va se sentir minable), nous sommes pris d'un fou rire idiot. C'est l'une des dernières fois que j'entends rire Olive.

En mettant la table, je me suis rendu compte qu'il manquait encore l'une de mes fourchettes à manche vert sombre. Sur six, il n'en reste plus que trois dans le tiroir. Mais ce n'est pas le plus grave.

Dès la fin du repas (nous n'avons évidemment pas pu manger plus de la moitié de la marmite, ce qui constitue tout de même un exploit sans précédent dans l'histoire de la voracité), Olive change. Elle fait de son mieux pour paraître détendue mais je devine sans mal que quelque chose la préoccupe. Chacun de ses gestes, de ses mots et de ses regards trahit un effort, une volonté de dissimuler son malaise. J'ai l'habitude de la voir se métamorphoser ainsi, passer subitement d'un comportement ou d'un état d'esprit à un autre comme si on avait appuyé sur un interrupteur près de sa cheville, mais cette fois je pressens, sans réellement pouvoir expliquer pourquoi (je suis décidément nul quand il s'agit de comprendre un truc), que l'interrupteur vient de casser en passant sur la position « off ». Nous rentrons de New York, nous venons de dîner pour la première fois ensemble chez moi, Olive s'assombrit brusquement. Comme une formule 1 qui tombe en panne d'essence quelques mètres après la ligne d'arrivée.

Il est probable qu'elle s'ennuie. Elle est triste. Je l'observe en revenant de la cuisine où je suis allé mettre la cafetière en marche, elle est assise sur le divan, les yeux dans le vide, les mains croisées entre les genoux. Cette tristesse ne la quittera plus. Qu'est-ce que j'ai fait ? Qu'est-ce que je dois faire ? Si elle cherche à me cacher sa lassitude ou son désespoir (lorsque je m'assieds près d'elle, je la sens contractée mais elle me sourit et tente de se montrer présente), c'est qu'elle n'a rien à me reprocher, c'est qu'elle souhaite que je sois bien avec elle, que j'aie une bonne image d'elle et ne perde pas patience. C'est qu'elle m'aime, disons.

Mais alors qu'est-ce qu'elle a ?

Et si c'était moi ? Si elle n'avait rien de particulier ? Je me sens si sensible et vulnérable depuis quelque temps que le moindre symptôme de dérèglement me bouleverse. Je la vois vaguement soucieuse ou mélancolique et je suis aussitôt saisi d'une sensation d'affolement, je l'imagine me quitter demain midi pour aller enfourcher un cheval plus fougueux et s'éloigner en jetant son chapeau derrière elle, je me sens rempli d'air chaud, j'ai le sang qui monte comme le mercure dans un thermomètre et la tête qui tourne. Encore cette saleté de matériel biologique… Pourtant je ne suis pas fou, elle est morose ou nerveuse ou angoissée, ça se voit. Si je ne fais rien, si je me contente de reprendre ma petite vie molle ici et lui propose simplement de rester près de moi, elle va finir par poser sur moi un regard plein de tristesse et de regrets, avant de s'évaporer.

Dans l'urgence, je retire ma confiance à mon cerveau informatique et raisonne de façon primaire (que celui qui a réussi à réfléchir posément dans un moment de panique me lance la première pierre : nos vénérables ancêtres préhistoriques, qui en connaissaient pourtant un rayon en lancer de pierre, seraient bien les derniers à me reprocher cette décision instinctive — c'était leur spécialité — or nous devons humblement nous inspirer de leur conduite, car les anciens ont toujours raison) : pour éviter qu'elle s'éteigne sur place dans les jours qui viennent, il faut que je la fasse bouger. Comme les montres qui se remontent grâce aux mouvements du poignet. C'est simple. J'ai de l'argent, un métier qui me laisse tout le temps libre dont a besoin l'homme du même nom, et un barman sympathique pour garder mon chat. Je vais entraîner Olive un peu partout.

Je me demande où ça va m'emmener. Mais je suis prêt à tout. Je l'ai dit, ma liaison avec Olive Sohn est désormais une facette de mon caractère. Je ne peux pas la laisser disparaître. Cette fille dépasse les limites habituelles de l'être humain : son plat de ce soir, là, son énorme machin plein de tout, confectionné au hasard en apparence, était extraordinairement bon.

Dans le même temps, il faut aussi que je m'occupe de moi (je suis débordé). Le lendemain, je retourne donc chez le détective pour faire le point avec lui sur mon état de santé. En ce qui concerne mon bras (à présent semblable à celui d'une statue (et pas d'une statue triomphale, encore une fois, car je ne peux que le laisser pendouiller le long de mon corps voûté)), il me demande d'aller passer une radio de l'épaule car il a oublié ses lunettes spéciales à la maison. L'état de mes jambes le rassure et le met de bonne humeur : il ne faut pas que je renonce maintenant, on les tient, ce n'est plus qu'une question de jours. Quant au kyste qui gonfle sur mon poignet, il y prête à peine attention. Si on s'arrête à ce genre de détail, on n'en sort plus. Il suffit d'attendre et de voir comment ça se goupille. Au pire, il faudra passer deux minutes sur le billard, mais on n'en est pas encore là. En me raccompagnant jusqu'à la porte de son cabinet, il me fait tout de même remarquer que, selon ce qu'il observe depuis que je suis entré en contact avec lui, je ne suis pas le type même de l'homme sain et vigoureux, en parfaite harmonie avec son milieu naturel. Je ne sais pas quoi lui répondre. Cette constatation scientifique me paraît fondée (j'acquiesce pensivement de la tête après quelques secondes de réflexion), ce qui me contrarie un peu.

Je me rends immédiatement au laboratoire de radiologie, à cinq cents mètres sur le même trottoir. À l'accueil, un homme immense et rachitique harcèle la réceptionniste pour qu'elle demande à quelqu'un de lui faire une radio de la tête, car il se sent « seul comme un perdu et malade de la logique mentale », ce qui selon lui n'est pas normal. Grâce au professionnalisme de la jeune femme, je passe devant, mon épaule coincée étant prioritaire. Au moins, mon problème est identifiable, mon cas est simple.

De retour dans le bureau du détective, je lui montre les clichés qu'a pris le spécialiste du squelette (il l'appelle le « squelettologue » mais je préfère ne pas penser que je suis déjà obligé de « consulter un squelettologue »). Il les affiche sur un panneau lumineux, il grimace (Quoi ? Qu'est-ce qu'il y a ? Mais parlez, nom de Dieu, je suis adulte !) et me désigne le problème du bout de l'index. Son ongle est parfaitement manucuré. Mais ce que je vois au-delà me retourne le cœur. Découvrir mes os ne m'enchante guère, je me sens déjà assez fragile comme ça, avec la chair, les muscles et la peau en bouclier, mais ce n'est pas ça. La tête de mon humérus, la boule qui devrait s'emboîter parfaitement dans la clavicule et s'y mouvoir de manière parfaitement fluide quand il me prend l'envie légitime de lever le bras, par exemple, est couverte de petites aspérités irrégulières. On dirait la terre vue en coupe, avec ses collines, ses montagnes, ses crêtes. Le détective m'explique que ce sont des dépôts de calcaire. Des visions d'horreur se bousculent dans mon esprit : je vois la résistance foutue des machines à laver qui ont eu le malheur de ne pas utiliser Calgon, je vois la tête affligée du représentant, puis je vois le patin à glace de Cif Amoniacal, je vois des os rayés, je vois ces rugosités solides frotter contre la clavicule au moindre mouvement de mon bras, j'entends les crissements aigus, le bruit de la craie sur le tableau noir.

Toujours aussi stoïque malgré l'ampleur du désastre, le détective m'assure que c'est plus impressionnant que grave. Il va me prescrire une bonne dose d'anti-inflammatoires et je pourrai bientôt m'inscrire chez les majorettes, si c'est l'un de mes rêves. Quant à la cause, comme toujours, ça n'a pas de réelle importance. Ce

« désagrément articulaire » est vraisemblablement dû à une mauvaise hygiène de vie. Allons bon.

Avec mon épaule raboteuse, mes pustules aux jambes et mon kyste au poignet, je cours retrouver Olive. Je ne veux pas que ça grince et que ça racle entre nous, je ne veux pas l'imaginer en tête de l'humérus que je viens de voir sur les radios et moi en clavicule, ni l'inverse, je veux que ce soit souple et bien huilé comme une épaule de gymnaste, même comme une épaule de cycliste ou de boulangère, ça m'irait. Je vais l'emmener n'importe où pourvu que ça glisse. La semaine prochaine, voilà, quelques jours. Pourquoi pas chez sa mère, en Bretagne ? Ce n'est pas très exotique — même si l'artichaut est un drôle de truc, quand on y pense —, mais elle me parle souvent de sa mère et de sa grand-mère, ça n'a pas toujours baigné dans l'eau de rose entre elles mais le passé est le passé, on ne peut pas dire le contraire, je suis sûr qu'elle aimerait les revoir, même brièvement, et d'un autre côté moi ça ne peut pas me faire de mal, le grand air, un bon coup de vent iodé va anéantir mes troubles corporels, car même si Rennes est loin de la mer le vent est très puissant, il ne s'arrête pas là, et puis la Bretagne ce n'est pas le bout du monde mais c'est quand même le bout de l'Europe, ça lui fera toujours du mouvement, et c'est ce qui compte, c'est même maintenant la seule chose qui compte : le mouvement.

Elle est d'accord, elle est contente, elle n'avait pas envie de rester à Paris. Je suis fin psychologue. Et je ne m'arrêterai pas là (je suis comme le vent), je vais tout organiser pour nous sortir de ce bourbier : on prendra le train jusqu'à Rennes puis on louera une voiture, on pourra se promener partout dans la région. Et quand on reviendra, je mettrai un autre plan sur pied, car les endroits où aller ne manquent pas. Il n'y a même que ça dans le monde, des endroits.

En quelques coups de téléphone, tout est arrangé. Nous partons dans trois jours. Et grâce à cet horizon clair et proche, ces trois jours d'attente stérile à Paris passent sans encombre : Olive n'est pas précisément hilare et bondissante, mais la perspective du départ la soulage et la réjouit. Elle se lève de bonne humeur, se lave tous les matins, discute presque gaiement avec les habitués du Saxo et, le soir, mange comme une tigresse blonde dans les restaurants du quartier. Nous essayons à nouveau de faire un enfant. Elle est inquiète car à la suite d'une grossesse extra-utérine, il y a deux ans, on a dû lui enlever une trompe. D'une part elle craint d'avoir un nouveau problème de ce genre, d'autre part elle finit par se demander si « ça fonctionne encore ». Je suis plus confiant qu'elle.

Dans un bar de l'avenue de Clichy, j'oublie mon chéquier sur le comptoir en partant. Nous revenons le lendemain matin mais personne ne l'a vu, évidemment. Ça m'apprendra à picoler ailleurs qu'au Saxo. Ce n'est pas bien grave. Juste un chéquier de perdu. Qu'est-ce que c'est, un chéquier ? Rien. Je fais opposition tout de suite et j'utiliserai ma carte de crédit en attendant d'en recevoir un autre. On prend les cartes de crédit partout, de nos jours, même en Bretagne.

Je perds également ma veste, dans une fête où nous passons brièvement la veille de notre départ pour Rennes, mais elle était si usée qu'il est possible qu'elle se soit dissoute sous le poids des autres vêtements entassés sur le lit de notre hôte (et si on me l'a prise, vu son état, ce ne peut être qu'une erreur).

Ces disparitions ne me dérangent pas beaucoup (pas plus que celle de mes fourchettes, même si celle-ci me déconcerte au point que je ne me risque jamais à y penser plus de trente secondes (ce qui est impossible est impossible, c'était jusqu'alors l'une de mes seules certitudes)), mais il est apparemment temps que nous partions d'ici car tout semble fondre autour de nous, comme sur une image de film arrêtée trop longtemps devant la lumière du projecteur. Tout semble fondre autour de moi, du moins. Même les lapins se volatilisent, derrière la palissade. Avant notre départ à New York, j'avais déjà l'impression que leur nombre avait diminué. Cette fois ça ne fait plus aucun doute : ils ne sont plus que trois dans l'enclos, les deux gros et un petit blanc. Je me dis un moment que les autres doivent se cacher quelque part, mais je me poste à la fenêtre plusieurs fois par jour et n'en vois jamais d'autre que les deux gros et le petit blanc. Qu'il y ait un ou deux rejetons timides ou introvertis sur une portée, d'accord, de nombreuses histoires pour enfants en témoignent — mais cinq ou six, ce n'est pas concevable. J'envisage également la possibilité que les plus précoces aient déjà quitté leurs parents pour se lancer à l'assaut du monde, mais alors je ne peux m'empêcher de me représenter l'enclos comme une sorte de base de reproduction, de camp d'entraînement où seraient formés les lapins destinés à partir, non pas forcément à l'assaut du monde, mais d'un type à qui ils en veulent particulièrement, par exemple. C'est possible. Je m'attends à tomber sur eux d'un jour à l'autre dans la cage d'escalier de mon immeuble. La seule chose qui me rassure, c'est que je ne vois pas comment ils pourraient trouver le moyen de sortir de leur caserne. À moins qu'ils ne soient vraiment très costauds. Presque volants. Non, le plus rassurant est de considérer qu'ils sont morts. C'est triste pour eux et dommage pour la Beauté de la Nature, mais je n'y peux rien (avant New York, Valérie du Saxo m'a conseillé, avec le plus grand sérieux, d'escalader la palissade, de les attraper, de les mettre dans des cages et de les apporter à la SPA). Moi aussi, j'ai des amis qui sont morts. Ils n'ont pas voulu de mes carottes, tant pis pour eux — je parle des lapins.

Mon chat Spouque perd également quelque chose : l'appétit. Quand nous sommes rentrés, Thierry le barman m'a dit qu'il n'avait pas mangé grand-chose. C'est vrai : son Gourmet au foie et à la volaille ne le tente plus. J'essaie d'autres marques, d'autres goûts, en vain. Il n'accepte plus que du thon ou du jambon, mais ce n'est pas une nourriture très équilibrée. Ce n'est pas bon pour son hygiène de vie.

Dans le train, Olive est calme. Même si elle ne parle pas beaucoup, j'arrive désormais à deviner à peu près son humeur en étudiant ses mains, ses yeux, son teint, la position de sa tête. Et à cet instant, tandis que la campagne morte défile à toute vitesse derrière les vitres, je sais qu'elle n'a pas de pensées noires. Ou plus exactement, je sais qu'elle ne pense pas à l'avenir. Elle lit le dernier Bret Easton Ellis.

— C'est vide et infâme, j'aime vraiment ça.

À Rennes, au volant de la Clio bleue que nous avons louée, je lui demande l'adresse du docteur qui l'a violée le deuxième jour de sa fugue. Je suis moins violent qu'un papillon, mais lui casser toutes les dents et lui arracher le nez à la main (en glissant un doigt dans chacune de ses narines et en tirant vers le haut comme un barbare en crise) serait un plaisir intense — après Bruno, les aviateurs et les pompiers, je réalise qu'Olive est jusqu'à maintenant la seule personne pour qui je puisse, en tout cas virtuellement, me changer en destructeur sauvage. Mais elle prétend ne plus se souvenir de l'endroit où habitait le médecin.

Chez sa mère, il ne se passe pas grand-chose. Si ce n'est qu'Olive se comporte de manière tout à fait étonnante. Elle paraît normale. Ni agressive, ni exubérante, ni amorphe, ni provocatrice, ni effarouchée, ni affligée ni spécialement joyeuse : rien. Je l'aime comme ça aussi — et ça me rassure, en quelque sorte : je m'aperçois que je ne l'aime pas pour son apparence, ses attitudes, son originalité flagrante et ses revirements inattendus, mais pour des raisons plus profondes, ou mieux, sans raison. Je l'aime sans raison. Cette découverte me comble de joie et de fierté car on dit toujours, partout et depuis des siècles, que c'est la seule manière d'aimer réellement les gens. Parfait, je suis enfin dans le vrai.

En entrant dans sa chambre de petite fille, que sa mère a conservée intacte, je suis surpris de constater qu'elle ressemble à n'importe quelle chambre de petite fille (si l'on ne tient pas compte de l'ordre militaire et de la propreté médicale qui y règnent et y ont toujours régné, sous la houlette dictatoriale de la mère — les franges du tapis parallèles au millimètre près, les poupées assises côte à côte contre le mur comme une brochette de fillettes punies, pas un grain de poussière nulle part, pas un livre qui dépasse de l'étagère). Toutes les personnes que je connais auraient pu passer leur enfance ici. Je m'attarde sur ses jouets, semblables à tous les jouets, et sur ses lectures : *Une petite souris timide, Kati en Italie, Sissi jeune fille, Martine à l'école, Martine fait ses courses, Martine à la maison, Martine à la foire, Martine à la ferme, Martine au parc, Martine petite maman.* C'est idiot, mais j'ai le plus grand mal à concevoir qu'une fille comme Olive ait pu débuter dans la vie comme n'importe qui d'autre.

Elle ne m'avait pas menti, sa mère est effectivement une personne étrange. Pleine d'humour et d'une grande gentillesse, elle semble ne plus pouvoir se raisonner ni se maîtriser quand elle aperçoit une goutte d'eau sur l'évier ou un journal encore posé sur la table plus de dix secondes après qu'on l'a refermé. Dans ces moments-là, elle bondit sur l'erreur, la répare en tremblant et devient presque méchante. Mais on sent que c'est incontrôlable, et qu'elle s'en veut.

Elle ne cesse de rabaisser Olive, de lui expliquer qu'elle n'est capable de rien, qu'elle n'a jamais rien fait comme tout le monde et qu'elle n'ira nulle part en se comportant ainsi, c'est à peine si elle ne lui dit pas que, de toute façon, ces remarques et ces conseils ne servent à rien, changer serait maintenant inutile car tout est foutu depuis longtemps pour cette pauvre Olive. Mais là aussi, c'est visiblement plus fort qu'elle. Car elle aime sa fille. Elle la touche sans arrêt, la chatouille, lui caresse les cheveux, insiste pour la coiffer ou lui frotter le dos dans la baignoire, et même lorsqu'elle tente de l'enfoncer en lui démontrant qu'un emploi de serveuse de restaurant serait inespéré pour elle, elle contemple Olive comme si elle n'avait rien de plus précieux au monde.

Olive encaisse toutes les critiques avec un stoïcisme inattendu. Elle lève les yeux au plafond ou quitte la pièce en grognant quand sa mère va trop loin, mais jamais plus. Elle a l'habitude, elle a développé certaines défenses. Et j'ai le sentiment qu'à vingt-trois ans, elle commence à comprendre qu'on peut avoir des faiblesses. Que même si elles nuisent aux autres, elles sont presque pardonnables.

Je crois que je suis plutôt bien accepté (je fais tout pour : je laisse toujours mes chaussures à la porte, je nettoie, rince, sèche et range chaque verre aussitôt après l'avoir vidé, je vais fumer dehors, je me lave les mains sans arrêt — grâce à mon père, j'ai dix-huit ans d'entraînement dans les pattes). Je suis le monsieur qui vient de Paris, celui qui veille sur la gamine.

Un matin, Olive s'habille en putain élégante, pour faire plaisir à sa famille. Elle porte une robe de soie noire, fine et légère, flottante, des escarpins vernis noirs à très hauts talons, un porte-jarretelles et des bas couture. Elle a mis du rouge sombre sur sa bouche et du noir autour de ses yeux. En la voyant sortir de la chambre, sa mère gronde :

— Allons bon. Tu fais encore ta Pimprenelle…

Olive me présente toute la famille. Elle ne peut pas faire autrement. Grands-mères, oncles, tantes, cousins, cousines, frère et belle-sœur, tous habitent dans un rayon de cinq cents mètres et ont appris ma venue quelques minutes après notre coup de fil de Paris à sa mère. Là encore, je me tiens bien et je pense réussir à peu près l'examen de passage (l'une des grands-mères, celle qu'elle aime comme une mère et qui l'a accueillie à douze ans, demande toutefois devant moi à Pimprenelle si elle « fait la rue », en me toisant avec la conviction manifeste que je suis son mac). J'ai même le plaisir de voir son père, de passage dans le coin par hasard. Il est fort sympathique et très timide — mais face à lui, Olive se liquéfie. L'émotion lui tord le ventre, elle doit quitter un instant la table pour aller s'allonger.

Ce n'est pas une famille ordinaire. À l'image de la mère, chacun a au moins une particularité surprenante, un trait de caractère ou un défaut inhabituels qui donnent l'impression de se trouver devant une troupe de comédiens, un clan reconstitué dont chaque membre aurait été choisi sur casting par un metteur en scène peu soucieux de réalisme. Grandir entre eux n'a pas dû être simple. Ils sont tous étranges.

Comme je pouvais m'y attendre, j'ai vu des dizaines de lapins. Ça ne m'inquiète pas, car c'est normal à la campagne, mais il vaut mieux que je les oublie assez rapidement. Derrière chaque maison, je découvrais de nombreux clapiers. À l'intérieur, dans l'ombre, les bêtes collaient leurs gros museaux arrondis contre les barreaux.

Dans le train du retour, je grignote un sandwich fade et caoutchouteux, par gourmandise. En face de moi, en jean et en tee-shirt blanc troué, Olive lit *Le Vin de la jeunesse*, de Fante.

— C'est marrant, mais c'est trop bien-pensant. Ça me gonfle.

Je suis d'humeur légère. J'ai passé quatre jours intéressants, j'ai bien observé tout le monde, répondu poliment à toutes les questions, et Olive n'a tué personne, elle a même eu l'air de prendre un certain plaisir à ces retrouvailles familiales. Elle paraît apaisée, plus sûre d'elle, prête à continuer, comme tout le monde.

J'ai le sentiment de mieux la connaître, après ce court séjour au milieu de ceux qui ont constitué les repères, les piquets et panneaux de son enfance. Je comprends peut-être certaines choses. Moins de mystère, moins de questions, c'est aussi moins d'inquiétude, probablement. Je fais preuve d'un optimisme exagéré, je m'emballe pour un rien (comme si on pouvait pénétrer l'esprit de quelqu'un en passant quelques heures dans sa famille...), mais je crois que tout sera désormais plus simple.

En tout cas, de mon côté, ça s'arrange. Mes jambes reprennent progressivement leur allure d'origine, le kyste de mon poignet, après une période de stagnation, commence à dégonfler par miracle, et même mon épaule, sous l'effet fulgurant des anti-inflammatoires Calgon, retrouve une mobilité grisante. Je suis sur la bonne voie.

Nous allons rester un moment à Paris, Olive sera plus décontractée, si par hasard ce n'est pas le cas je resterai néanmoins serein, car je sais dorénavant que son instabilité provient essentiellement de son entourage d'origine, de ses débuts chaotiques dans l'existence, et que ses glissements vers l'ombre ne signifient pas qu'elle ne m'aime pas, qu'elle s'ennuie avec moi ou je ne sais quelle ânerie. De toute manière, si l'atmosphère devient vraiment trop tendue à Paris, nous pourrons toujours repartir quelque part dans deux ou trois semaines. C'est une façon de vivre comme une autre, après tout. Le mouvement.

Malheureusement, je me suis trompé. Dès notre retour, Olive perd de nouveau toute confiance en elle et toute envie de faire quoi que ce soit, malheureusement. Abattue ou irritable, elle s'enferme en permanence dans une bulle de détresse inexplicable. Et moi, malheureusement, je ne parviens pas, malgré une application mentale de chaque instant, à rester néanmoins serein. Les bonnes résolutions que j'ai prises dans le train ne servent malheureusement à rien, je continue obstinément à interpréter chacune de ses attitudes comme un signe qui m'est destiné, un message à décoder. Quand je devrais me contenter de penser « Elle n'est pas bien… », je ne peux me retenir d'ajouter « … avec moi ». Car elle n'est pas dans cet état uniquement à cause de son enfance bancale. Il y a autre chose, malheureusement, c'est clair. Bruno ? Je suis trop fade, trop superficiel, pas assez complexe, pas assez violent, pas assez vicieux, pas assez imaginatif, trop mou, trop casanier ? Quand on bouge, Pimprenelle vit. Quand on « reste » ensemble, elle meurt. Elle n'est pas bien avec moi. Ça saute aux yeux. Non, je ne dois pas dire ça, je sais bien que c'est son tempérament, qu'elle a toujours été comme ça. Mais pourtant, l'évidence est là. Je ne la rends pas heureuse. Personne ne la rend heureuse. Moi non plus, mais le problème c'est qu'elle va me quitter. Non. Elle a passé trois ou quatre ans avec Pascal puis avec Bruno, qui ne la rendaient pas heureuse non plus. Tu parles d'une consolation. Je veux la rendre heureuse, moi. Pas heureuse, mais au moins détachée de ses tourments, à l'écart des précipices. Sinon elle va me quitter un jour ou l'autre. Mais qu'est-ce que je dois faire ? J'essaie de rester le plus prévenant, le plus patient, le plus distrayant, le moins pesant possible. Je veux qu'elle soit bien. Je veux qu'elle soit bien avec moi. Car je peux prévoir et calculer tous azimuts, signer de beaux contrats avec moi-même, je ne serai jamais néanmoins serein si je la vois déprimée, malheureusement.

Absorbé par mes craintes, mes interrogations et mes efforts pour la ranimer, je ne pense pas à me demander si je suis bien avec elle. De toute évidence, je me répondrais non. Mais ce n'est pas grave. Je suis avec elle, ça suffit.

Une semaine plus tard, nous partons dans le Luberon. Son frère nous avait invités à passer quelques jours dans la maison de campagne qu'il possède là-bas, où il devait justement se rendre ces jours-ci avec femme et enfant. Sur le coup, nous avions décliné sa proposition — nous ne pensions pas repartir si vite — mais finalement ça tombe bien. Nous y restons trois jours, il ne se passe pas grand-chose. Olive est cependant plus paisible et plus ouverte qu'à Paris. J'ai peur de rentrer.

À peine revenus, nous recevons un coup de téléphone de Florence, qui nous informe d'une promo de dernière minute à Nouvelles Frontières. Deux aller et retour pour Le Caire ce week-end, à un prix ridicule. Elle nous appelle à tout hasard. Le ciel le lui rendra.

Au Caire, il ne se passe pas grand-chose. Mais c'est une ville fascinante, turbulente et poussiéreuse. Olive est émerveillée par ses habitants, ses bâtiments, étourdie par le tumulte. Le week-end passe très vite.

Ça ne marche pas. À chacun de nos retours, Olive replonge dans son malaise un peu plus rapidement que la fois précédente. L'élan que lui donnent nos séjours loin de Paris est de moins en moins efficace, la dynamique n'agit presque plus : la force qui la freine à l'arrivée prend trop vite le dessus. Il serait ridicule de continuer à essayer de sauver la situation ainsi. Ce n'est pas possible. Je me vois comme un lévrier en train de courir de plus en plus vite après un lapin mécanique, disons plus sagement un renard ou un cochon mécanique dont la vitesse augmente proportionnellement à la mienne. C'est comme les calmants. Plus on en prend, plus on s'y habitue et plus il faut en prendre. La seule solution serait de passer notre vie en voyage. Or ce n'est pas possible. C'est moi qui me mettrais à déjanter, car j'ai besoin de repères fixes (n'oublions pas que je suis une girouette) — j'imagine Olive acceptant gentiment de me ramener de temps en temps à Paris pour que je revive, puis de plus en plus souvent, jusqu'à ce que nous nous y installions de nouveau, et ainsi de suite. De plus, je ne sais pas ce que je ferais de mon chat. Enfin il faut bien que je travaille, je ne suis pas millionnaire. Or donc ce n'est pas possible.

Nous allons rester à Paris. (Je vais bientôt me rendre compte que ce n'est pas possible non plus.) Nous allons rester à Paris, on ne peut pas en mourir. On verra bien ce qui arrivera, comme disent ceux qui n'ont rien à perdre. Olive ne tient qu'à un fil mais c'est parfois suffisant. Je ferai tout pour entretenir ce fil, voire pour en tisser d'autres si je suis en forme, je ferai tout pour lui changer les idées. Parallèlement, il faut aussi que je fasse tout pour ne pas déjanter. Car même en restant sur place, même entouré d'une multitude de repères fixes, on n'est jamais à l'abri.

Vendredi soir, moins d'une semaine après notre retour du Caire, je dois dîner chez Morag-Ann, une amie qui habite depuis peu dans le quartier et que je n'ai pas vue depuis longtemps, comme la plupart de mes amies. Je m'y rends seul car Olive passe la soirée en tête à tête avec Tatiana, la seule femme dont elle se sente réellement proche. J'espère qu'elle saura mieux que moi l'aider à se relever (mais se relever de quoi ? Quand je demande à Olive ce qui ne va pas, ce qui la met dans cet état de découragement, elle me répond : « Je ne sais pas. J'ai toujours été comme ça. Je peux donner le change en apparence, je peux sourire, je peux m'amuser, je peux danser, lire des livres et m'habiller comme si j'attachais de l'importance à mes vêtements, je peux faire la folle mais au fond de moi c'est toujours pareil. Je suis triste. Au fond de moi, rien ne m'intéresse, rien ne me fait envie. J'ai toujours ressenti ça, depuis aussi longtemps que je m'en souvienne, et je n'arrive pas à combler ce vide au milieu. Quand tu me vois joyeuse, ce n'est pas que j'oublie, c'est que j'ai assez de force ou de volonté pour jouer la comédie. Mais à l'intérieur, ça ne change pas. Je me suis demandé d'où ça venait, bien sûr. C'est difficile à expliquer. Tout me paraît inutile. Que je fasse des choses "importantes" ou des choses sans conséquence, tout me paraît inutile. Ce n'est pas une grande découverte, tout le monde sait ça, tout le monde sait que rien ne sert à rien sur terre, que l'humanité n'a ni sens ni but, mais certains parviennent à ne pas y penser ou même à se faire croire le contraire, d'autres se servent justement de cette constatation pour vivre avec plus d'insouciance. Moi j'en suis incapable. Je suis comme quelqu'un qui se lève tous les matins à six heures et qui bosse dans un bureau jusqu'à la tombée de la nuit en sachant qu'il ne sera pas payé à la fin du mois. Ça me désespère. Je ne peux pas faire comme si de rien n'était. De temps en temps, je me laisse emporter, mais malheureusement ça ne dure jamais longtemps. Quand j'arrive dans une soirée où les gens sont gais, par exemple, je me sens bien pendant cinq ou dix minutes. Mais très vite, cette sensation d'inutilité — cette impression que ce ne sont que des actes de diversion — me reprend. Je me mets à détester tous ces gens creux. Et je ne réagis pas comme ça seulement face à ce qu'on appelle les plaisirs. Tout me fait le même effet. S'engager activement dans la lutte contre la misère, écrire un livre ou élever des enfants, tout ça me paraît aussi vain et dénué de sens. Je suis loin d'être la seule à considérer l'existence de cette manière, c'est l'une des premières choses que l'on comprend en sortant de l'enfance, ou même dès l'enfance, je me doute qu'il faut "s'y faire" mais ma raison est impuissante. Le plus bizarre, c'est que j'aime la vie, si on peut dire. Je serais la dernière à me tirer une balle dans la tête. Je pense et me comporte comme si j'attendais autre chose… mais je sais qu'il n'y a rien d'autre. Je suis prise au piège, je suis coincée ici. Tout le temps triste, sans espoir. Rien ne m'intéresse. Rien du tout. Je n'aime personne. » Qu'est-ce que je peux faire, moi, Titus Colas ? Une seule chose importe pour moi : le bien-être d'Olive. Je connais la cause de ses problèmes, je vois cette cause, je peux la toucher, mais je suis incapable de la supprimer. Il y a cette petite boule de désespoir au fond d'elle depuis des années, elle me la décrit et me la montre, mais ni elle ni moi ne pouvons agir dessus. Je préférerais n'importe quelle autre explication plus douloureuse. Là, je suis coincé, moi aussi. Je ne peux qu'essayer de patienter, de faire avec.) Avant de partir chez Morag-Ann, je jette un coup d'œil par la fenêtre : ce que j'ai constaté hier se confirme, il ne reste plus maintenant qu'un lapin derrière la palissade, le gros blanc. C'est sans doute le père, le chef et dernier survivant de cette colonie éphémère. Même la mère, la robuste mère, celle qu'on appelait « la Vieille », a succombé, le laissant seul et tragique. De quoi sont-ils morts ? De faim, d'ennui, d'asphyxie ? Et où sont leurs cadavres ? Ils ont disparu un à un sous mes yeux sans que je puisse intervenir — je n'ai rien tenté pour les sauver, mais ça se passe souvent ainsi : on voit quelque chose s'éteindre devant soi et on sait qu'on ne peut rien faire. Qu'est-ce que je pouvais faire ? Je suis embêté, avec ces lapins. Qu'ils se multiplient ou disparaissent, j'interprète ça comme un mauvais présage. Je sonne chez Morag-Ann. Elle m'ouvre, elle est petite et jolie, pas très en forme en ce moment, me dit-elle. Sa fille part aussitôt jouer chez la voisine, je m'installe sur le canapé pendant qu'elle va chercher des verres et du whisky. C'est la première fois que je viens chez elle — elle a emménagé récemment, elle vivait depuis six ans avec le père de la petite. C'est un bel appartement. Je regarde autour de moi, les meubles, les tapis, les livres, les affiches et les objets ramenés d'ici ou là. Tout semble à sa place, tout a été bien choisi — élégant, original, juste — mais l'ensemble procure un sentiment indéfinissable (et embarrassant) de souffrance cachée, d'inutilité, de solitude arrangée. Soudain, je tourne la tête et aperçois enfin ce que j'aurais dû remarquer dès mon premier pas dans la pièce — je résistais inconsciemment, sans doute. Sur le mur qui se trouve à ma droite est accroché un grand tableau, d'environ deux mètres de large sur un mètre cinquante de haut. Sur fond coloré, indistinct, il représente un immense lapin mort, couché sur le côté. Un lapin de deux mètres, les yeux fermés, la bouche ouverte, les pattes molles et le ventre gonflé. C'est répugnant. J'ai demandé à Morag-Ann si elle avait préparé quelque chose à dîner, elle m'a répondu que non, elle comptait téléphoner à un traiteur libanais, j'ai dit que je préférais manger dehors, si ça ne la dérangeait pas, parce que je n'aime pas trop la nourriture libanaise, ni la pizza, non, nous sommes donc partis au restaurant et je ne suis pas remonté boire un verre chez elle car je devais retrouver Olive chez moi, elle n'aime pas rester seule. Je ne comprends rien à ce qui m'arrive. Personne ne peut dire que je suis en train de perdre la tête, je suis certain de ne pas perdre la tête : je ne les invente pas, ces lapins qui surgissent de toute part. Ce ne sont pas des hallucinations. Ça n'a rien à voir avec un quelconque délire. Je ne cours pas après, non plus. Qui oserait prétendre que je suis allé chez Morag-Ann ce soir par masochisme inconscient, car je pressentais que j'y trouverais un grand lapin mort ? Quant à la parade dite « de la coïncidence incroyable », il y a longtemps que je n'y songe plus. Deux, trois, quatre lapins, passe encore. Mais des lapins à tous les coins de rue et à tous les étages, je suis désolé, non. Et pourtant si. Ma vie grouille de lapins. Les faits sont là, on ne peut rien contre les faits. Pendant qu'Olive flotte dans un état d'absence qui ne s'améliore pas mais ne s'aggrave pas non plus, transformée en une sorte de vapeur humaine sur laquelle je ne peux pas m'appuyer, je me mets à tournoyer de plus en plus vite sur moi-même à la recherche d'une issue, d'une direction sûre, mais tout se dérègle autour de moi sans que je puisse exercer la moindre influence sur rien. Mon chat, qui refusait toutes les boîtes que je lui proposais, vient de trouver un goût qui lui convient. J'achetais chaque jour trois ou quatre variétés différentes de pâtées, j'ai essayé des terrines ou des mousses au foie et aux rognons, à la volaille, au poulet, à la dinde, au canard, au saumon, au thon, au bœuf, au gibier, à l'agneau, à tous les animaux possibles, et le jour où je me suis résigné la mort dans l'âme à laisser tomber dans son assiette toute une boîte d'immonde terrine au lapin, elle n'en a fait qu'une bouchée. Ça ne m'a même pas étonné. Mon chat ne veut plus manger que du lapin. Du Whiskas au lapin. Et je continue à en voir partout, des lapins, à la télé, dans les livres, dans les journaux, sur les affiches, sur les tee-shirts des enfants — j'essaie de me raisonner, de me dire que tout le monde voit ces lapins et que j'y attache une importance démesurée simplement parce que je les guette avec angoisse, mais je me trouve pathétique à m'entêter ainsi, à me voiler ainsi la face. Et les fourchettes qui disparaissent ? C'est comme ça dans toutes les cuisines ? Une quatrième s'est évaporée dans le tiroir, il ne m'en reste que deux — une pour Olive, une pour moi. C'est parce que je guette leur disparition avec angoisse qu'elles passent discrètement dans l'autre monde ? On me les vole ? Qui ? Je les jette à la poubelle par étourderie ? Elles ont glissé sous une armoire ? Où sont-elles ? Ça n'a aucun sens. UNE FOURCHETTE NE PEUT PAS S'ENVOLER. Rien ne peut s'envoler, d'ailleurs. Hormis les oiseaux, mais je n'ai pas d'oiseaux. Après le chéquier, j'ai perdu mes papiers et ma carte de crédit, qui se trouvaient dans la poche intérieure de ma veste. Je les avais un soir à vingt-trois heures, dans un restaurant près des Batignolles, je ne les avais plus le lendemain à midi. Nous sommes sortis du restaurant, nous sommes rentrés à pied, nous nous sommes couchés, nous nous sommes levés, ma poche était vide. Évidemment, je ne soupçonne pas Olive. On peut me les avoir subtilisés sur le trajet entre le restaurant et l'appartement, je veux bien que les pick-pockets soient de plus en plus habiles (la précarité fait rage, il faut s'adapter et développer des techniques toujours plus ingénieuses), mais les trottoirs étaient quasiment déserts et si une bonne sœur à l'air louche m'avait percuté, je m'en souviendrais. Dans les jours qui suivent, un Zippo que m'avait offert une amie qui s'est suicidée depuis, de belles lunettes que j'avais trouvées à New York, la photo du travesti qui m'a hébergé lors de mon arrivée à Paris et un carnet de tickets de métro que je venais d'acheter se sont également dématérialisés. Mon amour obsessionnel pour Olive me rend peut-être distrait, mais il y a des limites (je crois). Toujours à la rubrique des disparitions, il n'y a plus rien derrière la palissade, le père des lapins est mort. Et je ne vais pas beaucoup mieux que lui. Je me suis retourné un ongle en ouvrant l'œuf de plastique jaune d'un Kinder. Bon, je suis trop nerveux. J'ai des douleurs d'estomac en permanence. Bon, je somatise, Olive me cause bien du souci. Je me réveille un matin avec une cheville enflée. Je ne peux presque plus poser mon pied par terre. J'ai dû dormir avec la jambe de travers, ce n'est pas un drame, j'achète une bande à la pharmacie. Le lendemain, c'est l'autre cheville qui saute, et quarante-huit heures plus tard, les deux genoux ensemble. Personne n'a jamais eu l'air aussi ridicule, j'ai quatre bandages aux jambes, je marche comme sur des échasses fragiles, et tout ça pour rien, SANS RAISON. Même le détective est dépassé (il ôte son chapeau et s'éponge le front du dos de la main en poussant un long soupir), il se contente de parer les coups comme ils arrivent en me prescrivant des pommades et des cachets, sans plus se poser de questions. Tout s'arrange par magie, mon kyste, mes plaques rouges, mon épaule, mon ongle, mon estomac, mes chevilles et mes genoux, mais je ne comprends même pas comment, tout se détraque et se répare SANS RAISON. Il me semble qu'il n'y a rien d'autre à faire qu'attendre, constater puis tenter de rafistoler, il me semble que je tombe en ruine. J'en ai marre. QU'EST-CE QU'ELLE A, MON HYGIÈNE DE VIE ? Je me raccroche aux hypothèses les plus farfelues. Je sais que c'est n'importe quoi, mais je ne veux pas sombrer sans au moins faire semblant de réagir ou de savoir pourquoi. (Avant d'être exécutée, Mata Hari — qui n'avait vraiment pas grand-chose à se reprocher, contrairement à ce qu'on s'acharne bassement à nous faire croire (« le type même de l'espionne sournoise et dangereuse », quelle honte) — a écrit : « Je tomberai avec un sourire de profond mépris. » Comment a-t-elle fait ? Je n'y arriverai pas, moi. Je suis absolument innocent (du moins je l'espère, je vais réfléchir), je suis attaqué de tous côtés SANS RAISON, on est en train de m'abattre (je ne sais même pas qui ou quoi), je ne me fais pas d'illusion : je sais que je n'aurai pas suffisamment de détachement ni de force de caractère pour tomber avec un sourire de profond mépris. Ce serait assez beau mais ce n'est pas dans mes moyens.) Aveuglé dans la tourmente, incapable de m'orienter ni de rien distinguer de précis autour de moi, je repense à mon matériel biologique. Car je suis obligé de remarquer que tous ces problèmes ont débuté lorsque j'ai rencontré Pimprenelle, c'est-à-dire lorsque mon matériel biologique s'est soudain développé. De là à imaginer qu'il est devenu si abondant, si dense et si actif qu'il pompe l'énergie de tout ce qui m'entoure (y compris de mon corps, car mon corps m'entoure), qu'il dérange l'équilibre atomique de la réalité environnante, il n'y a qu'un pas — un pas que seuls franchiraient les plus frappés, c'est vrai, mais il faut admettre que je commence à leur ressembler étrangement. Tout serait faussé autour de moi à cause de ce qui se passe en moi. En théorie, ce n'est pas si bête, mais si je prononce à voix haute : « Étant donné que je suis amoureux d'Olive, mes fourchettes se volatilisent » ou « Je crains qu'elle me quitte, donc mon épaule se paralyse », ça me fait peur. En outre, même si je me force à croire en une logique paranormale, en une entité invisible qui tenterait de m'envoyer des signes, par exemple, ça ne m'est d'aucun secours. Tout ça n'a pas la moindre valeur symbolique, au premier comme au cinquième degré : il n'y a pas de rapport entre les lapins et l'amour, ni entre les fourchettes et l'inquiétude, ni même entre les lapins et les fourchettes. Obnubilé par mes mystérieux problèmes, je n'ai plus la disponibilité d'esprit nécessaire pour m'occuper de ceux d'Olive. Je vois bien qu'elle est malheureuse, mais d'une part, même si ça m'accable, j'ai désormais le sentiment que je n'y peux plus rien, d'autre part il me semble que son état reste stationnaire, tandis que je m'enfonce à toute vitesse — SANS RAISON. Je l'aime, elle m'aime, et c'est la débâcle. Chaque jour, il devient plus évident que nous ne pouvons pas continuer ainsi. Il faut trouver une solution, un projet, une autre voie, mais dès que je veux réfléchir, je bloque. Pourtant je ne suis pas le plus mauvais, en réflexion, mais là c'est vraiment dur. Même un génie à qui l'on dirait « Tu peux choisir n'importe quel côté de la pièce de monnaie, mais ni pile ni face » froncerait les sourcils. Si nous ne pouvons pas vivre à Paris et partir de temps en temps en voyage, ni passer notre vie en voyage, ni passer notre vie à Paris, on va avoir du mal à s'en sortir. La seule possibilité serait de nous séparer, mais ça n'arrangerait pas nos affaires, question histoire d'amour. De plus, je me détériore, c'est vrai, mais je ne vais pas quitter la femme que j'aime, la première femme que j'aime, parce que je vois des lapins apparaître et des fourchettes disparaître. On me prendrait pour un fou irrécupérable — et je ne pourrais rien dire pour me défendre, je devrais m'en tenir à un haussement d'épaules et une moue navrée qui confirmeraient les calomnies de mes détracteurs. Pourtant les jours passent, il faut agir vite. La pièce de monnaie est en train de tournoyer dans les airs, la pesanteur fait inéluctablement son œuvre, le génie serre les dents et devient tout rouge. Un matin d'octobre, après une nuit de dispute (j'ai trente-neuf de fièvre, une grippe ou autre, et Olive gémit parce que la vie l'ennuie — quel culot), elle trouve une idée. Une idée de génie. Elle veut partir quelque part, aller s'isoler avec moi n'importe où, pourvu que ce soit dans un endroit désert. Elle en a marre. Des gens, de l'agitation, de tout ce qui bouge. Elle ne supporte plus le mouvement, les visages qui passent, les paroles en l'air. Elle veut fuir sur le côté, s'éloigner de l'ensemble. Elle me demande de l'accompagner parce qu'elle m'aime, et qu'elle se pense incapable de vivre toute seule. Elle essaiera peut-être d'écrire, ou de dessiner, et même si elle ne fait rien, elle aura du moins l'impression que ce n'est pas grave puisqu'il n'y aura rien autour. Logiquement, dans un univers où il n'y a rien, rien ne peut être inutile. Elle dit qu'on ne songe jamais à ce genre de chose — partir sans raison, sans envie ni besoin particuliers, sans mobile touristique ni professionnel, partir simplement pour se déplacer, deux ou trois mois — mais puisque nous sommes en train de nous disloquer à Paris et que rien ne nous y retient, puisque parcourir le monde reviendrait trop cher et qu'aller vivre à New York ou à Lyon ne changerait rien au Problème, pourquoi ne pas tenter la solution apparemment la plus absurde, celle qui n'offre ni les avantages de Paris ni ceux des voyages ? Qu'avons-nous à perdre ? Quand on a essayé toutes les colorations possibles pour ses cheveux et qu'aucune ne nous plaît, il faut être bien distrait pour ne pas penser à se raser la tête, ne serait-ce que pour voir ce que ça donne. Ça repousse, de toute façon. J'accepte aussitôt. (Si elle m'avait proposé de survoler l'Antarctique en ballon, histoire de prendre l'air, si elle avait dit n'importe quoi ce matin d'octobre, j'aurais accepté aussitôt.) J'aime la ville, le bruit, l'effervescence et la comédie quotidienne, tout ce qu'on peut juger superficiel, mais « je suis prêt à tout pour elle » (je le dis à voix haute en m'admirant dans la glace de l'armoire de ma chambre). À propos du jeune officier qu'elle aimait, Mata Hari écrivait : « Pour lui, je pourrais passer à travers un feu. » Ça je ne sais pas, mais je suis tout de même capable de passer à travers le périphérique et la campagne alentour et d'aller vivre quelques mois dans une maison à l'écart, pour Olive. De plus, elle a raison, nous n'avons rien à perdre. Au contraire. Et la perspective de m'isoler loin de tout avec elle m'enivre —

Olive Sohn et Titus Colas se détachent du monde. C'est très simple. Je vais sous-louer mon appartement pendant trois mois, trouver une maison vide quelque part (il doit y en avoir des milliers en cette saison), j'emporterai mon ordinateur pour pouvoir travailler avec l'agence à distance car il faut tout de même garder les pieds sur terre, et nous nous enfermerons tous les deux au milieu du néant. J'en ronronne par avance. De plus, si elle a eu cette idée, c'est qu'elle m'aime. Ouf. Elle le dit, et ça ne peut pas être un mensonge : on ne décide pas de s'enfermer trois mois en tête à tête avec quelqu'un qu'on n'aime pas. Même, il me semble, si on sait qu'on n'assumerait pas une solitude complète. Certes nous ne pouvions plus rien faire d'autre, c'était la dernière porte qu'il nous restait à ouvrir, mais ça ne signifie pas qu'elle est condamnée. Au contraire. Même si c'est en désespoir de cause. Ça n'a rien à voir. C'est ça que faut voir. Nous réfléchirons de nouveau dans trois mois. Ou six, ou douze, ou vingt, rien ne nous force à revenir à la date prévue. Tout s'éclaire, tout s'arrange par magie. Le jour même, je téléphone à plus de dix personnes pour leur demander si elles connaissent des maisons à louer dans des lieux de type lunaire. Je laisse des messages sur tous les répondeurs. Mes amis sont formidables, je reçois plusieurs réponses dès le lendemain. On me propose les Cévennes, la Picardie, l'Alsace, l'arrière-pays niçois, la Vendée. Finalement, c'est l'idée de Mirella, une pianiste de grand talent et une amie jamais absente, qui nous séduit le plus. Elle a visité une maison à Veules-les-Roses, en Haute-Normandie, dont le propriétaire est sympathique et peu exigeant, une maison plutôt spacieuse et libre quasiment toute l'année. Veules-les-Roses en hiver, me dit Mirella, c'est aussi peuplé que le Groenland. Et il y fait meilleur. Il pleut, mais ça n'a aucune importance. Tout colle, c'est exactement ce que nous recherchions. Et c'est un village agréable. Et en cas de problème, ce n'est qu'à deux heures de Paris. Et il y a la mer. J'appelle immédiatement le propriétaire : pas de problème. Nous pouvons nous y installer, pour trois mois ou plus, quand nous voulons. Olive me signe un chèque correspondant à la totalité de ce qui reste sur son compte, pour que je m'occupe de toutes les formalités financières, je demande au Saxo si quelqu'un est intéressé par la sous-location de mon appartement, Nassima et Thierry se proposent, il ne nous reste qu'à faire nos valises. Nous réalisons qu'il serait stupide qu'Olive garde son petit studio pendant notre absence. De l'argent perdu. Il faut se dépêcher, nous avons prévu de partir le 21 octobre, dans une semaine (le temps de refaire mes papiers et de recevoir ma nouvelle carte de crédit), et différer le départ nous paraît inenvisageable, pour une raison obscure. Sans se poser d'autres questions que celle du temps, nous organisons donc le déménagement en toute hâte. Étant donné qu'elle habite tout près de chez moi, nous jugeons inutile de louer un camion. Le transfert se fera à pied, avec l'aide des habitués du Saxo. Il nous faut quatre jours pour débarrasser de chez elle l'impressionnante cargaison d'objets, de meubles cassés, de souvenirs, de livres et de papiers en tout genre qu'elle a conservés depuis des années, et entasser le tout en vrac dans ma chambre, rapidement remplie, puis dans mon salon. Notre équipe s'active comme une colonie de fourmis blessées et courageuses, petits soldats sombres, courbés, têtes baissées : Denis (qui a de violentes douleurs au dos), Thierry (qui dégouline comme une éponge malgré le froid d'automne et serre les mâchoires pour oublier les crampes), Nicolas (qui sort d'une crise de foie, pâle et vacillant), Philippe (qui a la gueule de bois tous les jours jusqu'à dix-huit heures), Messaoud (fainéant comme une couleuvre), et d'autres font de leur mieux pour nous aider à transporter valises et sacs pleins sur les cinq ou six cents mètres (bornés par six étages d'un côté et quatre de l'autre) qui séparent nos deux appartements. Momo y gagne une cafetière, Youssef deux montres, Denis des livres d'histoire et Messaoud trois jeux de cartes. Je m'efforce de ne pas laisser traîner mes yeux dans les cartons de photos et de lettres que je dépose dans ma chambre, mais j'ai parfois du mal à les contrôler, mes yeux, comme toutes les autres parties de mon corps depuis un moment. Lors d'un de mes nombreux aller et retour, peinant sur le trottoir avec un sac dans chaque main et un troisième en bandoulière, les épaules disloquées, les reins en fusion et les jambes flageolantes, je repense aux oiseaux dont m'a parlé Olive dans un bar de New York : lors d'un de ses voyages en bateau, un marin lui a expliqué que c'étaient toujours les derniers qu'on voyait quand on s'éloignait vraiment de la terre. Au-delà, c'est l'océan, sans vie apparente. Je ne sais plus si elle m'a dit leur véritable nom, mais on les appelle, je crois, les oiseaux de non-retour. À cet instant, tandis que j'achemine toute la vie d'Olive vers chez moi, je suis sûr que si je levais la tête, je les verrais tournoyer au-dessus de moi. Mais après tout, ça n'a rien de si inquiétant. On peut considérer que ça n'annonce pas une fin, mais un début. Un changement d'élément. La comparaison paraît peut-être incongrue mais ça me procure la même sensation que lorsque je me suis coupé les poils du nez pour la première fois, avant de partir en Bretagne avec elle. Je me regardais dans le miroir de ma salle de bains, j'ai vu des poils dépasser de mon nez, c'était laid et angoissant — des poils qui sortent de l'intérieur de ma tête ! Je n'avais pas le choix, il fallait couper. Mais pendant que les ciseaux travaillaient fébrilement à l'intérieur de mes narines, je me suis souvenu trop tard d'un axiome anatomique pourtant notoire et incontestable : « Tout poil coupé repousse plus vigoureusement. » Le poil est un ver froid, susceptible et invulnérable, qui punit sévèrement toute agression contre sa petite personne. J'allais avoir de plus en plus de poils dans le nez, des touffes noires et drues qui jailliraient continuellement de mes muqueuses nasales à vif. Je n'en verrais plus jamais la fin, je venais de commettre une erreur irréparable. De minuscules oiseaux de non-retour volaient en courbes gracieuses autour de mon nez. Mais soudain, j'ai vu mon regard s'adoucir dans le miroir. Pourquoi me faire du souci ? Je ne vais pas vivre vingt mille ans. Il faudra désormais que je me coupe les poils du nez régulièrement, bon, d'accord, mais d'une part ce n'est pas très contraignant (trois coups de ciseaux et hop, rentre chez toi poil implacable, tyran de seconde zone), d'autre part ça ne durera pas une éternité. Je n'aurais qu'à passer une poignée de secondes devant une glace tous les quinze jours ou tous les mois pendant quelques années, celles qui me restent à vivre. Tu parles d'un drame. C'est en me coupant les poils du nez que j'ai compris que rien ne pouvait avoir de conséquences réellement graves, dans la vie. Olive emménage chez moi, voilà. Tout ce qu'elle possède sur terre est entreposé dans mon appartement. On peut continuer. Nous allons vivre ensemble pour de bon. Je ne demandais que ça, de toute manière. Après de nombreuses tournées générales au Saxo pour remercier nos valeureux porteurs et saluer convenablement la civilisation et ses acteurs, nous fourrons quatre valises, mon gros ordinateur, mon chat dans son panier, le matériel de dessin et d'écriture d'Olive, une quarantaine de livres qu'elle emporte ainsi que quelques objets dont elle ne se sépare jamais, dans la belle voiture de Taouf (elle ressemble à celle de James Bond), et deux heures plus tard nous sommes devant la maison de Veules-les-Roses. Nous prenons la clé chez le voisin le plus proche, un vieillard dont seuls quelques doigts bougent encore, et offrons un café à Taouf, dans la grande cuisine qui sera désormais la nôtre. Il repart dix minutes plus tard vers Paris : il a rendez-vous avec Thierry à dix-neuf heures au Saxo, pour aller à Vincennes, où il y a une belle réunion ce soir. En un battement de paupière, nous nous retrouvons seuls dans le silence. La maison est largement assez vaste pour nous deux. Nous installons nos affaires partout, pour envahir les lieux, puis nous sortons nous promener, histoire de ne pas nous enfermer tout de suite. Il n'y a personne. Nous prenons un café et une bière dans le seul bar ouvert, le Café des Voyageurs, en haut du village. Un sexagénaire sans vie tient debout face à un verre de blanc au comptoir. Les patrons de l'endroit (François et Laurent, qui s'avéreront extrêmement sympathiques dans cet environnement hostile) nous accueillent avec gentillesse. Nous pourrons toujours venir nous réfugier ici en cas de problème. Avant de rentrer, nous longeons la Veules (le plus petit fleuve de France, dont la municipalité n'est pas peu fière) jusqu'à la mer — grise. À l'aller comme au retour, je constate avec plaisir qu'il n'y a pas un lapin dans tout le village — je n'en vois pas un, en tout cas, ce qui est encore plus étonnant et rassurant. Mais pas de bol, j'en trouve un dans la maison. Il est dans la salle à manger, près de la cheminée. C'est Olive qui l'a apporté, comme par hasard. Je ne lui en veux pas, elle ne se souvient probablement plus de ce que je lui ai raconté au restaurant, il y a très longtemps, à propos de l'invasion dont je me sentais menacé. C'est un lapin en laine que lui a tricoté sa mère lorsqu'elle était petite. Il s'appelle « Assis-fleur », comme tous les lapins dans sa famille (ou dans sa région, elle ne sait pas), simplement parce qu'ils ont souvent le cul posé dans les fleurs. Il ne me plaît qu'à moitié, cet assis-fleur qui nous a suivis de Paris jusqu'ici. Il a de longues dents rectangulaires et molles, une bouche grimaçante et des yeux de demeuré. Mais je comprends qu'elle puisse le trouver touchant. Il vient de sa mère. Je vais supporter sa présence, comme un souvenir inoffensif qui me permettra de conjurer le sort. Ce ne sera peut-être pas utile car il va dorénavant falloir que le sort et ses perfides exécutants soient très forts pour m'atteindre et me nuire : dès les premiers jours, nous effaçons les traces de notre passage sur le chemin qui mène à notre sanctuaire et refermons toutes les portes derrière nous. Nous nous séquestrons dans la maison et commençons à vivre en circuit fermé. Pendant une ou deux semaines, Olive dessine ou écrit parfois la nuit, mais s'en lasse vite. En réalité, elle n'a envie de rien. De mon côté, je demande à l'agence de me prévenir dès qu'ils auront quelque chose pour moi — le plus tard sera le mieux. Il me reste un peu d'argent sur mon compte et je sais que si le travail tarde à venir, ma banquière ne se formalisera pas pour quelques milliers de francs de découvert. Nous avons déjà payé le loyer pour trois mois. Enfin la vie ici ne nous coûtera pas grand-chose, car nous ne faisons rien. Nous ne sortons qu'un quart d'heure par jour, pour aller boire un verre au Café des Voyageurs et acheter deux ou trois trucs à manger à l'épicerie. Le reste du temps, nous traînons dans la maison, comme le chat. Plus le temps passe, plus nous nous décalons par rapport au soleil. Bientôt, nous ne voyons plus le jour. Nous nous couchons vers neuf ou dix heures du matin et nous levons vers dix-sept ou dix-huit heures. Quand nous ne dormons pas, nous lisons, nous baisons ou nous mangeons. Trois semaines après notre arrivée, nous n'avons plus d'autre activité. Nous traînons comme des animaux dans une grande cage de pierre, de verre et de bois, nus ou presque en permanence, nonchalants et monotones. Le chauffage est toujours à fond. Nous parlons de moins en moins. Je ne me rase plus qu'un jour sur trois ou quatre, j'attends que ça me démange. Dormir, baiser, manger, baiser, lire, dormir, manger, baiser, manger, lire, dormir, baiser, nos nuits se ressemblent toutes et s'étirent comme de longs morceaux de pâte dans une usine de pain plongée dans l'obscurité. Cette répétition nous hypnotise peu à peu. Au bout d'un mois, nos déplacements se limitent à la cuisine et à la chambre, parfois au salon. Nous ne nous amusons plus, comme nous le faisions au début, à changer fréquemment de lit pour baiser (la maison en compte six — deux lits à deux places, un ancien et un moderne, trois lits simples et un petit lit d'enfant à montants métalliques, celui que préférait Olive pour se faire prendre à quatre pattes). Nous passons notre temps à nous regarder, à nous toucher, nous vivons dans une impudeur absolue. Je connais le corps d'Olive et son fonctionnement aussi bien que le mien — peut-être mieux, car il est en face de moi. Je l'aime. Je pourrais lui enfiler ses tampons ou lui essuyer le cul, ça ne nous semblerait pas plus déplacé que lorsque je lui gratte le dos. Elle me demande de la baiser de plus en plus brutalement, elle veut que je la brise, que je m'approprie son corps. Son corps est à moi, j'en fais ce que je veux. Je ressens le même besoin. Je n'ai plus aucun complexe, aucun blocage. Elle hurle, je hurle. Deux gendarmes débarquent un matin à huit heures et repartent mi-amusés mi-soupçonneux, perplexes. Il ne se passe quasiment plus une nuit sans que l'un ne fasse saigner l'autre. Nous nous mélangeons. Elle me frappe. Mes ongles la lacèrent. Je lui déchire le périnée. Je l'aime. Elle me casse une dent, involontairement, en donnant un coup de tête en arrière pendant qu'elle jouit. Une autre fois, d'un coup de poing fracassant sur ma poitrine, elle me fêle une côte. Je sais qu'il n'y a rien à faire pour y remédier, qu'il faut simplement attendre, je ne prends même pas la peine d'aller voir le médecin du village. Mais nous devons baiser plus posément, plus normalement. Nous baisons d'ailleurs de moins en moins. Je ne vais pas bien. Je l'aime. Elle ne va pas bien non plus. Elle n'est toujours pas enceinte. Nous nous enlisons lentement dans l'apathie et la morosité. Durant quelques jours, j'ai fait semblant de croire que tout allait pouvoir s'arranger. L'apathie et la morosité n'étaient probablement que le reflet, à l'intérieur de la maison, du milieu ambiant. Mais notre état n'a pas changé depuis Paris. Au contraire, dans le vide qui nous entoure, le malaise empire et la déchéance s'accélère. Comme si, trop exposés dans un endroit désert (à l'air libre, pourrait-on dire, même si nous passons notre temps enfermés dans une maison surchauffée), nous nous consumions beaucoup plus rapidement. J'essaie de me calmer, de faire le point et de reprendre les choses en main, mais je n'y arrive pas — en général, je préfère me laisser porter et voir ce qui se passe autour de moi, ce qui défile de chaque côté, sans chercher à intervenir. Je constate : Olive se transforme en plante. Chaque jour qui passe la rend plus léthargique. Après six ou sept semaines, les jours ne semblent même plus passer pour elle. Je constate : mes problèmes inexplicables ont vite repris, le sort et ses perfides exécutants n'ont pas mis longtemps à me remettre le grappin dessus. Outre la dent et la côte qu'Olive m'a endommagées, de nombreuses parties de mon corps continuent à se détraquer. Je deviens mal foutu chronique et sors de plus en plus fréquemment de notre temple mou pour aller me plaindre à la pharmacienne ou au médecin du village. Bien que je ne passe jamais plus de quelques minutes à l'extérieur, je continue à perdre toutes sortes d'objets (briquets, stylos, timbres, et le plus effroyable : sur dix paires de chaussettes apportées, il ne m'en reste plus que cinq et demie (je sais bien qu'un tel phénomène ne peut pas se produire dans la vraie vie, celle où l'eau mouille et où les truites ne sifflent pas en haut des arbres, mais je ne peux me plaindre à personne)). Enfin, les lapins, sans doute prévenus par l'éclaireur Assis-fleur, m'ont eux aussi retrouvé. Dans chaque livre que je lis ici (et j'en lis beaucoup, bizarrement), je tombe au moins une fois sur le mot « lapin ». *L'or, Sexus, 1984, Souvenirs d'un pas grand-chose* et bien d'autres. Ça ne signifie peut-être rien, le mot « crapaud » se trouve peut-être également dans tous ces livres sans que je le remarque, mais ça fait peur. Je tourne les pages avec angoisse. Et même si j'ai réussi à parcourir les trois quarts d'un roman sans tomber sur un lapin, il apparaît toujours avant la fin. Nous n'avons pas de télé dans la maison, nous ne sortons qu'à la nuit tombée et filons dans l'ombre sans regarder autour de nous, seule la mère d'Olive a notre adresse, nous n'avons donné notre numéro de téléphone à personne sauf à l'agence, les lapins n'avaient absolument aucun moyen de venir me trouver ici. Sauf par les livres. Ils se sont infiltrés sournoisement dans les livres que nous avons apportés avec nous dans ce refuge. Comme un virus dans une disquette qui n'a l'air de rien. Je dois me calmer, je dois me calmer, mais il paraît tout de même incroyable que nous n'ayons choisi que des livres dans lesquels on trouve des lapins. Enfin, je dis « nous »... Par quel monstrueux hasard est-ce possible ? À moins qu'il n'y ait des lapins dans tous les livres ? Non, c'est un cauchemar. Un matin, je trouve Spouque endormie sur le fauteuil de cuir rouge qu'elle a choisi dans la maison, allongée contre Assis-fleur comme si elle le tenait dans ses pattes. Elle est allée le chercher près de la cheminée, l'a pris dans sa bouche et l'a monté sur son lit. Comme aurait fait un chien. Elle n'a jamais fait ça. Je constate : la situation est grave, notre couple se meurt. J'agis : non. Je ne peux rien faire. Je ne peux rien faire pour Olive, je ne parviens même plus à la percevoir comme une personne, comme un être distinct de moi. Quand je m'efforce de visualiser la situation, je ne vois qu'une grosse maison à laquelle nous sommes incorporés, Olive, le chat et moi. Je ne vois qu'une seule entité, un amalgame compact et gluant. Quand j'ai senti que ça dérapait de nouveau, après une ou deux semaines ici, j'ai eu l'impression — peut-être pour la première fois de ma vie — que je pouvais résoudre le problème. J'ai repensé à la théorie du détective : « Peu importe que la cause reste mystérieuse, il suffit de connaître la solution. » Seul ici en face du problème (Olive), j'ai cru que la partie serait plus facile, en terrain dégagé. On constate, on répare. Comme lui. Ma mission est simple. Encore une fois, je me suis souvenu de Mata Hari, l'agent H21, qui trouvait toujours aisément le moyen d'obtenir ce qu'elle voulait, d'intervenir sur ce qui l'entourait sans jamais élaborer de stratégies complexes. Quand les Français lui ont demandé si elle se sentait capable de se faufiler dans le camp allemand et de leur soutirer les renseignements dont ils avaient besoin, elle a répondu : « Sans problème. Je mettrai des robes épatantes et j'aurai toutes les informations que je veux. » Voilà comment il faut réagir. Regarder ce qui se trouve devant soi et toujours aller au plus simple. Mais qu'est-ce que j'ai, depuis quelque temps, à me comparer sans cesse à Mata Hari ? Je déraille. J'aurais l'air fin, avec des robes épatantes. Ce n'est pas mon genre. Je suis incapable de faire comme elle. C'est Olive, Mata Hari. C'est Olive, qui met des robes épatantes. C'est Olive, qui réussirait à tomber avec un sourire de profond mépris pour l'humanité. C'est Olive, qui serait prête à passer à travers un feu pour celui qu'elle aime. Je ne peux rien faire pour Mata Hari. Je ne peux rien faire pour nous deux, je ne comprends rien à ce qui se passe. Je ne peux même rien faire pour moi. Je n'ai qu'à me laisser sombrer avec elle ou à me sauver. Je ne me sauverai pas car je dois rester avec elle. À quoi me servirait de me sauver ? Même si les lapins renoncent à me traquer, même si mon corps se remet à fonctionner à merveille, même si je retrouve mes chaussettes et toutes mes fourchettes en rentrant à Paris, qu'est-ce que je ferais tout seul ? Ce serait une absurdité cosmique. De toute façon, reclus dans un maison à Veules-les-Roses, QU'EST-CE QUI PEUT NOUS ARRIVER ? Nous souffrons sans raison mais il ne peut rien nous arriver. Mata Hari me demande si je n'ai pas envie de me raser la tête. Elle veut se voir chauve depuis longtemps, nous sommes à présent seuls sur terre, c'est l'occasion idéale. Je veux me voir chauve depuis longtemps, moi aussi. Nous prenons le car jusqu'à Dieppe, la ville ne nous effraie pas, nous en revenons avec une tondeuse. Nous nous observons dans la salle de bains pendant de longues minutes, assis sur le rebord de la baignoire, puis nous nous tondons mutuellement. Olive est belle. Son visage paraît plus pur, plus dur. Olive est impressionnante. Moi je ne sais pas. Je me trouve l'air d'un taulard hébété par une trop forte dose de médicaments. Le lendemain, au Café des Voyageurs, une vieille femme poisseuse et avinée à laquelle Olive tourne le dos, au comptoir, ne cesse de m'observer, droit dans les yeux, avec l'insolence de celles qui se savent irrésistibles. Qu'est-ce qu'elle me veut ? J'embrasse longuement Olive pour montrer à l'insolente que je suis déjà pris et que, du reste, le côté poisseux et aviné me laisse de marbre. Elle se met à brailler : « Eh oh, là, oh… Vous embrassez pas ici, hein ! Non mais quand même. Quelle honte ! Ça va pas bien, non ? Ou alors on m'a pas prévenue que c'était un bar de pédés, chez François. » Mata Hari se retourne et la dinde se décompose. Nous n'insistons pas et rentrons à la maison. Le lendemain, elle va me chercher un produit chez le seul coiffeur du village pour que mon crâne soit lisse et brillant. Je l'attends avec impatience. Elle revient avec un grand flacon rempli d'un liquide vert :

l'homme de science a paru un peu déconcerté quand elle a demandé ce qu'elle voulait mais s'est vite ressaisi devant elle et lui a vendu exactement ce dont j'avais besoin. Elle me l'apporte fièrement, manifestement heureuse de me rendre service. Je regarde l'étiquette avant de m'en badigeonner l'occiput, par principe. C'est une lotion antipelliculaire. Idéal, pour l'homme chauve. Même au fin fond de la province, ils sont forts, ces commerçants. Deux jours plus tard, nous retournons en car à Dieppe, la ville nous distrait, Olive m'offre un chapeau avec de l'argent que vient de lui envoyer sa mère. C'est un beau feutre noir, à large bord. Bien entendu, il est en lapin. Mais ce n'est pas très grave, car je le perds au bout d'une semaine (je l'oublie dans le car qui nous emmène à Saint-Valery-en-Caux, où je dois aller retirer un peu de liquide au distributeur — sur l'écran, c'est un petit lapin qui indique la marche à suivre pour obtenir de l'argent). Je ne parviens plus à me raisonner. L'isolement amplifie les dégâts et favorise les errances de mon cerveau déjà désorienté. Non seulement Olive est en train de s'absenter (je me sens presque seul avec le chat dans la maison, tant elle s'éloigne et s'efface), mais en plus je commence à avoir le sentiment odieux qu'elle est directement responsable de tout ce qui m'arrive. Olive, une plante carnivore. Mata Hari. Non, je ne vais pas faire comme tout le monde, je ne vais pas prétendre que Mata Hari était une traîtresse ou un monstre de perversion, mais tout de même, elle ne se gênait pas pour prendre aux autres ce dont elle avait besoin et les laisser en miettes sur le carreau, elle n'hésitait pas à les dérégler, à les vider pour se nourrir. Les coïncidences deviennent frappantes. Que la dégradation ait commencé le jour où je l'ai rencontrée, je peux à la rigueur mettre ça sur le compte de mon matériel biologique, car je n'arrive pas à considérer Olive comme une ennemie — je n'essaie pas, d'ailleurs, je ne veux surtout pas prendre le risque d'essayer. Mais il faut parfois se lancer, ou du moins jeter un coup d'œil prudent et furtif (en ayant l'air de passer là par hasard) du côté des hypothèses les plus malsaines. Pourquoi m'a-t-elle offert un chapeau en lapin ? Pourquoi n'a-t-elle emporté à Veules que des livres qui dissimulent des lapins ? Pourquoi m'a-t-elle attiré ici ? Quand elle est montée chez moi pour la première fois, elle portait un grand bonnet en lapin. C'est ce soir-là que j'ai découvert deux gros lapins derrière la palissade. Si mes souvenirs sont bons, c'est en allant la rejoindre dans la chambre que j'ai senti une violente douleur dans la dent. Moi qui n'avais souffert de rien depuis perpette. Il y a quinze jours, elle vient carrément de m'en casser une, de dent. Et de me fendre une côte. Je ne prétends pas qu'elle l'ait fait exprès, ni qu'elle s'amuse à me voler mes fourchettes et mes chaussettes pour me plonger dans le désarroi, je n'imagine pas un seul instant qu'elle ait pensé, en me voyant débarquer au Saxo Bar le premier jour, « Je vais encercler ce type-là de lapins, ça le rendra cinglé, j'en ferai ce que je voudrai », ni qu'elle verse discrètement du poison dans mes aliments, en ricanant, pour me détruire le corps et m'affaiblir jusqu'à la soumission totale (depuis une semaine, j'ai l'impression d'avoir des clous dans les intestins, un nouveau kyste est apparu sur mon poignet gauche, un autre, encore plus volumineux, près de mon coccyx, et mon crâne chauve me démange atrocement), mais COMMENT EXPLIQUER CE DÉCLIN ? J'étais fort et sain d'esprit, je deviens malade et fou. Je sais qu'elle est sorcière, qu'elle peut tuer un type d'un regard ou démolir une voiture en serrant les dents, mais QU'EST-CE QUE JE LUI AI FAIT ? Rien, rien, rien, je ne lui ai rien fait, j'ai tout tenté pour l'aider à reprendre goût à la vie. Ça n'a pas très bien fonctionné, mais du moins je crois ne pas l'avoir enfoncée. Elle n'allait pas bien, elle ne va toujours pas bien. Si on l'observe objectivement, elle est triste et léthargique, point. On ne va pas en faire un drame. Tandis que moi, qui étais fort et sain d'esprit, j'en suis sûr, me voilà malade et fou. Je devrais tracer les courbes de nos états physiques et mentaux depuis notre rencontre, ce serait édifiant. Elles ont dû se croiser en un point p à l'instant t, nous avons probablement été heureux pendant quelques heures, moi du moins, puis j'ai continué ma dégringolade inexorable. Je lui en veux. Je lui en veux de m'avoir mis dans cet état, même si elle ne l'a pas fait exprès. Je lui en veux de s'éclipser à présent, de n'être plus qu'une plante amère, une silhouette opaque et muette dans la maison, de ne me laisser d'elle que les effets du sortilège qu'elle m'a jeté. Je lui en veux d'aller mal. Je lui en veux de ne plus s'intéresser à rien, de ne plus s'intéresser à moi. Je lui en veux de s'éteindre progressivement et de me laisser trop vivant, tourbillonnant, dérangé. Je lui en veux d'aller mal car c'est la raison pour laquelle je vais mal. Je suis atterré de m'en rendre compte : je lui en veux. Pourtant, ELLE NE M'A RIEN FAIT. Je veux rester avec elle. Je l'aime. JE VEUX RESTER AVEC ELLE. Une nuit, obsédé par ces tourments, je monte voir Mata Hari dans la chambre. Je suis en pleine crise au fond d'un puits, je ne peux littéralement plus respirer, il faut que je réussisse à l'atteindre, il faut qu'elle ouvre la bouche, qu'elle me donne de l'air. Je vais la faire parler, cette moribonde. Je ne la laisserai pas m'entraîner dans sa détresse mélodramatique. J'abandonne toutes les autres méthodes, les tours de manège et les robes épatantes, je vais lui demander ce qui se passe et elle me dira ce qui se passe. Je vais la prendre par les bras, me mettre tout près d'elle, mon visage juste en face du sien, et lui demander ce qui se passe. Pimprenelle est allongée sur le lit, vêtue d'un pull en shetland vert troué en quatre ou cinq endroits (ce doit être du dix ou douze ans, les manches lui arrivent à peine en dessous des coudes et le bas au-dessus du nombril) et d'une culotte en coton blanc trop grande pour elle. Elle lit *Morphine*, de Boulgakov. « C'est beau », dit-elle. Je lui explique que je n'en peux plus, que je ne sais pas ce que j'ai mais que j'aimerais au moins savoir ce qu'elle a, elle, ce serait toujours ça, je lui demande de me parler simplement et sincèrement. Elle répond : « Je ne suis pas bien. » Je lui demande pourquoi. « Je m'ennuie. Rien ne m'intéresse. » Elle me l'a déjà dit. Je lui demande s'il n'y a pas autre chose. « Si, peut-être. » Je lui demande quoi. Je lui demande ce qu'elle éprouve exactement. « Un sentiment de regret. » Je lui demande ce qu'elle entend par là. « Je ne sais pas, je regrette. » Je lui demande quoi. « Je ne sais pas. » Je lui demande si elle regrette un temps où elle était plus insouciante, peut-être. « Non. Je ne me souviens pas d'avoir été réellement insouciante. » Je lui demande si elle regrette d'être venue s'enfermer ici. « Non. Enfin, ce n'est pas vraiment ça. » Je lui demande si elle regrette de s'être engagée dans une histoire avec moi. « Non, on peut pas dire ça comme ça. » Je lui demande si elle regrette d'avoir quitté Bruno. Elle me regarde longuement dans les yeux. Son visage se durcit. « Oui, peut-être… » Je lui demande de le dire. Elle ne bouge pas un cil. Un bloc de glace. Je lui demande de le dire. « Je regrette d'avoir quitté Bruno. » À l'intérieur de moi, tout fond en un éclair. Elle regrette. Elle regrette d'avoir quitté Bruno. Mon corps qui se détériorait lentement depuis des mois renonce à toute résistance et se désintègre instantanément, mon matériel biologique tombe en poussière. « Je regrette d'avoir quitté Bruno. » Je comprends soudain que j'attendais cette phrase depuis longtemps. Mot pour mot. Je n'y pensais presque jamais mais je le savais — sans le savoir. Elle regrette. Mon corps attendait anxieusement cette phrase pour exploser. Le choc n'en est que plus violent. C'est le principe du grille-pain. Si l'on prépare le café pendant que le toast saute, on est simplement surpris. Si l'on fixe le grille-pain en attendant que le toast saute, en essayant de deviner à quel moment ça va se produire, à quel moment on risque d'être surpris, on bondit sur place quand le toast SAUTE. En une fraction de seconde, ma décision est prise, par réflexe. Elle regrette, il faut que je m'éloigne. Je ne peux pas rester ici. Je dois partir tout de suite. Cette fille au visage dur et blême qui me déclare froidement « Je regrette d'avoir quitté Bruno » ne peut pas être la même personne que celle qui me serrait contre son corps brûlant au Saxo Bar, m'embrassait au coin de la Première Avenue et de la 10e Rue à New York, me demandait de lui faire un enfant comme une petite fille demande des bonbons, me faisait courir dans les rues du Caire. Un sentiment de trahison me retourne les entrailles, ou ce qu'il en reste. Elle ne m'aime pas. Depuis les premiers jours, elle regrette d'avoir quitté Bruno. Elle n'a pas cessé de le regretter, elle n'a pas cessé d'y penser. En quelques secondes, plusieurs mois défilent à l'envers. Je dois partir d'ici, vite. JE NE PEUX PAS RESTER AVEC ELLE. Hagard et fiévreux, paumé, je redescends comme un automate en déroute et compose le numéro de téléphone de Taouf, sans me soucier de l'heure. L'aube ne va pas tarder mais il est encore debout, il ne me pose pas de questions, il devine à ma voix que j'ai besoin de son aide, Taouf est mon ange gardien depuis longtemps, il sera là dans deux heures et demie au plus tard. En commençant à récupérer mes affaires dans la maison, j'ai le temps de réaliser que la situation est plus complexe que je ne le pensais — en fait, je n'ai rien pensé du tout. Que va-t-elle faire toute seule ici ? Elle n'a pas d'argent. Tout ce qu'elle possède est dans mon appartement à Paris. Où va-t-elle vivre ? Elle se débrouillera. Elle sait se débrouiller. Je lui laisse un chèque de cinq mille francs, elle en fera ce qu'elle voudra. Elle ne sait peut-être pas se débrouiller. En inscrivant son nom sur la ligne du bénéficiaire — MADEMOISELLE OLIVE SOHN — je me sens mollir. Je devrais sans doute me calmer, lui parler, me montrer plus compréhensif et patient, tenter de lui faire oublier Bruno. Ce départ précipité est une erreur. Mais il faut que je m'en aille, c'est plus fort que moi. Lorsqu'on empile des cubes, on sait qu'il faut s'arrêter avant que tout ne s'écroule, on sait qu'il ne faut pas poser au sommet de la tour le dernier cube qu'on a dans la main, on en a la certitude, mais on le fait quand même. Je remonte, elle est toujours sur le lit, elle n'a pas changé de position, elle est livide. Je lui dis que le troisième mois de loyer payé s'achève bientôt, que j'en paierai un ou deux supplémentaires si elle veut rester, que je garderai ses affaires et ses meubles chez moi jusqu'à ce qu'elle me téléphone pour m'annoncer qu'elle a trouvé un autre appartement, je m'absenterai pendant qu'elle déménagera, je lui dis que je lui ai laissé un chèque sur la table de la cuisine et cinq cents francs en liquide. Elle ne prononce pas une parole, elle me fixe comme si elle ne comprenait pas ce que je raconte, comme si elle se trouvait devant un insensé dont elle serait séparée par une vitre épaisse. Je suis en déséquilibre, elle est en catalepsie. Elle est froide. Un bloc de glace. Elle s'en fout. En retirant mes affaires de l'armoire de la chambre, je trouve, tout au fond, un vieux lapin en peluche, miteux, flasque, presque vide, dont seuls les gros yeux jaunes semblent avoir échappé à l'usure du temps. Ils étaient donc déjà là, cachés dans un meuble, ils m'attendaient patiemment. Ces gros yeux jaunes. J'ai été bien idiot de penser que je pourrais leur échapper en venant ici. Je le remets à sa place, le recouvre d'une taie d'oreiller et referme la porte de l'armoire. Je redescends pour ne plus sentir le poids de la détresse d'Olive et m'assieds sur une chaise de la cuisine pour fumer une cigarette. Quand Taouf arrive enfin, tout ce que je dois emporter est regroupé près de la porte. Olive n'est toujours pas sortie de la chambre. Il me demande où elle est, je lui explique brièvement que ça s'est mal passé, qu'elle est en haut, que je lui donnerai plus de détails sur la route. Il m'aide à remplir le coffre de la voiture et s'installe au volant. Lorsque je reviens dans la maison une dernière fois, pour chercher mon chat dans son panier, Olive est débout au milieu de la cuisine. Nous nous observons durant de longues secondes, sans bouger. Son pull vert, troué, trop court, sa culotte blanche, trop grande. Sa tête chauve. Elle a les lèvres entrouvertes et les yeux humides. Ses mains tremblent, ses doigts se crispent. Je sens qu'elle veut parler, mais aucun son ne sort de sa bouche. Je ne devrais pas partir. Elle ne dit rien. Elle pleure. C'est trop facile. Elle m'a entraîné, elle s'est effacée, elle m'a oublié, elle m'a rejeté. Et elle ne dit rien, elle pleure. Lâche. Traître. Je sors et ferme la porte vitrée derrière moi. Elle ne bouge pas. Elle serre les dents. Je ne la reverrai jamais. Taouf et moi ne parlons pas beaucoup pendant le trajet jusqu'à Paris. Les oiseaux de non-retour ? Les marins les plus optimistes les appellent les oiseaux de retour. Arrivés rue Gauthey, il m'aide à monter la valise, l'ordinateur et le chat jusqu'à mon appartement du quatrième étage. J'ai des crampes douloureuses dans les jambes. J'explique à Nassima et Thierry qu'ils peuvent rester quelques jours ici avec moi, le temps de trouver autre chose, mais ils m'annoncent qu'ils se séparent et que chacun s'apprêtait à rentrer chez lui. Je reste seul. Dans le vide, j'allume la télé et j'entends : « … balle dans le dos. C'est vraiment bête de mourir pour un lapin. » (C'est vrai.) J'éteins tout de suite, défais ma valise et entasse mes vêtements dans le bac à linge sale. Symbole grossier et écœurant, la plante sous laquelle j'avais enfoui la jupe d'Olive est morte. Nassima l'a pourtant arrosée régulièrement. Il n'y avait sans doute pas assez de terre. C'est sûr, même : quand je la dépote pour la jeter, je ne trouve au fond qu'un bouton métallique et une fermeture Éclair autour de laquelle il ne reste pas un fil. La plante l'a rognée comme un animal rognerait un os, elle a absorbé le velours, l'a digéré et s'en est servie pour subsister. Dans les feuilles brunes et cassantes que je mets à la poubelle, il y a la minijupe d'Olive. Je les contemple longuement, je n'arrive pas à le croire. Pour le moment, plus que du chagrin ou de l'amertume, ce que je ressens s'apparente à de l'ahurissement. Je suis carbonisé, mais encore debout. Je viens de passer à travers un feu. Comme Mata Hari, finalement. Ma peau me démange. Il ne manquerait plus que j'aie chopé de l'eczéma. Partout où je vais, dans les restaurants du quartier où nous mangions souvent, et surtout au Saxo Bar, tous les gens que je croise me posent machinalement la même question. Une question que je n'ai quasiment jamais entendue depuis que je suis né, une question à laquelle personne n'a jamais songé en me voyant, mais qui s'imposait, pourtant, pendant plus de trente ans. C'est marrant, je n'entends plus que ça. Désormais, chaque fois que j'entre au Saxo et rencontre quelqu'un que je n'ai pas vu depuis mon retour de Veules-les-Roses, il me demande spontanément : « T'es tout seul ? » Je n'ai vraiment pas envie de me plaindre, de jouer le martyr, l'abandonné aigri ou le solitaire qui macère dans ses larmes. Je ne veux me confier à personne. Je ne veux parler à personne, pourtant j'aimerais qu'on me parle. Et en même temps non. Je ne sais plus ce dont j'ai besoin. Comme un jour de gueule de bois. On a la conviction qu'il faudrait manger ou boire quelque chose, on pressent qu'il existe un aliment ou une boisson qui pourrait améliorer notre état, mais tout ce qu'on essaie s'avère inutile et même, le plus souvent, ne fait qu'aggraver le malaise. Des dix, quarante ou cent cinquante personnes que je connais, aucune ne pourrait m'apporter un quelconque soulagement, une quelconque consolation. Mon matériel biologique surdéveloppé ne se satisfait plus de rien, il fonctionne à plein régime dans le vide, il se déchaîne à l'intérieur comme un chat oublié dans un placard qu'on a refermé un jour de départ en vacances, un chat en folie qui meurt de faim et s'arrache les griffes sur la porte. Des milliards d'autres sont passés par là avant moi. Pour retrouver un peu de force et de consistance, pour me recharger, il me semble que je ne peux attendre d'aide que de l'humanité tout entière, de la notion d'humanité. Je sens que j'ai besoin de la vie, des êtres vivants en général mais d'aucun en particulier. Un après-midi, en sortant du métro, je découvre quelque chose d'intéressant. Si je me poste, dans une grande station, près des portes de verre au-dessus desquelles figure le panneau « Limite de validité des billets », ces portes que chacun retient d'une main pour celui ou celle qui le suit (en un geste étrangement aimable et civilisé au milieu de la jungle), et si je ferme les yeux, j'entends des voix de toutes sortes, de tous âges et de toutes nationalités, prononcer sur différents tons une suite sans fin de « merci, merci, merci, merci, merci… ». C'est agréable, mais je me fais pitié. Et cette fois, je débloque vraiment. Je suis à côté du monde, à côté de cette guirlande humaine qui franchit les portes en se remerciant. Mais comment revenir ? Où je suis ? Qu'est-ce qui s'est passé ? Une certitude était ancrée en moi, j'avais ajouté une facette à ma personnalité : « Je vis avec Olive. » Je ne savais pas ce qu'elle pensait, mais de mon côté du moins c'était définitif, je ne la quitterais pas. Alors qu'est-ce que je fais là, maintenant ? Qu'est devenue cette certitude — ma personnalité ? Elle sèche au fond de moi, elle moisit. Pendant le trajet avec Taouf vers Paris, j'ai lu une brève dans *Le Monde* : à Bonn, on vient de retrouver le squelette d'un handicapé solitaire, un certain Wolfgang Dircks, dans son appartement. Il était assis dans son fauteuil, avec un journal de programmes télé sur les genoux, ouvert à la page du 5 décembre 1993 — il y a plus de cinq ans. Près de lui, les lumières de son sapin de Noël clignotaient encore. J'ai souri trois dixièmes de seconde, puis ça m'a donné des frissons. Dans l'état de faiblesse et d'auto-apitoiement qui me pousse aujourd'hui à me raccrocher à n'importe quoi et à tout absorber à travers le même filtre, je trouve ce fait divers encore plus déprimant. La maison dont la sonnette ne sert plus, c'est moi. À l'intérieur, le squelette qui lit encore le magazine télé, c'est ma pauvre certitude de rester coûte que coûte avec Olive. Et le sapin de Noël qui s'entête à clignoter, c'est mon abruti de matériel biologique qui n'a pas encore compris que l'histoire était terminée. Tout ça est pathétique. Le pire, c'est que j'ai le sentiment rageant de m'être mis dans cet état tout seul. Quelle est la faute d'Olive ? QU'EST-CE QU'ELLE M'A FAIT ? Rien. Elle m'a dit qu'elle regrettait d'avoir quitté Bruno, bon. C'est une raison pour s'enfuir à toutes jambes et aller se laisser mourir dans un coin en pleurnichant ? Moi je regrette le temps où je pouvais baiser toutes les filles qui ont deux jambes sans me poser la moindre question, sans jamais souffrir, ça ne veut pas dire que j'aimerais y revenir. Et qui sait si elle ne m'a pas donné cette réponse seulement parce qu'elle sentait que j'en attendais avidement une ? Je voulais qu'elle parle, qu'elle finisse par parler. Je l'ai bombardée de points d'interrogation empoisonnés, je l'ai cuisinée jusqu'à ce qu'elle avoue ce que je voulais entendre. C'est moi qui lui ai offert la confession toute prête sur un plateau à roulettes. L'inspecteur des âmes sombres. Pauvre nouille. En réalité, elle va mal, c'est comme ça. Pourquoi fouiner ? Tout le monde va mal. Pourquoi cet acharnement à essayer de dénicher des explications comme un tapir insatiable ? Je suis trop cartésien, je suis trop cartésien. À force de vouloir absolument tout savoir d'elle, j'oublie qu'elle n'est pas qu'une somme de données. Je sais tout d'elle comme un ordinateur bien programmé sait tout du jeu d'échecs : il connaît toutes les règles, tous les coups et toutes les combinaisons possibles, mais un bon joueur lui flanque une dérouillée quand il veut. Comment un ordinateur pourrait-il comprendre Autruche Sans Mesure ? C'est ça, le problème, je suis trop cartésien. Mais je ne sais plus que penser. Je l'ai quittée pour rien ou quoi ? Je la rencontre, je me sens mal sans raison, je déjante sans raison, je la quitte sans raison ? Non. Si j'ai choisi par instinct de m'en aller, ce n'est pas un hasard. Je ne suis pas qu'une somme de données, moi non plus. Je ne le suis plus, en tout cas. Je me détraque, je souffre, donc je m'en vais (si je commence à me demander pourquoi je souffre, je vais trop loin dans la recherche, on n'en finirait plus). Elle m'a rendu malade et fou. Je guérirai ou non — l'avenir me le dira — mais je ne veux pas retourner me faire massacrer. Quelle qu'en soit la raison, Olive m'a tout de même déclaré, en substance : « Je préfère l'autre. » Elle a parlé avec sa bouche, en me regardant avec ses yeux. Même si c'est moi qui l'ai poussée, même si elle ne le pensait pas, elle l'a dit. C'est encore pire, si elle ne le pensait pas. Elle me trahit, elle me repousse et elle me ment, tout ça en une seule phrase. Et c'est pour ça que je suis ici, à Paris, sans elle, avec tous mes soucis sur les bras. Je ne peux pas retourner vers elle, je ne peux pas retourner me faire massacrer. Je vais me débrouiller. Je suis sûr que je sais me débrouiller. Même malade et fou, on doit pouvoir tenir le coup. Je vais essayer. Mon amie Fontenouille, qui me laisse un message sur le répondeur pour me demander si je sais ce que sont les animelles et me souhaiter douze mois de plaisir dans les bras d'Olive, me précise au passage que 99 est l'année du lapin. Bonne chance, Titus. Un soir, ayant appris que Florence, qui habite dans le quartier, organisait une fête chez elle, je décide de m'y rendre par curiosité. Elle m'accueille par l'habituel « T'es tout seul ? ». Et effectivement, ils sont tous là mais je suis seul, je n'arrive pas à m'intégrer, je suis un grumeau dans une pâte à crêpes. J'apprends que Chang est mort, dans un hôpital où il errait toujours nu. Le gros Chang, solitaire et peureux. Je bois. Je mange une carotte crue trempée dans la mayonnaise. Et une autre. Qu'ils arrivent, les rongeurs ! Une autre encore. Saletés de lapins, venez ! Rapidement ivre, je demande à Florence de me trouver un billet pas trop cher pour n'importe où. Je ne peux pas rester ici, au milieu de tous ces gens sains et vigoureux. C'est trop dur. Voilà comment je vais me débrouiller : je dois partir d'ici tout de suite. Pour l'instant je continue à boire et perds vite conscience de ce que je fais, de ce que je suis. Le lendemain, je me réveille sans le moindre souvenir de la fin de la nuit. Je rappellerai Florence pour annuler le billet d'avion pour n'importe où sur lequel elle a sans doute déjà mis une option. Qu'est-ce que j'irais faire ailleurs ? Je suis en train de comprendre que partir n'amène à rien. Autant rester dans le feu de l'action (laquelle, maintenant ?), ça évite les lendemains difficiles, les douches froides et les réveils dans la cendre humide. Et puis je ne suis pas né de la dernière pluie de roses, je connais les aéroports. Les pistes sont infestées de lapins. Même en supposant que je parvienne à leur échapper (les passerelles qui mènent aux avions sont à peu près hermétiques), je crois que je ne serais pas à l'aise en les voyant courir comme des dingues par le hublot, pendant le décollage. Les lapins de non-retour… Non, je reste. Je vais aller me faire du café. Ça ira mieux. Je trouve un message de Florence sur mon répondeur. Je suis rentré seul, à six heures, dans un état lamentable, elle s'inquiète. Apparemment, j'ai retrouvé le chemin. Tout va bien. Je découvre un tas de linge dans le couloir de l'entrée. Je m'approche, interloqué. Ce sont dix-huit culottes en vrac. Dix-huit culottes de jeune fille, treize ou quatorze ans probablement, pas neuves mais propres. Elles sentent la lessive. La plupart sont blanches avec de fines rayures ou des motifs de couleur, deux sont en dentelle sage, une en synthétique imitation soie, et deux sont décorées de petits lapins qui gambadent. Où ai-je pu aller chercher ça ? Sûrement pas dans les tiroirs de Florence, ce n'est pas du tout son genre de culottes. Mais elle habite à quelques centaines de mètres à peine de chez moi et je connais bien le quartier : ce n'est pas tous les jours qu'on voit quelqu'un étendre son linge sur le trottoir, a fortiori ses culottes. Il aurait fallu que je pénètre en douce dans un appartement (en passant sous la porte ?), que je trouve la salle de bains dans l'obscurité et que je les vole. Ou que j'entre dans une cour et grimpe comme un lézard le long de la façade lisse jusqu'à une fenêtre à laquelle est accroché un séchoir. Même à jeun, ce n'est pas dans mes cordes. De toute manière, quelle jeune fille possède dix-huit culottes ? Non, il ne faut pas chercher d'explications tordues, tout ça est dans l'ordre des choses : je perds des fourchettes, des chaussettes, des papiers d'identité, des facilités bancaires, des objets divers, Olive Sohn — et parallèlement je récolte des plaques rouges, des kystes, des aspérités calcaires, une multitude de lapins et dix-huit culottes. On ne peut pas dire que je gagne au change, je troquerais bien cent lapins et quinze culottes contre une minute de bien-être avec Autruche Sans Mesure, ou même un kyste contre une ou deux fourchettes neuves, mais il faut accepter son sort. À l'occasion, j'irai quand même faire un petit tour chez le détective… Je ne lui parlerai pas d'Olive, les causes du trouble ne l'intéressent pas. Seules les solutions. Quand il me demandera, de sa voix posée et rassurante, ce qui m'amène, je répondrai : « Ça ne va pas fort, docteur. Je ne sais pas exactement à quoi c'est dû, je suppose que c'est toujours mon hygiène de vie ou mon matériel biologique, mais voilà, pour conclure j'ai perdu mon beau chapeau noir, j'ai vu un lapin en peluche dans une armoire et j'ai trouvé dix-huit culottes dans mon couloir. Je fais des rimes mais je n'ai pas le moral, vous savez. » Je lui ferai l'inventaire de toutes les autres anomalies que j'ai constatées, je serai franc et précis, je me dévoilerai sans honte, je lui dirai que je me sens vraiment patraque, seul surtout, et que mon univers est en dérangement. Il me trouvera peut-être une solution à tout ça. J'espère qu'il n'y aura pas trop de monde dans la salle d'attente.

L'assistante décolorée m'accueille sans sourire. Elle doit avoir des soucis, d'amour ou d'argent. Elle porte un tailleur, comme toujours. Un tailleur vert. Je la suis dans le couloir. Elle a de grosses fesses.

Dans la salle d'attente, je m'assieds près de la fenêtre. Je vais tout dire au docteur, je vais tout montrer, je veux guérir. Ce n'est pas normal de se retrouver noyé comme ça, tous ces lapins m'assomment, j'ai perdu Olive, ça ne colle pas avec la beauté de la vie, j'ai abandonné Olive, j'ai tout raté — mais ce n'est peut-être pas terminé. Je vais m'en sortir, je vais tout dire au docteur et attendre l'ordonnance. Je suis malade.

En face de moi, une petite femme pâle et maigre sur une chaise de plastique blanc lit *Cosmo*, sans parvenir à se concentrer. Sur ma droite, un Arabe aux dents grises se tient le ventre et marmonne en arabe. Sur ma gauche, un jeune homme en survêtement bleu marine, le visage mitraillé de boutons purulents, la bouche entrouverte, fixe d'un œil fou la table basse couverte de magazines sans intérêt. Dans la salle d'attente, il y a aussi un adolescent nerveux avec un pansement sur l'œil gauche et une blonde grasse qui serre ses béquilles entre ses mains. Je vais devoir attendre un long moment.

Qu'est-ce que je fais là ? Je vais m'en sortir. Je suis entier, je peux me lever et marcher. Je peux penser. Je dois me calmer, je peux penser. Je vois Pimprenelle debout dans la cuisine de la maison de Veules-les-Roses. Avec son pull vert et sa culotte blanche. Je la vois marcher dans la rue de La Jonquière, droite et souple, rapide, inaccessible. Néfertiti dans un champ de canne à sucre. Je sais que Néfertiti n'a jamais vu de canne à sucre de sa vie, la pauvre. Et même si elle ressortait de terre aujourd'hui, il faudrait qu'elle aille se promener dans les champs juste après la récolte pour qu'on puisse apercevoir le sommet de son noble crâne au milieu de ces plantes immenses. Mais Olive n'est pas à ça près. Plus rien n'existe autour quand elle marche. La canne à sucre est coupée à ras du sol. Je vois Olive marcher rue de La Jonquière dans sa grande robe rouge. J'entends la voix d'Olive. Je marche vite car si je marche lentement, je perds l'équilibre. J'aime baiser le matin, ça me tue. Quand je vais aux chiottes, je regarde tout dans la glace : mon cul, ma chatte. J'aime voir ça. Je m'assieds au comptoir parce que c'est là qu'on rencontre les hommes. Je me sens pute, j'aime bien ça. Je ne complique pas trop les choses. Quand je bois, ça me rend furax. Le jour de ma communion, j'ai mangé cinq coquelets. Le jour de ma communion, j'ai mangé quatre coquelets. Je me sens vide, j'ai un grand trou à l'intérieur. Tous ces gens qui souffrent. J'ai trop d'énergie dans le corps, il faut que ça sorte. Baise-moi fort. J'aime sortir le matin à peine réveillée. Me sentir étourdie dans la lumière. Je n'ai rien à cacher. Je te donne mon cul, tu peux en faire ce que tu veux, quand tu veux. Ne reste pas avec moi, je vais te détruire la vie. Je m'ennuie, rien ne m'intéresse. Je ne me souviens pas d'avoir été réellement insouciante. Je n'ai rien à faire ici. Je marche vite car si je marche lentement, je perds l'équilibre. Je n'ai rien à faire ici. Je vais sortir, je vais repartir. Je me lève et contourne la table basse couverte de journaux en me grattant la tête. On me regarde. Je vais partir vers l'extérieur, peut-être aller retrouver Olive, je ne sais pas. De toute façon je n'ai rien à perdre.

Lorsque j'ouvre la porte de la salle d'attente pour en sortir, je le sens, derrière moi tout le monde se retourne.

Des histoires d'amour pas comme les autres

JEAN-MARIE GOURIO
Chut !

Il a vingt ans, fait son service dans les parachutistes et n'a jamais rien lu. Il tombe fou amoureux de Mathilde, la jolie bibliothécaire dévoreuse de bouquins. Alors il commence à lire, ou plutôt, à faire semblant… Il fixe les pages, fuit les mots. Mais les mots le rattrapent et se mettent à chasser ses maux. Voilà qu'il aime Mathilde et la lecture. Chut, c'est une belle histoire d'amour !

Partagez nos découvertes !

Imprimé en France sur Presse Offset par

BRODARD & TAUPIN

GROUPE CPI

10837 – La Flèche (Sarthe), le 19-02-2002
Dépôt légal : août 2000

POCKET – 12, avenue d'Italie - 75627 Paris cedex 13
Tél. : 01.44.16.05.00